Andreas Gerlach / Thomas Gerlach
Die Umkehr der Egonauten

Andreas Gerlach / Thomas Gerlach

Die Umkehr der Egonauten

Aufbruch in eine neue
Unternehmensidentität

Die Deutsche Bibliothek – CIP-Einheitsaufnahme

Gerlach, Andreas:
Die Umkehr der Egonauten : Aufbruch in eine neue
Unternehmensidentität / Andreas Gerlach/Thomas Gerlach. –
Landsberg/Lech : Verl. Moderne Industrie, 1994
  ISBN 3-478-34600-2
NE: Gerlach, Thomas:

© 1994 verlag moderne industrie, 86895 Landsberg/Lech
Alle Rechte, insbesondere das Recht der Vervielfältigung und Verbreitung sowie der Übersetzung, vorbehalten. Kein Teil des Werkes darf in irgendeiner Form (durch Fotokopie, Mikrofilm oder ein anderes Verfahren) ohne schriftliche Genehmigung des Verlages reproduziert oder unter Verwendung elektronischer Systeme gespeichert, verarbeitet, vervielfältigt oder verbreitet werden.
Umschlaggestaltung: via 4 Design GmbH, 72202 Nagold
Satz: abc satz bild grafik, 86801 Buchloe
Druck: und Bindung: Pustet, 93051 Regensburg
Printed in Germany 340 600/06943003
ISBN 3-478-34600-2

Inhaltsverzeichnis

Vorwort 7

Einleitung 9

I. Teil: Der Irrflug der Egonauten 13
1. Egonauten kultivieren Scheinwelten 15
2. Egonauten ziehen sich in Vorstandsetagen zurück 18
3. Egonauten haben Größe zur Ersatzvision erhoben 21
4. Egonauten sagen nicht, wofür sie stehen 26
5. Egonauten verstricken sich in strukturellen Torheiten .. 28
6. Egonauten sind ängstliche Vernunftsillusionisten 33
7. Egonauten lassen die Wettbewerbskultur verkümmern .. 36
8. Egonauten klammern sich an Produkt- und
   Produktionstechnologien 37
9. Egonauten haben ihren Kunden das Zepter
   aus der Hand gerissen 39

II. Teil: Corporate Identity:
   Schlüssel zu einer positiven Unternehmenszukunft ... 43
1. „Sesam, öffne dich" oder „Des Kaisers neue Kleider"? .. 44
2. Wo und wie schlägt das Herz? 48
   2.1 Öffentliche und private Identität –
       Ein Ausflug in die Sozialpsychologie 50
   2.2 Schlagende Herzen und pulsierende Oberflächen ... 53
3. VISION – Mehr als nur ein Wort 57
   3.1 Verantwortung – Schuld sind nicht die anderen 59
   3.2 Intuition – Fenster für den Blitzstrahl des Genies ... 61
   3.3 Sinn – Auf der Suche nach „Sinnergie" 62
   3.4 Innovation – Spielräume eröffnen Zukunft 63
   3.5 Originalität – Platz für Quereinsteiger und -denker! .. 66
   3.6 Neugierde – Fernrohr in die Zukunft 67
   3.7 VISION – Ohne Träume keine neuen Realitäten 69

III. Teil: Das Zeitalter der Visionauten:
Wege zu einer starken Unternehmensidentität 71
1. Die Etappen und Meilensteine 73
2. Die Symbole und ihre Bedeutung 74

Erste Etappe – Ausgangspunkte bilden den Ausgangsstern 79
3. Der Start mit den Verantwortlichen 81
4. Der Ausgangsstern 81
5. Fragen bringen Antworten –
Visionauten offenbaren ihre Standpunkte 84
6. Authentizität und Identität als kundenorientierte
Unternehmenszielsetzung 94
7. Die Faszination der Emotionalität 95
8. Zurück zu den Fragen 105
9. Die Stärken stärken 107
10. Workshop: Fragen, Ziele und Symbole –
Der Ausgangsstern entsteht 109

Zweite Etappe – Die Entwicklung der Wettbewerbssterne 111
11. Entwicklung des Meilenstein-Grobrasters 114
12. Der Zeitplan 115
13. Der Kostenplan 115

**Dritte Etappe – Der Außenstern entsteht durch das
Moderatorenteam** 119

Vierte Etappe – Der Meilensteinplan und die Identitätsteams 129

Fünfte Etappe – Der Leitstern entsteht 135
14. Qualität der Produkte oder Dienstleistungen 143
15. Verhalten des Unternehmens 145

Sechste Etappe – Kreativität: die Kraft der Gestaltung 162
16. Corporate Design – Das Aussehen 166
17. Corporate Communication – Die Sprache 179
18. Kundenservice – Der Kunde als König? 193
19. Architektur – Von Trutzburgen und Spiegelpalästen 197
20. Die Umsetzungswellen 200
21. Fit für die Zukunft 201

Literaturverzeichnis 203

Vorwort

Auf den nächsten 200 Seiten dreht sich alles um Egonauten und Visionauten. Die Begriffe sind von uns „erfunden" – nicht aber die Managertypen, für die sie stehen. Sie haben reale Vorbilder: Menschen, die wir bei unserer Arbeit erlebt und beobachtet haben.

Wären uns nur Egonauten begegnet, hätten wir dieses Buch wohl nie geschrieben. Uns in die lange Schlange der perspektivlosen Kritiker und nörgelnden Theoretiker einzureihen paßt nicht zu uns.

Deshalb möchten wir uns bei denen bedanken, die uns für die Visionauten Modell gestanden haben. Es sind dies vor allem unsere Kunden. Sie haben uns gezeigt, daß es möglich ist, auch im Unternehmensalltag Visionen für eine positive Zukunft zu entwickeln. Und sie haben uns darin bestärkt, daß es sich lohnt, diese auch gegen Widerstände durchzusetzen.

Vier Visionauten haben in kurzen Beiträgen ihre persönliche Erfahrung und Perspektive zu diesem Buch beigesteuert: Brian Cunningham (IBM), Hans R. Hässig (REVOX STUDER), Burkhard Schäling (BMW) und der Wirtschaftspädagoge Kristian von Eisenhart Rothe. Herzlichen Dank!

Nicht zuletzt möchten wir unseren Mitarbeitern, Partnern und Freunden danken. Sie arbeiten tagtäglich mit uns an der „Umkehr der Egonauten" und dem „Aufbruch in eine neue Unternehmensidentität".

Andreas Gerlach
Thomas Gerlach

Einleitung

Ach, diese Achtziger! Das waren Zeiten. Als goldenes Jahrzehnt des Managements und der Manager werden sie in die Wirtschaftsgeschichte eingehen. „Nichts ist unmöglich!" prangte an den Plakatwänden und leuchtete in den Köpfen. Alles schien erreichbar. Bei Wachstumsraten jenseits der Vierprozentmarke machten die Geschäfte Freude. Auch wenn es zunehmend schwieriger wurde, schaffte es die Industrie immer noch, sich die Konkurrenz aus dem pazifischen Raum vom Leibe zu halten. Dank reicher Etats konnte im großen Stil gedacht und gehandelt werden. Nicht kleckern, sondern klotzen war bei vielen Projekten die Devise. Einer ganzen Generation junger, gut ausgebildeter Menschen eröffnete sich eine steile Karriere als natürliche Lebensperspektive. Materieller Wohlstand und Reichtum erreichten immer neue Höhen.

Doch diese Epoche des scheinbar unaufhaltsamen Fortschritts und der Stabilität ist vorbei. Statt dessen bestimmen Unsicherheit und dramatischer Wandel das Bild. Nichts ist mehr, wie es war. Unternehmen operieren in einem sozioökonomischen Umfeld, das sich auf geradezu revolutionäre Weise verändert:

Beinahe täglich wird die politische Landkarte Europas neu gezeichnet. An allen Enden der Welt flackern blutige Konflikte auf. Fremde Gesichter verändern das Straßenbild, machen den Zeitenwechsel sichtbar, fühlbar. Die Erde ist in Bewegung geraten.

Gleichzeitig ist sie verletzlich geworden. Die Zerstörung der Natur hat ein solches Ausmaß erreicht, daß eine radikale Änderung unserer Lebensgewohnheiten für das Überleben unvermeidlich ist. Die Formen des menschlichen Miteinanders, des gesellschaftlichen Zusammenlebens, die Umgangsstile, die Wertmaßstäbe für gut und schlecht, ja sogar die Träume, Sehnsüchte und Ängste der Menschen wandeln sich.

Die Veränderungen sind so tiefgreifend, daß sich ihnen niemand entziehen kann, auch wenn dies viele versuchen. So schwankt die Stimmung zwischen Fatalismus, Pessimismus und einem aus den späteren achtziger Jahren hinübergeretteten Rest-Hedonismus, einem nunmehr nicht mehr zeitgemäßen Materialismus. Viele, nicht nur die Manager in den Unternehmen, betrachten mit Wehmut das Ende der vergangenen Epoche – nur wenige sehen die Chancen des Neuen.

Unternehmen haben Brücken gebaut zu fremden Ländern und Kontinenten, doch Brücken zu einer unbekannten Zukunft zu bauen, haben die meisten von ihnen in den achtziger Jahren versäumt. Vergeblich versuchen sie nun, unter turbulenten, sich sprunghaft verändernden Bedingungen den Kurs zu halten. Doch bei der Dynamik ihrer Umwelt und der Märkte können sie nicht mithalten. Produktlebenszyklen haben sich mit einer atemberaubenden Geschwindigkeit verkürzt; in der Informationstechnologie sind Produkte nicht selten nur wenige Wochen in den Regalen. Neue Märkte entstehen blitzschnell und brechen ebenso unerwartet wieder zusammen. Die „Sun-Rise-Industries" von gestern laufen Gefahr, die Krisenbranchen von morgen zu werden.

Firmen, die über Jahrzehnte ihre Schlüsselmärkte fest im Griff hatten, sehen sich plötzlich in eine Randstellung verdrängt. Konzerne, die noch vor Jahren Symbole der Wirtschaftskraft waren, stehen heute zur Disposition. Alarmierendstes Signal: Verkaufszahlen gehen nicht – konjunkturell bedingt – um einige Prozentpunkte zurück, sondern brechen von heute auf morgen völlig ab. Milliardenumsätze scheinen von schwarzen Löchern verschluckt zu werden.

Nach einer kurzen Phase des starren Schreckens ist nun Bewegung in die Managementetagen gekommen. Es geht ums Überleben. Die Angst im Nacken, verordnen Manager eine Roßkur: Gemeinkosten werden gesenkt, die Fertigung rationalisiert und Investitionen zurückgefahren. Der Druck auf Zulieferer steigt, der Personalbestand wird angepaßt. Unternehmen werden schlanker, fitter und stärker.

Doch nicht selten schießen sie dabei übers Ziel hinaus: Wenn alles abgespeckt wird, fallen oft auch wertvolle Features dem Rotstift zum Opfer. Und mit ihnen verschwindet viel von der Raffinesse und der Einzigartigkeit der Produkte. Aus der Sicht des Kunden werden die Produkte immer beliebiger und immer langweiliger. Das Profil des Unternehmens beginnt zu verschwimmen. Der Markenwert fällt in den Keller, wichtige strategische Erfolgspositionen werden aufgegeben.

Besonders in der Personalpolitik gießen krisengeschüttelte Unternehmen allzu leicht das Kind mit dem Bade aus und betrachten ihre Mitarbeiter bloß noch als Kostenfaktor, nicht aber als Zukunftspotential, das es zu pflegen und zu fördern gilt.

Hier offenbart sich: Nur vordergründig haben die Unternehmen mit einer Kosten-, Konjunktur- oder Strukturkrise zu kämpfen. In Wirklichkeit kämpfen sie gegen eine seit langem schwelende Identitätskrise an.

In der Phase des Wachstums haben sich viele Unternehmen so sehr verändert, daß nicht nur ihre Kunden, sondern auch sie selbst sich nicht mehr wiedererkennen. Sie wirken abgehoben, inhaltsleer, auf sich selbst fixiert, doch unfähig, aus sich selbst heraus Antworten auf die neuen Herausforderungen zu finden.

Ein breiter innerer Konsens, der über vorrangig ökonomische Faktoren hinausgeht, fehlt ebenso wie der Blick fürs Ganze und die Fähigkeit, die Situation realistisch und weitblickend einzuschätzen. Da die feste Leitlinie des Marktes abgerissen ist, reagiert das Management auf die Turbulenzen der neuen Zeit mit bloßer Verwirrung, mit einer Politik des „Muddling Through" oder mit Überreaktionen. Der belgische Topmanager André Leysen, Aufsichtsratsvorsitzender der Agfa-Gevaert NV, Aufsichtsratsvize der niederländischen Philips NV und Verwaltungsratsmitglied der Berliner Treuhand spricht von einem „Zeitalter der Ratlosigkeit" (Die Welt, 13.12.93).

Wir nennen die neunziger Jahre das Zeitalter der Identitätssuche.

Viele Unternehmen haben wir intensiv kennengelernt, beobachtet und beraten – in den goldenen achtziger Jahren ebenso wie heute. Für uns steht fest: Die Identitätskrise der Unternehmen ist letztlich eine Krise des Selbstverständnisses derjenigen, die für sie denken und sie lenken. Von vielen – auch den Betroffenen – unbemerkt, haben sie sich in den langen Jahren des ungebrochenen Wachstums zu einem neuartigen Managertypus entwickelt: dem Egonauten.

Auf sich selbst und ihr Unternehmen fixiert sind die Egonauten abgehoben und haben den Bodenkontakt verloren. Die von ihnen geführten Unternehmen muten an wie künstliche Planeten, die fernab der Wünsche und Sehnsüchte der Menschen im weiten Abstand um die Erde kreisen. Das ging lange gut. Doch nun ist die Verbindung vollends abgerissen. Orientierungslos driften die Egonauten immer weiter von der Erde weg und geraten dabei mehr und mehr ins Trudeln.

Im ersten Teil des Buches wollen wir die Egonauten näher kennenlernen und sie auf ihrem Irrflug begleiten. Vieles wird Ihnen dabei bekannt vorkommen. Vielleicht aus anderen Büchern, aber vor allem aus Ihrem Unternehmensalltag. Sie werden einige Aha-Erlebnisse haben und entdecken, daß vieles, was heute zu unserem Unternehmensalltag gehört und Ihnen das Leben schwer macht, keineswegs so sein muß. Rituale und Denkmuster haben sich eingeschlichen. Sie sind oft grotesk, aber dennoch schwer zu erkennen: Längst haben wir ihnen das Label „normal" angeheftet.

Im zweiten Teil des Buches betreiben wir Ursachenforschung. Wir wollen nach den Gründen für das verquere Selbstverständnis der Egonauten fragen. Wie bildet sich das Selbstverständnis, die Identität eines Unternehmens? Was ist überhaupt Identität, und was ist sie nicht? Wie verändert sie sich im Laufe der Jahre? Welche Faktoren machen die Identität eines Unternehmens tatsächlich zum entscheidenden Zukunftsfaktor? Wir entwickeln ein (zugegebenermaßen stark vereinfachtes) Modell, um das zu erfassen, was ein Unternehmen erfolgreicher macht als andere.

In diesem Teil des Buches können wir einiges von der Psychologie lernen. Die nämlich untersucht menschliche Identitätskrisen seit langem und hält eine ermutigende Erkenntnis bereit: Wer die Krise meistert, geht gestärkt daraus hervor und ist für die Auseinandersetzung mit neuen Herausforderungen bestens gerüstet.

Das setzt jedoch voraus, daß man sich mit den Problemen offen und aktiv auseinandersetzt. Wie das geschehen kann, wollen wir im dritten Teil zeigen. Patentrezepte können und wollen wir nicht bieten. Falsche Gurus, die vorgaukeln, einfache Antworten auf schwierige Fragen zu besitzen, gibt es mehr als genug. Wir geben nur Schritte vor, die sich aber als sehr konkret und gangbar erwiesen haben. Hier gilt das oft zitierte Wort: Der Weg ist das Ziel.

Wir möchten diesen Weg gehen. Unsere Kunden haben uns gezeigt, wieviel positive Kraft in einem Unternehmen stecken kann. Sie haben viel erreicht, doch sicherlich nicht alle Chancen wahrgenommen. Beschreiten wir diesen Weg entschlossen, dann kann es uns gelingen, nach der unrühmlichen Epoche der Egonauten und der schwierigen Phase der Identitätssuche das Zeitalter der Visionauten einzuleiten – das ist unsere Chance für die Zukunft.

Die Umkehr der Egonauten

„Guten Morgen, Herr Euter!" rief ihm die Zeitungsfrau entgegen, als er unten auf die Straße trat. Er schaute sie verstört an und murmelte etwas, was so ähnlich wie „Moin" klang. „Oh Mann, wie kann man so früh nur so fröhlich sein", dachte er ....

I. Teil: Der Irrflug der Egonauten

Egonauten – gibt es die wirklich? Ja – und je intensiver man über sie nachdenkt, desto mehr von ihnen entdeckt man. Besonders zahlreich kommen sie in großen Konzernen vor. Aber auch in mittleren und kleinen Unternehmen sind sie zuhauf zu finden.

Sogar außerhalb der Wirtschaft, in der Politik, den Verbänden, den Gewerkschaften haben sich Egonauten breit gemacht. In mancher Hinsicht handelt es sich vielleicht sogar um ein gesamtgesellschaftliches Phänomen.

Egonauten werden nicht als Egonauten geboren. Sie sind intelligent – viele sogar weit über dem Durchschnitt –, hochqualifiziert mit einer eindrucksvollen, oft internationalen Hochschulausbildung, und sie blicken in der Regel auf einige Jahre Erfahrung und Erfolg in ihrem Job zurück. Erst im Laufe der „fetten Jahre" sind sie zu Egonauten mutiert.

Diese Schönwettermanager hat der scheinbar nie abflauende Aufwind der Hochkonjunktur – Erfolg beflügelt! – abheben lassen. Immer weiter haben sie sich von den Wünschen, Erwartungen und Problemen der Menschen entfernt. Statt mit offenen Ohren die Nähe ihrer Kunden zu suchen, haben sie sich wie Astronauten in einen luftleeren Raum hoch über uns geschossen.

Mit den Egonauten haben auch die von ihnen gelenkten Unternehmen den Bodenkontakt verloren. Vor allem große Unternehmen muten wie künstliche Planeten an, die in weitem Abstand um die Erde kreisen. Sie sind in sich geschlossene Mikrokosmen mit nur noch geringem Bezug zur realen Umwelt.

.... und begann langsam vor sich hin zu traben. Die frische Luft tat ihm gut, auch wenn es kälter war, als er gedacht hatte. Er zog den Reißverschluß seiner Goretex-Jacke weiter nach oben und bog in die kurze Straße zum Stadtpark ein.
Wann er heute zum ersten Mal wach geworden war, wußte er nicht. Es mußte so gegen fünf gewesen sein – auf jeden Fall war es draußen noch dunkel. Noch im Halbschlaf hatte er begonnen,

Diese Unternehmensscheinwelten haben die Egonauten sorgsam kultiviert und bis zur Sinnlosigkeit perfektioniert – so sehr, daß sie nun ganz und gar in ihnen gefangen sind. Für die Menschen – auch ihre Kunden – sind die Egonautenunternehmen kaum greifbar, nur unpersönliche, abstrakte Gebilde, untergebracht in hohen Bürotürmen aus Beton und verspiegeltem Glas. Man kann nicht hineinsehen, und die Egonauten zeigen nur wenig Interesse, hinauszuschauen.

Egonauten leben in einem sorgsam und eng geknüpften Beziehungsgeflecht, das Unternehmen untereinander und mit den Aufsichtsinstanzen und Kapitalgebern verbindet. Dieses Netz zu entwirren ist selbst für Insider häufig unmöglich.

Egozentrisch, oder besser firmenzentrisch fixiert, betrachten Egonauten die Unternehmensumgebung als feindlich, das Verhalten ihrer Kunden als unverständlich oder sogar dumm. Auch wenn die Zeichen an der Wand überdeutlich sind, nehmen sie den Zeitenwandel nur widerstrebend wahr: Die Welt, so wie sie heute ist, paßt nicht in ihr Weltbild. So ist ein tiefer Riß entstanden zwischen Unternehmen und der Gesellschaft.

Die Mutation der kompetenten Macher und unternehmenden Visionäre zu abgehobenen Egonauten verläuft ähnlich wie eine beginnende Schwerhörigkeit: Sie vollzieht sich schleichend, in kleinen Schritten und wird erst in einem fortgeschrittenen Stadium für die Betroffenen und ihre Umwelt erkennbar.

Allmählich und lautlos haben sich die Egonauten auf diese Weise in den vergangenen Wohlstandsjahren in unseren Alltag eingeschlichen. Und gerade das macht es so schwer, sie zu entlarven: Viele Symptome des Egonautentums sind mittlerweile so weit verbreitet, daß sie uns bereits als normal oder unvermeidlich erscheinen. Wir haben neun Ver-

den Gedanken, der ihn seit Tagen nicht
losließ, zum tausendsten Mal in seinem
Gehirn umzuwälzen. In einem stürmischen
Wirbel waren seine Überlegungen immer wieder um den gleichen Punkt gekreist. „Es müßte
doch möglich sein!" brannte es in ihm.
Immer wieder hatte er versucht, erneut einzuschlafen, doch er ....

irrungen ausgemacht, die für die Zukunftschancen von Unternehmen besonders folgenschwer sind:

1. Egonauten kultivieren Scheinwelten

Wer heute ein Großunternehmen besucht, betritt einen eigenen, in sich geschlossenen Mikrokosmos. Ein Zaun trennt ihn von der Umwelt. Beim Pförtner weist sich der Besucher aus und erhält einen Passierschein – wer ein europäisches Nachbarland besucht, hat weniger Formalitäten zu erledigen.

Es gibt spezielle Verkehrsregeln und Parkvorschriften. Der Werkschutz sorgt für Ordnung, eine Betriebsfeuerwehr für Sicherheit. Nicht wenige Konzerne haben inzwischen eigene Einkaufsmöglichkeiten, Tankstellen und sogar Kindergärten, Restaurants und Sportanlagen.

Die Unternehmenswelt hat ihre eigene Sprache (zumeist gespickt mit Anglizismen), feste Rituale und sogar eine unausgesprochene Kleidernorm.

All diese Einrichtungen folgen in der Regel Notwendigkeiten und haben ihren Sinn. Und doch lauert eine Gefahr: Die funktional organisatorisch bedingte Isolierung neigt dazu, eine alarmierende Eigendynamik zu entwickeln. Bei dem Versuch, diese Scheinwelten weiter zu perfektionieren und Risiken auszuschalten, ziehen technokratische Egonauten den Grenzzaun unmerklich immer höher – bis man ihn nicht mehr überblicken kann, weder von innen noch von außen.

Die harte Grenze zwischen Unternehmensscheinwelt und Umwelt erleben die Mitarbeiter tagtäglich. Morgens verlassen sie ein liebevoll individuell eingerichtetes Zuhause, um in eine unpersönliche, anonyme

...... kam nicht zur Ruhe. „Du mußt an etwas anderes denken", beschwor er sich selbst. Er bemühte sich, Erinnerungen an den Skiurlaub, den er drei Wochen zuvor mit Klaus und Justus, zwei Kommilitonen aus der Unizeit in Hamburg, im Stubaital verbracht hatte, aus seinem Hinterkopf hervorzukramen. Doch auch das half nichts. Im Gegenteil! Wie in einem zu schnell ablaufenden Kinofilm rauschten die Bilder an seinem inneren Auge

Bürolandschaft einzutauchen, die mit ihrem privaten Ambiente aber auch gar nichts gemein hat. Es gibt einen so perfekt standardisierten Office-Einrichtungsstil, daß er fast wie eine Karikatur seiner selbst wirkt: ein möglichst neutrales, lichtes Grau auf sauberen glatten Flächen mit einem taubenblauen Teppichboden (früher war es Linoleum und helle Eiche). Jede Büromaschine, jeder Computer, Drucker, Kopierer hat sich mittlerweile an diese Farbwahl angepaßt. In den Managementetagen dominieren kalter Marmor, Glas und Chrom, zuweilen auch seltene Tropenhölzer.

Ettore Sottsass, der Altmeister des Mailänder Design, bezeichnete die so geschaffene Atmosphäre einmal spöttisch als „anmaßend, aggressiv und letztlich lächerlich": „Es scheint mir immer, als sei ich Zeuge einer Militärparade in West Point oder auf dem Roten Platz, mit wehenden Fahnen, Stechschritt, Brust-Raus und gepanzerten Fahrzeugen."

Wir haben einen großen Markenartikler kennengelernt, bei dem tatsächlich eine ernste Kontroverse darüber geführt wurde, ob eine Kombination mit Kordhose ein angemessenes Outfit sei. Man einigte sich darauf, die legere Hose zähneknirschend zu tolerieren, erteilte dafür aber dem Rollkragenpullover unterm Sakko ein kategorisches Hausverbot.

Die – zumeist unausgesprochene – Kleiderordnung in einem Unternehmen ist streng hierarchisch: In der Vorstandsetage herrscht ein gedecktes Grau vor, bunt geht es es nur im Mittelmanagement zu. Im Finanzressort trägt man dunkelblaue Zweireiher, in der Marketingabteilung extravagante Brillen und auffallende Krawatten, in der Technik sind die Kombinationen zu Hause. Doch alle haben sie eines gemeinsam: Kaum verlassen sie das Unternehmen, legen sie ihre „Verkleidung" ab und ziehen sich genüßlich ihre Casual wear über.

vorbei, bis sie an der immer gleichen Stelle stehen blieben: dem Augenblick, als ihm zum ersten Mal diese Idee gekommen war. Zack, da waren die Gedanken wieder in die alte Flugbahn eingeschwenkt.
„Nein", hatte er sich selbst gesagt, „so geht das nicht." Energisch hatte er die Bettdecke weggestoßen und sich ....

So werden Mitarbeiter und Führer eines Unternehmens zu Wanderern zwischen zwei Welten. Sie entwickeln eine private und eine professionelle Persönlichkeit. Kaum überschreiten sie die Betriebsschwelle, legen sie sich einen Gefühlspanzer an, wirken steif, unnahbar und emotionslos. Jeder kennt das Wort über den ungeliebten Vorgesetzten oder Kollegen: „Wenn man ihn mal privat trifft, ist er ganz nett."

Besonders frappierend ist auch das Auseinanderdriften von privatem Verhalten und Anspruchshaltung im Geschäftsleben: Mitarbeiter, die nach Feierabend niemals mit einem teuren Taxi fahren, lassen sich geschäftlich jeden Meter chauffieren. Die Straßenbahn kommt prinzipiell nicht in Frage.

Die Schlachten, die manchmal innerhalb eines Unternehmens geschlagen werden, sind so banal, daß sie einem Außenstehenden kaum zu erklären sind:

- Wer darf welchen Dienstwagen zu welchen Konditionen fahren?
- Wer ist so wichtig, daß er immer über ein Funktelefon erreichbar sein muß?
- Welcher Titel darf oder muß auf die Visitenkarte?
- Ist es notwendig, daß die Privatadresse auf der Karte erscheint?
- Sind Vorstände eigentlich nicht in der Lage, wie alle Mitarbeiter zu parken? Warum stehen sie eigentlich immer mitten im Eingang?
- Wer darf in welche Kantine?
- Wer darf wie und in welcher Klasse reisen?

Diese Dinge wirken auf den ersten Blick vor allem lächerlich. Doch sie können für ein Unternehmen existenzbedrohende Folgen haben. Denn Unternehmensscheinwelt und Umwelt driften mehr und mehr

.... in die alten Joggingklamotten gestürzt. Er wollte laufen, einfach nur vorwärts laufen.
Als Freddy Euter den Stadtpark erreichte, kam allmählich ein wenig Ordnung in das Chaos in seinem Kopf. Irgendwie schien der Sauerstoff sein Gehirn auf Trab zu bringen. „Ja, es ist möglich", schnaufte er leise vor sich hin, „es muß klappen." Die quälende Unruhe begann einem rauschähnlichen Hochgefühl zu

auseinander – und zwischen ihnen öffnet sich eine immer tiefere Kluft. Entwicklungstrends, Meinungsbilder, Wertekataloge, Zielprioritäten der gesellschaftlichen Umwelt entwickeln sich fort, ohne auch in der Unternehmenswelt Veränderungen hervorzurufen. Es kommt zum Bruch: Die wechselseitige Akzeptanz schwindet. Das ist der Moment, in dem Millionenumsätze von heute auf morgen in schwarzen Löchern verschwinden.

2. Egonauten ziehen sich in Vorstandsetagen zurück

Egonauten in Toppositionen neigen dazu, sich in ihre Vorstandsetagen zurückzuziehen. Die Realität der Umwelt dringt nur noch von eilfertigen Referenten gefiltert und sortiert zu ihnen durch. Was in den Märkten passiert, nehmen sie nur noch über Absatzzahlen, Marktforschungen und Akzeptanztests wahr. So hören sie vielfach nur noch das, was sie hören wollen oder sollen. Kritische Berater werden zwar bestellt, doch folgt man ihnen zumeist nicht. Vorstände kommunizieren nur noch mit anderen Vorständen – der Kontakt zum Kunden reduziert sich auf Groß- und Prestigeprodukte. Die Kontaktplätze der Manager sind für normale Endkundenbeziehungen kaum tauglich: Airports, Flugzeuge, Luxushotels, Kongreßzentren etc. Das „normale" Leben findet dort nicht statt. Der „All-Tag" des Managements unterscheidet sich zumeist erheblich vom Alltag seiner Kunden. Barrieren entstehen, es kommt zu Mißverständnissen und Fehlinterpretationen.
Ein Beispiel: Als im Sommer 1992 in der Automobilindustrie die Konjunktur zusammenbrach und zum Teil nur noch halb so viele Bestellungen eingingen wie zuvor, nahm der erfolgverwöhnte Mercedes-Benz-

weichen. Er spürte auf einmal, daß sich vor ihm eine riesige Nische auftat, die noch niemand erkannt hatte. Plötzlich glaubte er fest daran, daß seine Idee funktionieren würde.
Obwohl er gerade erst die Hälfte seiner Rundstrecke hinter sich hatte, drehte er um und lief auf dem kürzesten Weg ....

Vorstand diesen Erdrutsch offenbar gar nicht wahr. Monatelang ließ der Vorstandsvorsitzende die Produktion auf hohen Touren weiterlaufen und trat erst viel zu spät auf die Bremse. Die Folge: Ende des Winters 1993 standen weltweit 140 000 Mercedes-PKW, auf die man früher zum Teil Jahre warten mußte, auf Halde. Hinzu kamen rund 40 000 unverkaufte Nutzfahrzeuge. Konzernchef Edzard Reuter spricht heute von der „Katastrophe bei Mercedes" (Süddeutsche Zeitung, 25.1.1994).

Es scheint, als seien die „Chefs" zu weit von den Dingen entfernt, über die sie befinden. Auch Topmanager, die ihre Laufbahn in jungen Jahren als Arbeiter in der Produktion begonnen haben (der Vorstandsvorsitzende war bekanntlich einer von ihnen), kehren nur selten dorthin zurück. Die Distanz von der Spitze der Pyramide zur Basis ist – wen überrascht es – nicht weniger weit als der umgekehrte Weg.

Bei zehn Hierarchieebenen und mehr findet höchstens bis in die zweite und dritte Garde ein echter Austausch statt. Die Basis bekommt ihre „Chefs" aber zumeist lediglich im Fernsehen zu Gesicht. In kleinen und vielen mittleren Betrieben ist das anders. Da kann jeder an die Tür des Unternehmers klopfen.

Sony-Chef Akio Morita pflegt nach eigenen Angaben „fast jeden Abend mit den jungen Leuten der unteren Führungsebene gemeinsam zu essen und stundenlang mich mit ihnen zu unterhalten und zu diskutieren. Dabei habe ich manche Einsicht gewonnen." (Morita 1986)

Ob ein solcher offener Austausch gerade in dem stark ritualisierten japanischen Geschäftsalltag tatsächlich stattfindet oder ob es sich bloß um eine schicke Floskel des Sony-Managers handelt, sei dahingestellt. Eines ist jedoch sicher: Der Mehrzahl der deutschen Spitzenmanager bleiben solche Einsichten versperrt. Im Gegenteil, sie enthalten den jungen Nachwuchstalenten in ihrem Unternehmen Informationen vor,

.... zurück nach Hause. Er mußte unbedingt mit Katarina sprechen und ihr alles erzählen. Katarina hatte er vor zwei Jahren auf dem Deutschen Managementtag in Frankfurt kennengelernt. Dort war sie ihm aufgefallen, weil sie wohl die einzige Frau war, die die von einem Bremerhavener Lebensmittelkonzern gesponsorten gegrillten Scampi und den pochierten Seeteufel verschmähte. Statt dessen steuerte sie auf das rustikale Buffet des

weil sie fürchten, nur so ihren Vorsprung und ihre Autorität verteidigen zu können. Es ist in diesem Zusammenhang ja auch bemerkenswert, daß die Vorstände immer die neueste Computergeneration in ihren Büros stehen haben, während die jungen Nachwuchskräfte, die diese High-Tech-Geräte wirklich nutzen könnten, ganz unten auf der Beschaffungsliste stehen und sich mit veralteten Generationen herumärgern müssen.

Statt bewußt aus der Isolation auszubrechen, pflegen die Topmanager sie als Symbole ihrer besonderen Stellung. Ihre Abgehobenheit hat dann ihren Höhepunkt erreicht, wenn – und das gibt es wirklich – der Vorstand einen eigenen Aufzug benutzt, in dem außer ihm nur die Putzfrau fährt.

In abgeschirmten Vorstandscasinos werden kulinarische Köstlichkeiten und erlesene Weine serviert. Unter dem Schlagwort Unternehmenskultur werden Chefetagen zu Kunstgalerien, die manchen Museumsdirektor neidvoll erblassen lassen. Dem Gros der Mitarbeiter bleiben solche Genüsse versperrt – einen Mehrwert für den Kunden gibt es schon gar nicht.

Das Ergebnis solcher Unsensibilität des Vorstands hat Heinrich Böll auf zynische Weise beschrieben: „Die Arroganzstruktur geht von oben nach unten und die Ressentimentsstruktur von unten nach oben."

Unter den Bedingungen der Abgeschirmtheit ist es leicht zu erklären, daß Manager vielfach eigene Wertmaßstäbe entwickeln, die neben den vorherrschenden ethischen Normen existieren, ohne mit ihnen in Einklang gebracht werden zu können: Ohne erkennbares Unrechtsbewußtsein leiten sie Giftstoffe in Flüsse ein, exportieren (teilweise mit aufwendigsten Täuschungsmanövern) Waffen in Krisengebiete oder setzen leichtfertig die Gesundheit ihrer Mitarbeiter aufs Spiel.

westfälischen Bauernverbandes zu und lud sich gebratene Blutwurst mit Reibeplätzchen und Zuckerrübensirup auf den Teller. Gut, zugegeben, er war nicht der einzige Mann gewesen, dem Katarina damals in ihrem grünen Kleid aufgefallen war. Doch immerhin war er der einzige, dem schnell genug der passende Spruch eingefallen........

Günter Ogger spricht in seinem ungeheuer erfolgreichen Buch „Nieten in Nadelstreifen" von einer „Kriminalisierung" der Führungskräfte: „Es scheint, als ob die deutschen Manager in ihrem Drang, möglichst schnell nach oben zu kommen, immer weniger Hemmungen zeigen, die Grenzlinie zwischen erlaubt und unerlaubt zu überschreiten." (Ogger 1992:67).

Beispiele hierfür gibt es mehr als genug. Vor allem die Treuhandanstalt scheint ein beliebtes Ziel krimineller Machenschaften geworden zu sein, bei dem die Manager besonders wenig Skrupel zeigen. Nach Angaben aus dem eigens eingesetzten Untersuchungsausschuß wurde sie seit ihrem Bestehen um Millionenbeträge geprellt – teilweise in Komplizenschaft mit Treuhandmitarbeitern.

Dabei wäre es so einfach, sich aus der Isolation zu lösen. Im dritten Teil dieses Buches werden wir dazu einige Wege aufzeigen. Oftmals reicht es schon aus, Lebensgrundsätze und Umgangsformen aus dem privaten Leben auch im Unternehmen anzuwenden.

3. Egonauten haben Größe zur Ersatzvision erhoben

Im Zuge von Diversifikationsstrategien und auf der Suche nach neuen Synergien haben viele Unternehmen ihr Kerngeschäft verlassen und neue Unternehmen hinzugekauft. Quer durch alle Branchen ist in den letzten Jahren eine wahre Akquisitions- und Fusionswelle geschwappt. Die wenigen deutschen Großkonzerne, die 1992 Umsatzzuwächse verbuchen konnten, haben diese zusätzlichen Volumina zumeist hinzugekauft. Bei Siemens kamen beispielsweise die Umsätze der neuen ostdeutschen Gesellschaften hinzu, die VEBA addierte erst-

.... war: „Möchten Sie auch etwas von dem Senf?" hatte er sie gefragt. Sie hatte schrecklich gelacht – immerhin hatte er sich gerade einen großen Löffel Löwensenf auf die geräucherte Bachforelle auf seinem Teller getan.
Katarina war mittlerweile nicht nur seine Freundin geworden, sondern auch Beraterin bei Houston Consulting, einem Büro, das sich auf die Shooting-Stars der Unternehmenslandschaft

malig die Zahlen der Spedition Schenker zum Geschäftsergebnis. In die Rechnungslegung von Mannesmann wurden die neu erworbenen Zulieferer VDO und Boge aufgenommen. Der VW-Konzern konsolidierte erstmals seine tschechische Tochter Škoda, das Bauunternehmen Philipp Holzmann die Nord-France-Gruppe (vgl. Wirtschaftswoche, Nr. 29/16.7.1993).

„Big is beautiful": Durch schiere Größe glauben viele Unternehmen dem sich verschärfenden Wettbewerb besser gewachsen zu sein. Doch aus einem Bedarf nach sinnvollem Wachstum entwickelt sich schnell ein von nicht mehr ausschließlich ökonomischen Motiven geleiteter Wachstumswunsch, der sich nicht selten zum Wachstumswahn steigert. Denn Wachstumsdynamik und Unternehmensgröße bestimmen wesentlich das Prestige eines Managers (schon das Zustandebringen einer Übernahme oder einer Fusion wird als Erfolg gefeiert).

Dem Wachstumswahn wird dann alles geopfert: die Zufriedenheit der Mitarbeiter, Arbeitsplätze, die Umwelt, die Aktionärsinteressen und sogar die Unternehmensgewinne. Die tatsächlichen Kosten dieses Schrittes werden oft erst nach einigen Jahren erfolglosen Herumlaborierens sichtbar. In der Praxis hat diese Probleme dann aber ohnehin die Folgegeneration von Managern auszubaden.

Rolf Bühner von der Universität Passau hat 110 der jüngsten Firmenzusammenschlüsse untersucht. Seine Bilanz: Es gibt gute Gründe für Fusionen, aber: „Die Mehrzahl geht schief." So seien die Kursverluste, die sich nach der Fusion an der Börse eingestellt hätten, auch nach 24 Monaten nicht ausgeglichen gewesen. Auch die Rentabilität hätte sich insgesamt reduziert, stellte Bühner fest.

Größe ist kein Erfolgsgarant. Zwar gewinnen die Unternehmen durch den Zusammenschluß Kosten- und Marktmachtvorteile, doch

spezialisiert hatte: junge Venture-Unternehmen, die mit geringem Risikokapital innerhalb weniger Jahre einen kometenhaften Aufstieg und den Sprung über die 100-Millionen-Umsatzgrenze geschafft hatten. Ihre Meinung war ihm wichtig.
Als Freddy Katarina beim Frühstück von seinem Projekt er- ....

sind diese bei der heutigen Marktdynamik nicht entscheidend: „Nicht die Großen schlagen die Kleinen, sondern die Schnellen die Langsamen", urteilt Bühner (FAZ, 30.9.93).

Beispiele für mißglückte Shopping-Tours gibt es in der deutschen Unternehmenslandschaft mehr als genug. Das wohl schillerndste ist der Versuch des Vorstandsvorsitzenden des Daimler-Konzerns, Edzard Reuter, aus dem traditionsreichen Hersteller erstklassiger Automobile einen „integrierten Technologiekonzern" zu machen. Mehr als acht Millionen Mark haben die Konzernvorderen in die neuen Töchter gesteckt – zurückbekommen haben sie davon praktisch nichts. Im Gegenteil: Der Ertrag, die alles entscheidende Größe, hat sich dramatisch verschlechtert, und innerhalb von nur drei Jahren wurden rund 70 000 Arbeitsplätze vernichtet.

Tragischer ist das Beispiel der Metallgesellschaft AG (MG). Bei dem Versuch, sich von stark schwankenden Rohstoffpreisen in ihrem Kerngeschäft unabhängig zu machen, ist aus dem Konzern der reinste Gemischtwarenladen geworden: 251 Beteiligungsgesellschaften und fast 350 Minderheitsbeteiligungen.

MG-Chef Schimmelbusch, der Mann, der dieses Wachstum gesteuert hat, wurde 1991 hierfür zum „Manager des Jahres" gewählt. Zwei Jahre später mußte er zusammen mit seinem Finanzvorstand fristlos das Haus verlassen. Statt dreistelligen Millionengewinnen wie in den Vorjahren schrieb das Unternehmen plötzlich Verluste von 245 Millionen DM. Sie hatten sich an zu großen Brocken verschluckt. Fehlspekulationen mit Ölterminsgeschäften taten dann das ihrige, den Riesenkonzern an den Rand des Konkurses zu bringen. Auszubaden haben die Folgen nun die Aktionäre und vor allem die Mitarbeiter.

Immer mehr Unternehmen suchen im Zusammengehen einen Aus-

.... zählte, bekam ihr Gesicht einen ernsten, gewichtigen Ausdruck: „Die Idee ist nicht schlecht", sagte sie, und man sah ihr an, daß sie jetzt mit ihrer ganzen Beraterkompetenz gefordert war. „Man müßte das mal näher untersuchen." Als sie sah, daß Freddy sie immer noch mit ungeduldig fragenden Augen ansah, stellte sie die Kaffeetasse aus der Hand. „Vielleicht sollte man zuerst einmal klare Technik- und vor allem Marktanalyse machen. Sonst

weg aus der Krise. Ins Schlingern geraten, schließen sie sich zusammen und hoffen, so ihren Kurs wieder unter Kontrolle zu bekommen. Aus zwei kranken Unternehmen, die nicht selten seit Generationen erbitterte Konkurrenten waren, soll plötzlich ein großes gesundes werden.

Beispiele für solche Verzweiflungshochzeiten gibt es mehr als genug. So hofften die ehemaligen Aushängeschilder Maho und Deckel unter einem gemeinsamen Konzerndach künftig der internationalen Konkurrenz Paroli bieten zu können – vergebens. Jahrelang haben die Kaufhäuser Hertie und Horten versäumt, eine tragfähige Zukunftsstrategie zu entwickeln. Als der Abstand zu Karstadt und Kaufhof immer größer wurde, suchten sie deshalb Anschluß an die Branchenriesen. Nach der Fusion der gebeutelten Stahldinosaurier Krupp und Hoesch fährt das neue Unternehmen zunächst einmal Verluste in der Größenordnung von einer viertel Milliarde Mark ein; fast ein Viertel der Belegschaft verliert ihren Arbeitsplatz.

Das Primat des Umsatzwachstums ist – das haben die Beispiele im vorangegangenen Kapitel gezeigt – als Unternehmensziel blanker Unsinn. Das vorrangige Ziel eines Unternehmens muß es sein, Gewinne zu erwirtschaften – nur so kann es, kein Zweifel, langfristig wirtschaftlich überleben.

Doch auch schwarze Zahlen zu schreiben ist keine tragfähige Unternehmensvision. Die einseitige Fixierung auf quantitative Ergebnisse wird schnell zu einem bösen Fluch: Was passiert, wenn in Zeiten der Krise die Zahlen in den roten Bereich abrutschen oder den Unternehmen gar Schrumpfungsprozesse abverlangt werden? Dann bricht das Wertegerüst schnell zusammen. Dann zeigt sich, wie wenig Gewinn- oder Wachstumsorientierung als Unternehmensvision taugt. Die Vi-

können wir weder die Zielgruppen eindeutig erkennen noch das Produkt richtig positionieren."
„Wie lange dauert denn so etwas?" fragte Freddy tonlos. „Ach, das ist kein Problem", antwortete die Beraterin im Bademantel eifrig. „In sechs bis acht Monaten könnten wir den ersten vorläufigen Report fertig.......

sion kippt mit dem wirtschaftlichen Klima – und mit ihr das gesamte Unternehmen.

An dieser einseitigen Wertefixierung kranken im übrigen nicht nur die Unternehmen, sondern letztlich die ganze Bundesrepublik. Nach dem Ende des Zweiten Weltkriegs begann der deutsche Neubeginn mit der von Ludwig Erhard entwickelten Vision vom „Wohlstand für alle". Das gemeinsame Ziel, nach den Schrecken, Zerstörungen und Entbehrungen des Krieges materiellen Wohlstand zu erreichen, war der große Wertekonsens, der – im Westen – die deutsche Nation zusammenschweißte. Andere, nichtmaterielle Werteorientierungen, beispielsweise „Nie wieder Faschismus" oder ähnliches, waren demgegenüber eher schwach ausgebildet.

Ein Land, das sich vor allem den materiellen Wohlstand auf die Fahne geschrieben hat, erweist sich in Zeiten der Konjunkturschwäche und der Bedrohung eben dieses Wohlstands als schwach. Das Band, das die Menschen zusammengehalten hat, droht zu reißen, der gesellschaftliche Konsens ist in Gefahr. Genau dies erlebt die Bundesrepublik am Beginn der neunziger Jahre. Die schwache ideelle Verankerung der Republik läßt die Deutschen an sich selbst zweifeln – nicht nur als Wirtschaftsmacht.

Ob in Politik oder Wirtschaft: Führungskräfte sind es nicht mehr gewohnt, die eigenen Erwartungen und Visionen klar zu formulieren und durch eigenes Vorleben Beispiel zu geben. Statt dessen haben die Egonauten das Wort Vision zur abstrakten Worthülse werden lassen. Dabei ist eine Vision etwas sehr Persönliches – geboren durch einen Menschen, der begeistert ist und dadurch andere begeistert.

Lebenskonzeptionen statt Produkte – dies ist wahrscheinlich die Marketingstrategie der neunziger Jahre. Doch wer hat sie zu Ende gedacht?

.... haben. Schwieriger wird's schon bei der Finanzierung, aber ohne Investitionen geht es eben nicht."
Freddy hatte plötzlich das Gefühl, die Milch in seinem Müsli sei sauer. Er räumte sein Geschirr in die Spülmaschine und zog sich in sein Arbeitszimmer zurück. Aus dem Regal zog er das kleine Taschenbuch „Ich gründe ein Unternehmen". Komisch, den Nachsatz „Jetzt mit speziellen Tips für alle, die sich im

Auch das eigene Unternehmen ist für einige hundert oder sogar tausend Mitarbeiter (auch für das Management) Lebensinhalt – vielleicht sogar der wichtigste. Müßte die Vision dann nicht eine auf die Hebung von Lebensqualität abzielende Verbesserung des Unternehmens sein?

Anstelle der Fixierung auf Wachstumsraten treten Faktoren wie Arbeitsplatzsicherheit, Zufriedenheit der Mitarbeiter, positive Arbeitsbedingungen, Schutz der natürlichen Ressourcen, aber auch Qualität der Produkte, Glaubwürdigkeit und gesellschaftliche Akzeptanz des Unternehmens etc. Die Steigerung des Umsatzes und der Rendite kann und wird dann ein Ergebnis, nicht aber die Voraussetzung für die Stärke eines Unternehmens sein.

Doch haben Egonauten gerade unter dem Druck der Krise den Blick starrer als je zuvor auf die Bilanzzahlen gerichtet. Sicherlich ist es kein Zufall, daß in immer mehr Unternehmen die Finanzvorstände als Vorstandsvorsitzende das Ruder übernehmen. Dabei braucht es gerade jetzt visionäre Vordenker, die ihre Unternehmen auf ein unbekanntes Übermorgen vorbereiten. Wie diese Visionen entwickelt und in eine handlungsorientierte Strategie umgesetzt werden können, wird eine zentrale Frage im letzten Teil dieses Buches sein.

4. Egonauten sagen nicht, wofür sie stehen

In schweren Zeiten wird der Kampf um Marktanteile mit harten Bandagen geführt – denkt man. Doch das Gegenteil ist der Fall: In der Krise versuchen einstige Feinde zu Freunden zu werden. Vor allem Automobilhersteller schmieden strategische Allianzen mit ihren Erzwidersachern. Man baut und entwickelt gemeinsam Fahrzeuge. VW und

ehemaligen DDR-Gebiet selbständig machen wollen" hatte er beim Kauf gar nicht gesehen. Ungeduldig überblätterte er das Vorwort und kam gleich zum Wesentlichen: „Die Ermittlung des Gesamtkapitalbedarfs". Ohne sich näher für den Unterschied zwischen Anlage- und Umlaufkapital zu kümmern, rief er das Tabellenkalkulations- ....

Ford ersinnen im Team einen Multivan. In manchem Opel schlägt ein BMW-Herz. Mancher Mercedes ist ein bißchen ein Porsche, und einige Porsche sind eigentlich eher Audis. Einige Audis wiederum werden bei Porsche gebaut. Produkt- und nicht selten Markenprofile verschwimmen. Die Identifikation wird für Kunden und Mitarbeiter erheblich erschwert.

Die Menschen in Untertürkheim „schaffen" noch immer „beim Daimler", dabei arbeiten sie doch bei Mercedes-Benz. Nur schwer lassen sich die unterschiedlichen Unternehmensidentitäten des traditionsreichen Automobilherstellers mit denen von so geschichtsträchtigen Unternehmen wie AEG und Telefunken oder aber der DASA verknüpfen. Beim Small talk auf einem Managementsymposium antwortete ein Teilnehmer auf die Frage, ob er denn der einzige Vertreter von Mannesmann auf der Veranstaltung sei: „Ja, das heißt – nein. Hier sind schon mehrere, aber das sind andere Mannesmänner."

Wie weit die Diffusion der Unternehmensidentitäten vieler Konzerne vorangeschritten ist, läßt sich deutlich anhand der Bilanzen ablesen. Ein Großteil des Unternehmensertrags wird nicht mehr durch das operative Geschäft, sondern durch Finanzerträge gesammelt. Ob RWE, Daimler-Benz, VW-Konzern oder Mannesmann: Nur der Zinssaldo rettet sie in den Krisenjahren vor roten Zahlen. Könnten diese Unternehmen das gesamte operative Geschäft aus ihren Büchern streichen, ginge es ihnen blendend.

Positive Unternehmen – und davon gibt es mehr, als die Wirtschaftsmagazine vermuten lassen – konzentrieren sich auf das, was sie können, und zeigen auf diesem Gebiet ein klares Profil: gegenüber den Kunden, gegenüber den Mitarbeitern und gegenüber dem Wettbewerb.

.... programm in seinem Mac auf und begann alles, was ihm in den Sinn kam, aufzulisten. Als am Ende die Summe auf dem Bildschirm erschien, wollte Freddy es nicht glauben. Er rechnete noch mal und noch mal, doch der Betrag wurde nicht kleiner.
„Wo soll ich diese Summe hernehmen? Selbst wenn mir die Bank das Geld gibt, fressen mich die Zinsen auf", jammerte er und lief wie ein Puma im Zimmer auf und ab. „Nein, so schnell

5. Egonauten verstricken sich in strukturellen Torheiten

Der Hang zu permanentem Wachstum und Diversifikation scheint eine verhängnisvolle Automatik in Gang zu setzen: Unternehmen mit einer visionären, risikofreudigen Unternehmerpersönlichkeit an der Spitze entwickeln sich im Laufe der Jahrzehnte zu kopflastigen, trägen Organisationen.

Viele Großunternehmen erinnern an bösartige Geschwüre. In einem nur schwer zu stoppenden Wildwuchs entstehen immer neue Metastasen, immer neue, feinere Verästelungen. Abteilungen bilden Unterabteilungen, die wiederum neue Arbeitsgruppen schaffen. Anschließend werden Stellen eingerichtet, die die verschiedenen Aktivitäten koordinieren. Stäbe verwalten die Verwaltungsabteilungen usw. Die Entscheidungswege werden immer länger, gleichzeitig fallen eine Reihe von Entscheidungen an, die im Hinblick auf das Unternehmensziel völlig irrelevant sind. Sie dienen allein dem Funktionieren und Steuern des immer größer werdenden Apparats.

Am Ende blickt niemand mehr durch. Aufgaben- und Verantwortungsbereiche verschwimmen. Zuständigkeiten werden beliebig delegiert und abgeschoben. Der Versuch, jemanden ausfindig zu machen, der sich für einen bestimmten Vorgang verantwortlich fühlt, endet häufig nach vielen „Einen Moment, da muß ich Sie verbinden" in einer toten Telefonleitung.

Dies ist kein bloßes Klischee, sondern Erfahrung: Für ein Wirtschaftswochen-Special über Mikromechanik haben wir versucht, bei Volkswagen in Wolfsburg jemanden zu sprechen, der kompetent etwas über die, wie wir wußten, erstaunlichen Fortschritte des Automobilkonzerns auf diesem Gebiet sagen konnte. Sage und schreibe zehnmal

gebe ich nicht auf", sagte er sich. „Wenn alles so einfach wäre, würde es ja jeder machen." Wieder setzte er sich an den Computer und begann alles aus der Rechnung zu streichen, was er anfangs entbehren könnte: die Sekretärin, die Halle, den Firmenkombi, die voll vernetzte Computeranlage ... Mit jedem Strich des Rotstiftes wur-

wurden wir an eine andere Abteilung weitervermittelt. Am Ende versprach ein freundlicher Herr, man werde das recherchieren und zurückrufen. Auf diesen Anruf warten wir noch heute.

Daß es auch anders geht, bewies BMW: Unsere Anfrage landete beim ersten Versuch beim Forschungschef des Münchner Konzerns Hans-Hermann Braess. Dieser nutzte die Chance, um sein Unternehmen in Deutschlands führendem Wirtschaftsmagazin als innovativen Vorreiter auf diesem Gebiet darzustellen.

Doch warum ist unproduktives Verwalten und Kontrollieren eines bürokratischen Apparats zu einer Hauptbeschäftigung vieler Manager geworden? Warum wird mit ständig neuen Instrumenten versucht, die Unternehmensorganisation weiter zu perfektionieren?

Wie immer gibt es mehrere Gründe: Zumeist verbirgt sich hinter strukturellen Torheiten eine defensive, ängstliche Grundeinstellung. Es wird versucht, ein makelloses Unternehmen zu schaffen, ein Unternehmen, das absolut „flopsicher" ist und bei dem nichts dem Zufall überlassen ist. Die sterile Ordnung der Büros, kühle Organigramme in exakter Geometrie und mit geradlinigen Beziehungspfeilen offenbaren dieses Verlangen. Doch das Ganze ist eine Illusion. Man verdrängt eine ökonomische Grundweisheit: <u>Wirtschaften ist Handeln unter dem Primat der Unsicherheit</u>.

Gefördert wird diese Strukturierung durch den Traum vom papierlosen Büro und die Einführung einer EDV, die das gesamte Unternehmen abdeckt. Da die Softwareprogramme keine „Unordnung" kennen, werden die Unternehmen entsprechend modelliert. Dabei entsteht eine künstliche und starre Gliederung, die schnelle Entscheidungen und Anpassungen an Veränderungen der Unternehmensumwelt erschwert.

.... den die Hürden vor ihm kleiner.
Je mehr er über das Projekt nachdachte, desto mehr glaubte er nun an seinen Erfolg. Klar, es gab auch Dämpfer. Beispielsweise den Anruf beim Landeswirtschaftsministerium. Ja, wenn er in Ostfriesland oder in Sachsen etwas machen wolle, habe er gute Chancen, Fördermittel zu bekommen, hieß es da. Doch hier gäbe es nichts mehr.

Die wohl fataleste Krankheit vieler Unternehmen: das Kästchendenken. Jeder Organisationsbereich hält starr an seinem Besitzstand fest. Eifersüchtig verteidigt der Abteilungsleiter seine Erbhöfe, insbesondere dann, wenn Budget und Personalbestand zur Disposition stehen. Denn ähnlich, wie das von ihm beherrschte Umsatzvolumen und die Wachstumsdynamik seine Stellung in der Garde der Topmanager bestimmt, wird auch das Prestige von Führungskräften auf tieferen Hierarchieebenen von der Größe der Abteilung oder des Bereichs bestimmt.

Jeder Vorstoß, die Struktur eines Unternehmens zu verändern, wird – auch wenn die Sinnhaftigkeit des Projekts auf der Hand liegt – zur Herkules-Aufgabe. Die Platzhirsche verteidigen eifersüchtig ihr Revier und plustern sich weiter auf.

Dieses Phänomen hat man in Systemanalysen als Regel erkannt: In jeder Organisation versuchen die Subsysteme sich künstlich aufzublähen und immer neue Funktionen an sich zu ziehen. So wird der Wasserkopf immer größer, das Ganze immer weniger funktionsfähig.

Der Weg zwischen Geschäftsleitung, Fachabteilung, Fertigung und Vertrieb wird immer länger. Schon sehr bald gewinnt die Bürokratie Einfluß auf die Unternehmenspolitik. Kreativität bleibt in einem Morast von Vorschriften, Regeln, Formalismen und eingefahrenen Verhaltensstandards stecken. Es entstehen strukturelle Rigiditäten und Starrheiten – Synergien, flexible Reaktionen und Fortschritte werden blockiert.

Beispiele IBM und Daimler-Benz: Noch in den achtziger Jahren wurden sie als Lehrbeispiele für perfekte operative Strukturen hochgejubelt – heute sind sie von der Rezession am härtesten gebeutelt und wirken in ihren Aktionen kopflos. Trotz perfekter Organisationsstruktur sind Kundennähe, Flexibilität, das Beispielgebende eines jeden ein-

Am Abend traf er sich mit Justus im „Bunten Vogel". Justus erzählte nie viel von seiner Arbeit. Der eloquente, humorvolle Jurist war nach der Uni in eine Kanzlei eingestiegen, die sich vor allem mit Immobilienstreitigkeiten befaßte – ein ruhiger Job.
Als er von Freddys Ideen hörte, war er sofort Feuer und ....

zelnen und vor allem die intuitive Fähigkeit, Veränderungen zu erkennen und diese Erkenntnisse umzusetzen, verlorengegangen.

Aber was noch verheerender ist: Der Bezug und die Verknüpfung mit dem, was das Unternehmen ausmacht – die Einmaligkeit und der Innovationsgrad seiner Produkte –, ist hinter den Strukturen und der Überbewertung des operativen Managements verlorengegangen. Energien wurden so nicht mehr kundenorientiert eingesetzt. Die eigene Struktur wurde wichtiger als das sichtbare und spürbare Ergebnis dieser Struktur. Die Produkte und Dienstleistungen verschwanden im Hintergrund, und die Konkurrenz überholte mit Leichtigkeit.

Diese Gefahr droht jedem großen Unternehmen. Ernst Zander, ehemaliges Vorstandsmitglied des Zigarettenkonzerns Reemtsma, stellt fest: „Je umfangreicher der Apparat und je komplizierter die organisatorische Struktur, desto größer ist die Gefahr, daß Eigeninitiative, Leistungswille und Verantwortungsbewußtsein der Mitarbeiter verkümmern." Und Norman R. Augustine, als ehemaliger Vorstand bei der NASA ein echter Egonautenexperte, ergänzt: „Wenn eine hinreichende Anzahl von Managementebenen aufeinandergetürmt wird, kann man sicher sein, daß Katastrophen nicht dem Zufall überlassen sind." (Rudolph 1993:20f.)

Das Aufblähen nichtproduktiver Managementpositionen hat mittlerweile innerhalb der Belegschaft zu einer erschreckenden Frustration geführt. So kursierte Anfang 1994 in einem deutschen Konzern folgendes Schreiben, das Ausdruck eines subversiv geführten Protests ist:

„Es war einmal vor langer Zeit ein blühender Konzern namens GAGA in einem kleinen Land inmitten von Mitteleuropa. Um seine Leistungsfähigkeit unter Beweis zu stellen, verabredeten die Konzernmanager mit den Japanern, daß jedes Jahr ein Wettrudern auf dem

.... Flamme: „Das mußt du machen! Das ist dein Ding!" Im ersten Moment wußte Freddy nicht, ob er sich über die Begeisterung freuen sollte. Irgendwie erschien ihm Justus auf einmal zu unkritisch. „Kannst du dir denn vorstellen, daß es für das Gerät einen Markt gibt?" fragte er deshalb nach, um ihn herauszufordern. „Klar, ich würde es sofort kaufen und du doch auch, oder?"
Den Rest des Abends verbrachten sie damit, immer neue Fir-

‚River-Dee' stattfinden sollte. Dafür wurden Mannschaften aus den besten Ruderern zusammengestellt. Beide Mannschaften trainierten lange und hart, um Bestleistungen zu erreichen. Als der Tag des Wettkampfes gekommen war, fühlten sich beide Mannschaften topfit. Doch nach dem Startschuß lagen die Japaner bald weit vorn und gewannen schließlich mit einer Meile Vorsprung.

Nach dieser schmerzlichen Niederlage war das GAGA-Team sehr niedergeschlagen, und die Moral war auf dem Tiefpunkt. Das obere Management entschied, daß der Grund für dieses vernichtende Debakel unbedingt herausgefunden werden müsse. Ein Untersuchungsausschuß wurde eingesetzt, um das Problem zu erkennen und geeignete Maßnahmen zu empfehlen.

Nur fünf Monate später lag das Untersuchungsergebnis vor. Das Problem war, daß bei den Japanern acht Leute ruderten und ein Mann steuerte. Im GAGA-Team hingegen ruderte nur ein Mann und acht Leute steuerten. Das obere Management engagierte sofort eine Beratungsfirma, um eine Studie über die Struktur des GAGA-Teams anzufertigen. Nach Kosten in Millionenhöhe und weiteren drei Monaten kamen die Berater zu dem Ergebnis, daß zu wenige Leute ruderten und zu viele steuerten.

Um einer weiteren Niederlage im nächsten Jahr vorzubeugen, beschloß man, die Teamstruktur grundlegend zu ändern. Es gab jetzt vier Steuerleute, drei Obersteuerleute und einen Steuerungskoordinator. Ein Leistungsbewertungssystem wurde eingeführt, um dem Mann, der das Boot rudern sollte, mehr Ansporn zu geben und sich noch mehr anzustrengen, ein noch besserer Leistungsträger zu werden. Die Parole lautete: ‚Wir müssen seinen Aufgabenbereich erweitern und ihm mehr Verantwortung geben! Damit sollte es gelingen!'

mennamen und Logos auf Bierdeckel zu malen. Am Ende konnte die Kellnerin nicht mehr erkennen, wie viele Striche sie auf den Untersetzer gemacht hatte. „In dubio pro Service", sagte Freddy, der sich in Hochstimmung geredet hatte, und gab vorsichtshalber ein dickes Trinkgeld.

Im nächsten Jahr gewannen die Japaner mit zwei Meilen Vorsprung. Der Ruderer wurde vom GAGA-Konzern wegen schlechter Leistungen entlassen, das Ruderboot mitsamt den Rudern wurde verkauft. Investitionen zum Bau neuer, schnellerer Ruderboote wurden umgehend gestoppt. Der Beratungsfirma wurde eine lobende Anerkennung für ihre Arbeit ausgesprochen, die Zusage für weitere Beratungsverträge wurde erteilt.

Das eingesparte Geld wurde an das obere Management ausgeschüttet oder zur Frühpensionierung leitender Manager bei vollem Gehalt verwendet. Und wenn sie nicht gestorben sind, dann verdienen sie noch heute ... " (aus: Süddeutsche Zeitung vom 25.1.1994).

Ob das Topmanagement sich von dieser Form des Protests hat beeindrucken lassen, ist nicht bekannt. Immerhin könnte es daran erkennen, welches Kreativitätspotential offenbar ungenutzt in seinen Büros schlummert.

6. Egonauten sind ängstliche Vernunftsillusionisten

An die Stelle von Visionären sind vielfach erklärte Rationalisten getreten. Sie sind zumeist für ihre Aufgabe besonders geschult und hochqualifiziert. Ihre Entscheidungen treffen sie aufgrund von Prognosestudien, die nachgeordnete Abteilungen mit Hilfe von immer ausgefeilteren Analyse- und Marketinginstrumenten erarbeitet haben. Kaum ein Wirtschaftsbereich, der heute nicht in seiner Funktionsweise erforscht und dessen Gesetzmäßigkeiten statistisch belegt worden sind. Alles scheint beherrschbar und kontrollierbar. Nicht selten geben die Planer bis auf zwei Stellen hinter dem Komma genaue Prognosen ab,

> .... Die nächsten Tage verliefen ziemlich hektisch: vorsprechen bei der Industrie- und Handelskammer, Steuerberater, Finanzamt – so viele Formulare hatte er zuletzt ausfüllen müssen, als man ihm vor drei Jahren in Spanien die Brieftasche mit allen Papieren geklaut hatte. Vor allem aber mußte die Garage auf Vordermann gebracht werden – schließlich sollte sie für die Anfangszeit sein Firmendomizil werden.

die dann aber immer wieder um zwei Stellen vor dem Komma von der Realität abweichen. So produzieren „Verstand-Vorstände" eine Reihe sehr fundierter, vernünftiger, aber dennoch falscher Entscheidungen.

Edzard Reuter, jemand, der tagtäglich in eine Vielzahl von folgenschweren Entscheidungsprozessen eingebunden ist, warnt: „Nach landläufigem Verständnis werden Führungsentscheidungen in Unternehmungen durch Tatsachen und Gesetzmäßigkeiten bestimmt, die wir mit wissenschaftlichen Methoden oder durch einfache Anschauung erkennen. Ganzen Generationen von Studenten – nicht nur in transatlantischen Business Schools – wurde der Glaube an den Determinismus klarer Zahlen und Indikatoren eingebleut. Nur was in Statistiken erfaßbar war oder in mathematischen Modellen, galt als objektiver Beweis für zwingende Entscheidungen. Rationales Management jenseits aller Matrixtabellen und Portfoliotafeln erscheint diesem Denken unerreichbar.

In Wirklichkeit ist Vertrauen auf derartige Wirkungen analytischer Leistung nicht weniger als eine – ich zitiere George Gilder – ‚säkulare rationalistische Mythologie', ein gefährlicher Aberglaube" (Steinmann/ Löhr 1991:384).

Egonauten, die diesem Aberglauben anhängen, vergessen, daß von dem Mantel der Vernunft – wenn auch unbewußt – eine ganze Reihe menschlicher Schwächen kaschiert werden:

- Ehrgeiz
- Ängstlichkeit
- Komplexe
- Unsicherheit
- Eitelkeit
- Statusstreben

"Du bist verrückt, so wird das nie was", hatte Katarina nur gesagt und ihn mitleidig angesehen. "Wieso nicht? Stevens Job hat auch in einer Garage begonnen", konterte er und trug hochmütig seinen Mac hinüber in den kühlen Waschbetonraum. Dort stand er nun wie eine Ikone des unkonventionellen, kreativen Unternehmertums. Dar- ....

- Geltungssucht
- Wahrung des Gesichts
- Illusionen
- Selbsttäuschungen und
- Vorurteile

Doch solche persönlichen Motive in den Entscheidungsprozeß bewußt einzubeziehen ist verpönt und gilt als unprofessionell. Dabei könnte ein offenes Wort so manche unfruchtbare Diskussion entscheidend verkürzen und zu einem positiven Ergebnis führen. Doch statt dessen redet man, einem strengen Entscheidungsritual folgend, um den heißen Brei herum. Getreu dem Motto "Was nicht sein soll, das nicht sein kann" werden Statistiken und Analyseergebnisse den eigenen Zielen gerecht gerechnet und interpretiert.

Dabei kommt den Egonauten eine andere Misere sehr zugute: die Oberflächlichkeit. Ganze Legionen von Master of Business Administration-Absolventen (MBA) bekommen heute in etlichen Fallstudien beigebracht, daß es ausreicht, ein dünnes Exposé über ein Unternehmen zu lesen, um dann schon ein Experte zu sein und die Probleme lösen zu können. Eine intensive, fundierte Auseinandersetzung mit der jeweiligen Materie wird weder anvisiert noch trainiert.

Statt sich zu fragen, wie ein Unternehmen tatsächlich funktioniert, wie Entscheidungen (auch auf informellem Wege) getroffen werden, wie der Informationsfluß ist und wie das Verhältnis zur Unternehmensumwelt ist, geben sie sich mit Informationen aus zweiter Hand zufrieden.

Heraus kommen dann häufig standardisierte Lösungen, die weniger von intuitiven Fertigkeiten und gesundem Menschenverstand geleitet sind als von einer akademischen Intelligenz.

.... über hängte Freddy ein großes Blatt mit der Aufschrift: „Wir haben zwar keine Chance, aber wir nutzen sie!"

Jan, ein nicht mehr ganz so junger Maschinenbaustudent, half ihm, die ersten Geräte zusammenzubauen. Technologisch war das Ganze nicht besonders anspruchsvoll. Mit ein paar Telefongesprächen hatte er schnell herausgefunden, wo er die einzelnen Komponenten herbekommen konnte. Sie mußten dann nur

7. Egonauten lassen die Wettbewerbskultur verkümmern

Durch Risikominimierung, durch angepaßte Konzepte, durch aufwendigste Marktforschungsinstrumente sollen Marktanteile gerettet werden. Die bange Frage lautet: „Wie kann ich mich halten?" Doch statt flexibler Anpassung ist das Ergebnis vielfach statisches Festhalten an einmal erworbenen Positionen. Märkte werden dann mit Energien gehalten, die zur Erschließung neuer, attraktiverer Märkte fehlen. Sportpsychologen wissen seit langem: Mit einer solchen defensiven Einstellung ist kein Blumentopf zu gewinnen. Nur wer Herausforderungen offen und offensiv annimmt, kann bestehen.

„Konkurrenz belebt das Geschäft" lautet ein alter Kaufmannsspruch. Doch schon das Wort Konkurrenz ist heute aus dem Managementvokabular gestrichen. Statt dessen spricht man etwas verhaltener von Wettbewerb. Nicht nur das Vokabular, sondern auch der Kampf um die Gunst des Kunden selbst ist feiner geworden. Nur noch selten wird er – das Produkt in der Hand – in der ersten Reihe ausgefochten. Statt dessen eröffnen die Marketingstrategen Nebenschauplätze. Aus dem Leistungswettbewerb, der dem Kunden einen Mehrwert bietet, wird ein Darstellungswettbewerb. Es gewinnt derjenige, der die schlauesten Werbe- und PR-Experten aufbieten kann. Völlig paradox wird es dann, wenn es als Zeichen von Stärke gesehen wird, in der Liste der 100 Unternehmen mit den höchsten Werbebudgets ganz oben zu stehen.

Wettbewerb ist ein ungeliebtes Kind geworden. Man weicht ihm aus, wo immer es geht. Dies wird vor allem im Ringen deutscher (und anderer europäischer) Produzenten mit Herstellern aus Japan und den übrigen ostasiatischen Ländern deutlich. Wo immer die Europäer fürchten müssen, das Rennen zu verlieren, versuchen sie hohe Import-

noch zusammengebaut und in ein Gehäuse gesetzt werden. Freddy hatte die Gehäuse bei einem Autolackierer, den er seit seiner Pfadfinderzeit kannte, in einem ungewöhnlichen Aubergine lackieren lassen. „Warum gerade dieses Aubergine?" hatte ihn Katarina gefragt. „Pink und Hellblau sind zur Zeit in." Freddy konnte nur ....

hürden aufzubauen, die die starke Konkurrenz nur schwer überspringen kann. Gleichzeitig treten sie in Asia-Pacific, dort also, wo am Ende des 20. Jahrhunderts die höchste Wettbewerbsdichte herrscht, erst gar nicht an. Auch hier liefert der Sport eine wichtige Erkenntnis: Nur wer sich entschlossen mit den Besten mißt, kann die Besten schlagen.

So sagt beispielsweise der amerikanische Trainer George Leonard über die Kampfsportart Aikido: „Jeder Aikidokämpfer muß vor allen Dingen einen guten Trainingspartner finden, jemand, der sich nicht vor einem ernsthaften Angriff scheut. (...) Ein halbherziger Angriff ist weitaus gefährlicher und kann leichter zu Verletzungen führen." (Syer/Connolly 1987:182).

Und noch etwas ist in Vergessenheit geraten: Wettbewerb macht Spaß. Die tägliche Arbeit wird nicht als Strapaze, Streß und Mühsal empfunden, sondern als Chance und Herausforderung. Wie der Surfer, der die kleinen Wellen durchlaufen läßt, um auf der großen Welle zu reiten, nutzt ein Manager mit einer positiven Wettbewerbsmentalität die Herausforderung, um sein eigenes Potential zu erfahren.

8. Egonauten klammern sich an Produkt- und Produktionstechnologien

In der Vergangenheit haben sich Unternehmen häufig über Produktionsmethoden entwickelt. Die prozeßtechnologischen Fertigkeiten wurden zu einem Kernpunkt ihres Geschäfts und ihrer Positionierung.

Doch wird das Produktions-Know-how – bis auf einige Hochtechnologiebereiche – immer austauschbarer. Gerade Unternehmen der Computerindustrie haben dies deutlich zu spüren bekommen. Das Un-

.... mit den Schultern zucken: „Ich weiß es nicht, ich fand's irgendwie gut."
Die ersten Geräte waren schon verkauft, bevor sie richtig funktionierten. Freddy hatte so vielen Leuten mit leuchtenden Augen davon erzählt, was das Gerät alles kann, daß sie spontan orderten. Außerdem hatte er sie mit einem besonderen Einführungspreis geködert. 130 Stück konnte er schon in den er-

ternehmen, das glaubte, als Zulieferer oder sogar als Markenartikler die Kostenführerschaft erreicht zu haben, mußte feststellen, daß Konkurrenten in Ostasien die gleiche Technologie ebenfalls anbieten konnten – und zwar zu einem weitaus geringeren Preis.

Die Folge ist, daß beispielsweise die Unternehmen des Mainstream-Computermarkts heute fast nur noch ihre Komponenten im Weltmarkt zusammensuchen und zu einem Produkt zusammensetzen. Mittlerweile beginnen die Verbraucher ihre Markenorientierung von dem Hersteller des Computers (also dem, der die Teile in das Gehäuse setzt) auf den Hersteller der wichtigsten Technologiekomponenten umzustellen. Das Label „Intel inside" ist mittlerweile zu einem festen Begriff und zu einem kaufentscheidenden Kriterium geworden. Dies ist nicht zuletzt eine Reaktion darauf, daß die Computerhersteller dem Bedarf des Kunden nach einer Differenzierung durch Design, Features und Innovation nicht nachgekommen sind.

Ein zweites Problem kann die Verliebtheit in die eigene Produktionstechnologie mit sich bringen: Unternehmen klammern sich zu fest an das mühsam erworbene Know-how und wagen nicht, Neuland zu betreten. So haben es in der Vergangenheit die renommierten Hersteller von Fernsehern beispielsweise nicht verstanden, das noch unbekannte Terrain der Computertechnologie zu erobern und vor dem Goldrausch der siebziger und achtziger Jahre ihre Claims abzustecken. Vor allem die ihnen völlig unbekannten Softwareprobleme schreckten die TV-Bauer.

Technologisches Know-how ist ein leicht verderbliches Kapital. Es will ständig fortentwickelt und erneuert werden. Vor allem aber begreift ein positives Unternehmen einen technologischen Wettbewerbsvorteil immer als Chance, um flexibel neue Wettbewerbsvorteile, auch auf nichttechnologischem Gebiet, zu schaffen.

38

sten Wochen unter die Leute bringen.
„Das läuft ja besser als erwartet", freute er
sich, als er die Seriennummern eins bis siebzehn seines Eutertrons in Kisten verpackte.
Als junger Student hatte er Heinz Nixdorf gekannt, den Gründer des gleichnamigen Computerkonzerns. Er war damals gerade zum Manager des Jahres gewählt ....

9. Egonauten haben ihren Kunden das Zepter aus der Hand gerissen

Der König Kunde ist in einer schleichenden Palastrevolte von seinem Thron gestürzt worden. Im Weltbild firmenzentrischer Manager sind die Rollen grotesk verdreht. Nicht die Bedürfnisse des Kunden, sondern die des Unternehmens sind der Ausgangspunkt vieler Überlegungen. Konsumenten werden vielfach zu reinen Produktempfängern degradiert.
Statt den Sehnsüchten und Wünschen der Kunden zu folgen, glauben selbstherrliche Marketingstrategen, diese steuern zu können. Die Zeichen der Zeit muß man nicht erkennen, man setzt sie selbst – so jedenfalls scheint die Philosophie der Arroganz zu lauten. Doch sie vergessen eines: Die Märkte bestehen heute aus Millionen von informierten, gebildeten, selbstbewußten und zur Individualität erzogenen Konsum-„Anarchos" mit einer hohen Erwartungshaltung. Sie machen es möglich, daß Schlüsselmärkte entgegen allen Trendforschungen von heute auf morgen abbrechen.
„Der Bedarf ist inzwischen längst ein augenzwinkernder Schelm, der Überraschungen und Paradoxa mehr liebt als seine eigene Kalkulierbarkeit", schreibt „Zukunftsberater" Gerd Gerken zu Recht. Anstelle des konventionellen Marketing setzt er die „Interfusion", die „vollständige Integration, Verschmelzung und wechselseitiges Incinander-Aufgehen". Denn: „Soziale und geistige Beziehungen sind stabiler als Bedarf und Konsum." (Gerken 1992:14f.)
Doch kann man auch durch intensive soziale und geistige Beziehungen kein erfolgreiches „Marktmanagement" betreiben, d.h. „Bedarf erfinden". Die emotionale Nähe zum Kunden ist vielmehr notwendig, um Veränderungen im gesellschaftlichen Umfeld rechtzeitig wahrzunehmen.

.... worden und ein großes Idol – nicht nur für ihn. Irgendwann hatte der Erfolgsunternehmer ihm genüßlich erzählt, daß er seine ersten Rechenmaschinen selbst mit dem Fahrrad ausgeliefert hatte. Jetzt, als er die Kisten in den Kofferraum seines Golfs lud, wußte er, wie sich Heinz Nixdorf damals gefühlt haben mußte.

Doch er hatte sich schon nach einem Fahrer umgesehen. Er

Gesellschaftliche Umwälzungen gehen einer Veränderung von Sehnsüchten und in deren Folge von Trends und Bedarfswellen voran. Um diese Wellenfolge frühzeitig zu erkennen, müssen Unternehmen ihre Kunden ernst nehmen, nicht allein als Konsumenten, sondern als Individuen und als Persönlichkeiten. Die Zukunft gehört den Unternehmen, die sich als wirklich dialogfähig beweisen. Die Egonauten müssen ihre Sendermentalität ablegen und zu einer Empfängermentalität finden – eine tiefgreifende Wandlung des Selbstverständnisses.

Dies bedeutet auch, daß sie das Verhältnis zu ihren Händlern neu definieren müssen. Denn ebenso, wie sie die Kunden nicht ernst nehmen, unterschätzen sie auch die Bedeutung derjenigen, die das Produkt an den Mann bzw. die Frau bringen sollen. Aus Fachhändlern, die ursprünglich einmal ihre Hauptaufgabe in einer intensiven persönlichen Produktberatung vor dem Kauf und einem kompetenten und zuvorkommenden After-Sales-Service gesehen haben, sind so zunehmend Preiseintreiber geworden. In der Computer- und Telekombranche gehen heute auch hochwertige Geräte ohne lange Gespräche über die Ladentheke. Es werden lediglich riesige Kisten aus dem Regal gezogen und dem Käufer vor die Füße gestellt. Gibt es nach dem Kauf Probleme, ist der Kunde zumeist auf sich gestellt. Der Kunde macht das traurige Spiel mit, solange der Preis stimmt. Doch Markentreue oder Treue gegenüber einem bestimmten Händler kann es so nicht geben.

Problematisch ist vor allem, daß die Kompetenz der Fachhändler sträflich vernachlässigt wird. Sie sind oft über ihr Produktprogramm nur unzureichend informiert, wirken unfreundlich und unmotiviert. Ein Beispiel: Auf der Suche nach einem Laserdrucker, der gerade in einer führenden Fachzeitschrift getestet worden war, haben wir fünf

wäre sonst den ganzen Tag unterwegs, um alle Eutertronics auszuliefern. Außerdem hatte er nun einige Händler gefunden, die das Gerät in ihr Programm aufgenommen hatten. „Der Laden brummt!" rief Jan ihm entgegen, als er zurück in die Garage kam. „Das Ding läuft wie am Schnürchen, aber allein schaffe ich es kaum noch."

verschiedene autorisierte Apple-Händler in Hannover abgeklappert: Zwei Händler kannten das Modell nicht, ein dritter kannte es zwar, riet aber (trotz schlechterer Testbewertung) zu einem Konkurrenzprodukt, ein vierter bot das Gerät zwanzig Prozent über dem im Test genannten Preis an, und ein fünfter behauptete gar, das Modell sei eingestellt und es gebe bald ein Nachfolgegerät (was von Apple in München auf unsere Anfrage hin als „völliger Quatsch" bezeichnet wurde).

Das oft zitierte Wort von der stärkeren Kundenorientierung ist zumeist nicht mehr als ein leeres Versprechen, wenn es nicht gelingt, ein lebendiges Beziehungsdreieck zwischen Hersteller, Händler und Kunden herzustellen. Das Zepter wird nicht selbstherrlich vom Hersteller geschwungen, sondern wie beim Staffellauf vom einen zum anderen weitergegeben.

Längst platzte die Garage aus allen Nähten. Sein Büro hatte Freddy sogar schon wieder zurück ins Haus verlegt. Neben seinem alten Computer, in den er schon seine Diplomarbeit gehackt hatte, stand ein neuer, sehr viel schnellerer. Außerdem kam jetzt morgens Ursula vorbei. Sie war gelernte Bürokauffrau und hatte eigentlich Mut- ....

II. Teil: Corporate Identity: Schlüssel zu einer positiven Unternehmenszukunft

Es gibt Menschen, die in wirren Revolutions- und Unruhezeiten Dinge tun, die sie vorher nicht für möglich gehalten hätten und für die sie sich später schämen. Es gibt andere, die können auch dann, wenn es kein klares „richtig" oder „falsch" zu geben scheint, richtig handeln. Sie werden dann möglicherweise später dafür bewundert oder sogar verehrt. Die letzteren sind immer starke Persönlichkeiten. Solche Menschen besitzen eine ausgeprägte Identität, die ihnen auch im Chaos sichere Orientierungspunkte gibt.

Den Egonauten fehlt solch ein innerer Kompaß. Deshalb ist ihr Leben und Arbeiten am Beginn der neunziger Jahre zu einem Irrflug geworden.

Die Märkte, die in den Jahren des Aufschwungs immer zuverlässig den Kurs gezeigt hatten, wurden plötzlich unberechenbar, ja tückisch. Doch aus sich selbst heraus können sie keine Orientierung finden. Es fehlte ihnen die starke innere Kraft, die ihnen den Weg in die Zukunft weist, wenn die bisherigen Instrumente und die Erfahrung nicht mehr weiterhelfen. Statt dessen werden die innere Leere und der dünne Wertekonsens überdeutlich. Zu der wirtschaftlichen Misere kommt eine Identitätskrise.

Daß diese Identitätskrise schon lange unterschwellig schwelte und auch von den Egonauten selbst wahrgenommen worden ist, zeigt der

.... terschaftsurlaub. Weil sie aber ihr Kind mitbringen konnte, hatte sie eingewilligt, auszuhelfen und Ordnung in all die Bestellungen, Lieferscheine, Rechnungen und Quittungen zu bringen.
Freddy stand voll unter Adrenalin. „Puh, irgendwann fliege ich aus der Kurve", seufzte er erschöpft, aber auch irgendwie glücklich, und schaltete den Computer aus. Heute wollte er sich, zum erstenmal seit Tagen, wieder einmal wenigstens die Tagesthe-

große Erfolg, den die Corporate-Identity-Bewegung in den letzten Jahren erlebt hat. Nach einer Umfrage, die die britische Meinungs- und Marktforschungsagentur MORI im Auftrag von Henrion, Ludlow & Schmidt unter europäischen Unternehmern durchgeführt hat, erklären 74 Prozent aller Befragten, daß sie eine starke Corporate Identity im Kampf gegen die Rezession als hilfreich erachten.

Auf welche Weise eine ausgeprägte Unternehmensidentität den Weg in eine positive Zukunft weisen kann, ist nicht leicht zu erklären. Dennoch werden wir im folgenden die Wirkungsweisen und Funktionen von Unternehmensidentität noch näher einzugrenzen versuchen. An dieser Stelle soll eine sehr vage, aber dennoch zutreffende Erklärung reichen: Identitätsstarke Unternehmen funktionieren schlichtweg besser, weil sie zielgerichtet Energien in den Köpfen und Herzen aller Menschen, die mit ihnen zu tun haben (also Mitarbeiter und externe Partner, Kunden etc.), freisetzen – Energien, die Unmögliches möglich machen können und zum Teil gerade in schweren Zeiten wachsen.

1. „Sesam, öffne dich" oder „Des Kaisers neue Kleider"?

Identitätsstärke als Rezept gegen die Krise? Das klingt einfacher, als es ist. Hat nicht die Corporate-Identity-Bewegung in den letzten Jahren vor der globalen Krise ihren Höhepunkt erreicht? Und sind nicht gerade einige der Unternehmen, die als Musterbeispiel einer ausgeprägten Corporate Identity die CI-Bibeln füllen, heute von der Krise besonders heftig in ihren Grundfesten erschüttert?

Ja, und dennoch: Maßnahmen zur Stärkung der Unternehmensidentität können zum „Sesam, öffne dich", zu einer erfolgreichen Zukunft

men anschauen. So konnte es nicht mehr weitergehen. Katarina hatte recht gehabt: Aus der Garage heraus kann man keine Geschäfte machen – schon allein, weil er nicht genug Platz für die Leute hatte. Morgen früh würde sich ein junger Mann bei ihm vorstellen, der das Marketing in die Hand nehmen wollte. Katarinas Vater hatte ....

werden. Doch sie müssen auch tatsächlich auf die Identität eines Unternehmens abzielen. Betrachtet man die CI-Maßnahmen, die bisher in der Mehrzahl der Unternehmen ergriffen wurden, fühlt man sich jedoch eher an das Märchen von des Kaisers neuen Kleidern erinnert: Mit einer neuen Optik und neuen Beschwörungsformeln glaubten die CI-Strategen, Energien freisetzen und Sympathien und Akzeptanz gewinnen zu können.

Doch nicht eine falsche Selbstdarstellung, sondern ein falsches Selbstverständnis und Selbstbewußtsein sind schuld an der Misere der Egonauten.

Neue Kleider machen keinen besseren Menschen, das weiß man. Persönlichkeit, Charakter, Sympathie, Glaubwürdigkeit, Offenheit und Stärke, aber auch Visionen, Ziele und Lebensplanungen entstehen im Inneren eines Menschen, in seinem Herzen. Bei Unternehmen, das hat die CI-Bewegung in der Vergangenheit oft verdrängt, verhält es sich nicht anders: Nur wenn im Inneren ein kräftiges Herz schlägt, besitzen sie eine starke Identität, die nach außen Souveränität und Stärke ausstrahlt.

Die Hoffnung Roman Antonoffs, daß das Firmenzeichen, „eine Hochleistungsbatterie, die Energie des ganzen Unternehmens speichert und so als Kraftquelle den Mitarbeitern dient" (nach Lay 1992; 10), hat sich nicht erfüllt.

Ein Logo kann bestenfalls wertvolles Symbol einer inneren Stärke sein. Es kann sie aber nicht schaffen.

Unternehmen sehen jedoch den CI-Prozeß zumeist auf Äußerlichkeiten beschränkt. In den ersten Gesprächen mit einem neuen Kunden hört der Berater immer wieder die gleiche, vom Gegenüber als zentral empfundene Frage: „Was wird aus unserem Logo?" Als sei die Iden-

.... ihm den Diplomkaufmann empfohlen: Er hatte zwei Jahre in Boston studiert und außerdem ein Praktikum bei einer dieser großen Unternehmensberatungen absolviert, deren Name Freddy gerade nicht einfiel. „Komisch, warum dieses Talent gerade in meinem Bauchladen anfangen will?" fragte sich Freddy.
Doch am nächsten Tag hatte Freddy seine Skepsis längst vergessen. Das Gespräch verlief sehr freundlich, war aber schon

tität eines Unternehmens auf einen Schriftzug oder ein Symbol reduziert.

Dieses oberflächliche CI-Verständnis wurde auch in der bereits zitierten MORI-Erhebung deutlich: 50 Prozent aller Befragten definierten CI als Image bzw. als Profil in der Öffentlichkeit und als externe Darstellung. 27 Prozent setzten CI mit dem visuellen Erscheinungsbild bzw. dem Logo gleich. Aber nur zwei von zehn Unternehmern sahen in der Corporate Identity einen Ausdruck von Kultur, Werten und Unternehmensphilosophie. Gleichzeitig mißt aber erstaunlicherweise der größte Teil aller Unternehmer der Unternehmenskultur und der internen Kommunikation eine weitaus größere Bedeutung zu als dem Design, den Logotypen und Symbolen.

Die Logogläubigkeit vieler Manager ist nicht zuletzt ein Erfolg der CI-Berater. Diese Berufsgruppe ist aus den Design- und Grafikagenturen hervorgegangen. Ihre Vorreiter besaßen vor allem eine visuelle Kompetenz, nicht aber die Fähigkeit, auf komplexe soziale und betriebsorganisatorische Fragen intensiv einzugehen. Sie haben das Entwickeln und Verfeinern des Logos zur Religion erhoben. So ist beispielsweise die simple Tatsache, daß Shell, nachdem man in der Vergangenheit die Form der Muschel Schritt für Schritt vereinfacht hat, nun wieder zu einer plastischeren Form zurückkehrt, nicht nur in der Branche eine Topnachricht. Wie viele Memos und Konzepte für diesen kühnen Schritt geschrieben wurden, wie viele Briefings und Präsentationen es hierfür gegeben hat, kann man nur vermuten.

Doch es bleibt nicht beim Logo: Gerade Großunternehmen, die dazu die nötigen Ressourcen haben, entwickeln unter der Etikettierung Corporate Identity eine allumfassende Vereinheitlichung ihres visuellen Erscheinungsbilds. Dies geschieht dann nicht selten mit einer

nach wenigen Minuten vorbei. Der Junge bekam den Job. Freddy war in Gedanken sowieso schon woanders. Er wollte sich um elf im Gewerbegebiet mit einem Architekten treffen. Sein Lackierer (mittlerweile wurden die Gehäuse außer in Aubergine auch in einem innovativen „Delphingrau" gespritzt) hatte ihm erzählt, daß zwei Straßen ....

solchen Perfektion, daß die vermeintliche Corporate Identity zur Zwangsjacke wird.

Ein Beispiel macht die Verirrung des CI-Gedankens deutlich: Auf einem Symposium über Corporate Identity in Bremen stellten Unternehmensvertreter von Siemens das CI-Konzept des Konzerns vor. Systematisch und professionell haben sie das Erscheinungsbild des Mischkonzerns vereinheitlicht. Ein mehrbändiges CI-Manual im Format des Brockhauses garantiert, daß tatsächlich nichts und niemand aus der Reihe tanzt.

Erst als die Referenten eher am Rande erwähnten, welche Turbulenzen eine völlig von der CI-Linie abweichende Getränkekarte für den Siemens-Pavillon auf der Weltausstellung in Sevilla ausgelöst hat, ging den Zuhörern ein Licht auf: Das Ganze hatte etwas Steriles, Starres, Künstliches, ja Unmenschliches. Die CI bekommt den Charakter einer Überwachungskultur. Echte Corporate Identity aber wird gelebt. Sie verändert sich, ist beweglich und gewährleistet dennoch Kontinuität.

Und noch eines zeigt sich am Beispiel des Mischkonzerns: Siemens hat eine kaum überschaubare Spanne von Produkten und Kompetenzen. Siemens, das sind Großkraftwerke, das sind aber auch Staubsauger oder Telefone und vieles mehr. Bei solch einer überdehnten Marke ist die gemeinsame CI zumeist nicht mehr als der kleinste gemeinsame Nenner, ein schlechter, nichtssagender Kompromiß.

Wer sich tatsächlich auf die Suche nach der Identität eines Unternehmens macht, darf nicht in Oberflächlichkeiten verharren. Corporate Identity Building ist ein Prozeß, der nicht vorrangig das visuelle Erscheinungsbild eines Unternehmens betrifft, sondern das Wesen des Unternehmens: die Gestaltung der formalen Organisationsstruktur, der Personalplanung, des Management Developments, aber mehr noch

.... weiter eine kleine Lampenfabrik die Lichter ausgeknipst hätte und das Gelände und die Hallen zum Verkauf stünden.
„Der Trump-Tower ist das nicht gerade", lachte Freddy, als er den Architekten begrüßte. Insgeheim hatte er sich die Anlage imposanter ausgemalt – aber nun ja, bei dem Preis... Im ersten Moment mochte Freddy den Architekten nicht. Irgendwie war der Typ schleimig. Kaum, daß sie sich gegenseitig vorgestellt

die Faktoren, aus denen sich immer neu die Unternehmensleitlinien und -grundsätze entwickeln, also die Unternehmenskultur und die Unternehmens- und Managementphilosophie. Wichtig sind nicht allein das Verhalten und das Erscheinungsbild eines Unternehmens, sondern die Kräfte, von denen diese erzeugt und gesteuert werden.
 Unternehmen sind keine abstrakten Gebilde, auch wenn sie heute vielfach so erscheinen. Es sind Menschen, Manager, Mitarbeiter, Partner und Kunden, die ein Unternehmen geschaffen haben, die es aufrechterhalten und formen. Alle diese Menschen haben als Ergebnis ganz spezifischer Lebenserfahrungen eine eigene Identität. Dadurch, daß sie diese Identität in das Unternehmen einbringen, gewinnt auch das Unternehmen an Identität – je bewußter und stärker sie dies tun, desto positiver für das Unternehmen. So verstanden ist Unternehmensidentität nichts anderes als die ungleichgewichtige Bündelung von personalen Identitäten. Deshalb wird auch der Mensch immer im Mittelpunkt eines CI-Prozesses stehen, wie wir ihn im dritten Teil aufzeigen.

2. Wo und wie schlägt das Herz?

 Bevor wir damit anfangen können, die Identität eines Unternehmens zu neuer Strahlkraft zu erwecken, müssen wir mehr über das Wesen und die Funktionsweise von Identität wissen. Das heißt, wir müssen einige theoretische Überlegungen anstellen.
 Vielen Praktikern mag dieser Schritt als Umweg erscheinen. Er ist es nicht. Ein Theoriemodell zu bauen ist, als steige man auf einen hohen Berg und sehe sich die Welt von oben an: Die kleinen Dinge des Alltags fügen sich zu Strukturen zusammen. Aus der luftigen Höhe wird in

> hatten, fing er schon davon an, wie toll er
> den Eutertronic fände: „Ich habe meiner
> Oma gleich einen zu Weihnachten ge-
> schenkt, den in diesem Mausgrau", versuchte
> er ziemlich unbeholfen Konversation zu machen.
> Doch Freddy hatte das „Mausgrau" zum Glück schon
> nicht mehr gehört. Längst war er durch die Glastür hineinge- ....

Entwicklungen der rote Faden sichtbar, der sich wie ein Fluß bis zum weiten Horizont hinzieht.

Nur wer sich überlegt, wie sich die Identität eines Unternehmens bildet und wie sie (ob stark oder schwach ausgeprägt) auf ein Unternehmen Einfluß nimmt, kann das Identity Building erfolgreich steuern und stimulieren. Ohne die Vogelperspektive der Theorie können nur Genies (und wer ist das schon?) wirklich originäre und neue CI-Strategien hervorbringen, die mehr sind als die Plagiate erfolgreicher Vorbilder.

Seit Beginn der CI-Bewegung leidet diese darunter, daß sie keine überindividuellen Grundlagen hat, sondern sich immer wieder auf erfolgreiche Modelle wie IBM, Apple, Coca-Cola, Erco etc. beruft. Sie sind wertvolle Leitbilder, und aus ihren Erfahrungen und Erfolgen lassen sich viele hilfreiche Erkenntnisse ableiten. Doch mehr können sie nicht leisten. Zu unterschiedlich sind die Produkte, die Märkte, die Zielgruppen, die Traditionen und vor allem die Menschen innerhalb und außerhalb der Unternehmen. Die nie gleiche Kombination all dieser Faktoren macht jedes Unternehmen einzigartig, auch wenn dies oft nicht bewußt ist. <u>Entsprechend muß auch jede Unternehmensidentität (und der Weg, sie zu entdecken und zu stärken) einzigartig sein – sonst ist sie alles mögliche, nur eben nicht die Identität des Unternehmens.</u>

Eine theoretische Vorstellung hilft, eine tatsächlich unternehmensspezifische Identitätsvision zu entwickeln und umzusetzen. In einem langen Prozeß wird die Vision erlebbare Realität, die als einzigartiges Herz im Zentrum des Unternehmens pulsiert. Erst dann beginnt die Arbeit an Instrumenten, um dieser Identität nach innen und außen Ausdruck zu verleihen.

Eine präzise Definition von Unternehmensidentität ist schwer zu geben. Eingangs haben wir bereits auf die MORI-Untersuchung hinge-

.... stürmt und hatte begonnen, sich alles anzusehen. Im Eilschritt war er durch die Halle und hinüber in den Verwaltungstrakt gelaufen: zwei offene, große Büroräume, ein Vorzimmer, das Chefzimmer – alles da.
Mittlerweile war der Architekt mit den Plänen zur Stelle: „Wenn wir eine neue Fassade aus Alublech und ein Vordach auf gelochten Stahlträgern davorsetzen, kostet das nicht allzuviel,

wiesen. Sie hat gezeigt, daß europäische Unternehmen CI überwiegend mit dem Image und der externen Wirkung gleichsetzen. Dieses verkürzte Verständnis ist nicht weiter verwunderlich. Tun sich doch auch die Päpste der CI-Bewegung schwer.

„Zweck und Zugehörigkeit sind die beiden Aspekte von Corporate Identity", erklärt Wally Ollins kurz (Ollins 1990:7). Angesichts der Fülle von Definitionen und Ersatzbegriffen meint Roman Antonoff: „Lassen wir das Erklären beiseite, und wenden wir uns lieber der Wirkung und Bedeutung von Identität zu." (Antonoff 1991:24)

Wir wollen unter Corporate Identity das Selbstverständnis und Selbstbewußtsein eines Unternehmens in seinem sozioökonomischen Kontext verstehen. Sie wird geformt durch Menschen, die sich nicht allein mit ihrer Kompetenz, sondern auch mit ihrer Persönlichkeit aktiv und bewußt in ein Unternehmen einbringen. Die so gewachsene CI zieht sich wie ein roter Faden durch alle Handlungen und Erscheinungsweisen eines Unternehmens. Sie verleiht ihm nach innen Geschlossenheit und nach außen Strahlkraft, Einzigartigkeit, Glaubwürdigkeit und Sympathie. Sinnbildlich gesprochen ist die CI das pulsierende Herz eines Unternehmens: zugleich Antriebsmotor und Sitz der Persönlichkeit.

2.1 Öffentliche und private Identität –
Ein Ausflug in die Sozialpsychologie

Die Philosophie beschäftigt sich seit langem mit dem Phänomen der Identität. Abgeleitet von dem lateinischen „idem", dasselbe, beschreibt die philosophische Identitätsvorstellung eine völlige Übereinstimmung: Etwas ist identisch mit sich selbst, wenn es in den unterschiedlichsten

und der ganze Komplex bekommt einen High-Tech-Touch", schlug er vor. „Das sieht nach was aus." Allmählich wurde ihm der Baumeister sympathisch. Der Architekt zog einen weiteren Plan aus seiner Plexiglasröhre. „Den Zeichnungen nach ist das Fundament sehr stabil ausgelegt. Wenn mich nicht alles täuscht, müßte man das Ge- ....

Situationen und Umständen immer dasselbe bleibt, so daß es als dasselbe identifiziert werden kann.

Doch hilft uns die Wissenschaft der Weisheit darüber hinaus kaum weiter, dem Wesen der Unternehmensidentität auf die Spur zu kommen. In der Philosophie bleibt die Identität eine sehr abstrakte Vorstellung.

Um Corporate Identity zu verstehen, lohnt sich hingegen ein Ausflug in die Sozialpsychologie.

Hier wird Identität in der Regel als „die Definition einer Person als einmalig und unverwechselbar durch die soziale Umgebung wie durch das Individuum selbst" verstanden (Oerter/Monda 1987:297).

Erik H. Erikson, der Identität als erster als wissenschaftliche Kategorie untersuchte, verbindet Identität mit den Attributen Gleichheit und Kontinuität: „Das bewußte Gefühl, eine persönliche Identität zu besitzen, beruht auf zwei gleichzeitigen Beobachtungen: der unmittelbaren Wahrnehmung der eigenen Gleichheit und Kontinuität in der Zeit und der damit verbundenen Wahrnehmung, daß auch andere die Gleichheit und Kontinuität erkennen." (Erikson 1991:18)

Das heißt, es gibt genaugenommen zwei Elemente von Identität:

- eine private Identität: ein dauerndes inneres Sich-selbst-Gleichsein, d.h. eine Kontinuität und Gleichheit im Denken und Verhalten, im Selbstverständnis und Selbstbewußtsein,
- eine soziale oder öffentliche Identität: eine Kontinuität und Gleichheit, die auch in den Augen der Umwelt gewährleistet ist.

Zwischen beiden Seiten besteht ein komplexes Wechselspiel. Denn die soziale wirkt, über die Reaktionen der Umwelt auf individuelle Verhaltensweisen, auf die private Identität zurück.

.... bäude leicht aufstocken können. Wie wär's, wenn wir oben auf das Flachdach eine Art Penthouse setzen würden, rundum verglast, in dem Sie ihr Büro haben könnten."

„Das ist mein Mann", dachte Freddy, zeigte aber nur wenig von seiner Begeisterung. Statt dessen fragte er nur skeptisch: „Das kostet doch Millionen?" – „Tja, genau kann ich das nicht sagen. Aber die Hälfte der Kaufsumme werden Sie noch-

Diese beiden Seiten von Identität existieren nicht nur beim Menschen, sondern prägen auch Unternehmen.

Die innere Identität eines Unternehmens manifestiert sich im Selbstbewußtsein und Selbstverständnis eines Unternehmens, wie sie vor allem in der Unternehmensphilosophie und der Unternehmenskultur ihren Ausdruck finden. Erlebbare und kontinuierliche Ziele, Visionen, Grundsätze und Verhaltensstile schaffen einen inneren Zusammenhang.

Die soziale Identität wird dadurch bestimmt, wie das Unternehmen von seiner Umwelt wahrgenommen wird. Die soziale Identität ist das Ergebnis von Erfahrungen und Informationen, die Kunden, Geschäftspartner und irgendwie von den Geschäftsaktivitäten betroffene Menschen mit dem Unternehmen selbst oder seinen Produkten und Mitarbeitern gemacht haben. Diese soziale Identität wird dem Unternehmen wie eine Art Spiegel vorgehalten. Oft genug erkennt es sich darin nur als ein Zerrbild.

Ein Beispiel: Zahlreiche Chemieunternehmen versuchen schon seit einigen Jahren, sich zu Ökologiekonzernen zu wandeln. Sie haben in eine Reihe von entsprechenden Projekten investiert und bieten neue Produkte an, die diesem Anspruch gerecht werden. Dennoch erscheinen sie im Spiegelbild der Unternehmensumwelt immer noch als Umweltsünder Nr. 1.

Dies kann mehrere Gründe haben: Erstens handelt es sich um eine Art Sippenhaft. Zeigt ein Unternehmen mangelndes Verantwortungsbewußtsein und verursacht einen Unfall, ist gleich die ganze Branche mit dran. Doch zumeist liegt es daran, daß der Versuch, die eigene Identität zu ändern, in einer Scheinidentität mit einem grünen Anstrich endet. Noch immer produziert das Unternehmen gefährliche Güter im

mal reinstecken müssen." Jetzt brauchte
Freddy nicht lange zu rechnen. Er kannte
seine Umsatzzahlen der letzten Monate und
wußte, daß er gerade erst eine kleine Ecke eines gewaltigen Marktes angeknabbert hatte.
„Wann kann alles fertig sein?" fragte er ungeduldig.
Doch die Antwort erreichte ihn kaum noch, denn in Gedanken ....

Ausland, wo die Sensibilität oder die gesetzlichen Bestimmungen anders sind. Noch immer wird „irgend so ein Grüner" als abfälliges Schimpfwort gern gebraucht, und die Berührungsangst mit diesen Gruppen bleibt bestehen. Und noch immer ist die Ökologie ein akzeptiertes Übel, nicht aber ein Herzensanliegen des Unternehmens.

Doch kann der Grund für das verzerrte Spiegelbild auch einfach darin liegen, daß der innere Wandel zum Ökokonzern nicht nachvollziehbar und miterlebbar war. Es kann sich also auch um ein Kommunikationsproblem handeln. Einen Teil der Impulse, die die soziale Identität beeinflussen, kann ein Unternehmen direkt steuern, etwa durch die Qualität und Gestaltung seiner Produkte, durch Werbung, Öffentlichkeitsarbeit und Pressearbeit, und so gezielt eine öffentliche Identität aufbauen.

Sträflich vernachlässigt wird in diesem Zusammenhang vor allem der Gesichtspunkt, daß jeder Mitarbeiter, vom Pförtner über die Putzfrau, den Außendienstmitarbeiter, den Finanzbuchhalter, bis hin zur Vorstandsetage ein Botschafter der Unternehmensidentität ist. Ihr im Inneren gewonnenes Bild von dem Unternehmen überträgt sich bei unzähligen privaten und professionellen Kontakten auf die Umwelt. Die innere Identität wird nach außen transportiert und bestimmt die äußere Identität.

2.2 Schlagende Herzen und pulsierende Oberflächen

Laut Erik Erikson bildet Identität „den lebensgeschichtlichen Zusammenhang zwischen den Erfahrungen, die ein Mensch gemacht hat. Sie ist der rote Faden, der sich durch den Strom der Ereignisse hindurchzieht und zugleich der gleichbleibende (eben identische) Brenn-

> .... beschäftigte ihn längst ein sehr viel drängenderes Problem: Teppich oder Marmor.
> Fünf Monate später rollten die Möbelwagen. Genaugenommen war es nur ein richtiger Möbelwagen. Der Rest waren Freddys fünf brandneue Kleinlaster, die er gerade geleast hatte. „Euter Technologies" stand in großen, dynamisch nach rechts geneigten Lettern auf ihrer Seite. Daneben prangte ein Logo, von

punkt, den sich das Individuum als Selbst konstruiert." (Erikson, in: Oerter/Monda 1987:297)

Auch die Identität eines Unternehmens wird in der Regel sehr stark durch Erfahrungen, seine historische Entwicklung und Tradition bestimmt. Doch sehr viel bedeutsamer ist, daß es in einem Unternehmen eine identitätsstiftende Kraft gibt, die sich im Laufe der Unternehmensentwicklung verschiebt.

In der Anfangsphase geht die identitätsstiftende Kraft vor allem von der Persönlichkeit des Firmengründers aus. Mit seinen Visionen, seinem Charisma, seinen Idealen und seiner Tatkraft bestimmt er Sinn und Charakter des Unternehmens. Sein leidenschaftlich schlagendes Herz bildet auch das Herz des Unternehmens. Er verkörpert und bestimmt die Unternehmensphilosphie, die Unternehmenskultur und das Verhalten.

Große Beispiele hierfür finden sich in der deutschen Wirtschaftsgeschichte mehr als genug: Gottlieb Daimler, Friedrich Krupp, Werner von Siemens, August Horch, Caspar Faber (Faber-Castell), Ferdinand Porsche, Hermann Bahlsen etc. etc. Die Epoche der großen Unternehmerpersönlichkeiten endete entgegen einer weitverbreiteten Vorstellung nicht mit dem Zweiten Weltkrieg. Auch heute haben einzelne Menschen weitgespannte und erfolgreiche Unternehmen aufgebaut. Denken Sie nur an die Modezaren Jil Sander, Joop, Otto Kern, Bogner oder an die Computerhersteller Heinz Nixdorf und Michael Dell.

Die Qualitäten und Energien, die diese Persönlichkeiten in ihre Unternehmen eingebracht haben, sind nicht als Posten in Bilanzen und Ertragsrechnungen zu finden, schlagen sich aber um so deutlicher unterm Strich nieder. Die Unternehmer allein tragen das Risiko und verantworten sich persönlich für das Unternehmen. In den oben aufge-

dem Katarina sagte, es erinnere sie ein wenig an einen aufgeblasenen Spülhandschuh. Justus, der mittlerweile als Prokurist in Freddys Unternehmen eingestiegen war, hatte ihm von der Anschaffung abgeraten, er solle sich bloß nicht übernehmen. Doch Freddy hatte abgewinkt: „Wie hast du ....

führten Beispielen tun sie das sogar demonstrativ, indem sie „ihrem" Unternehmen auch ihren Namen geben.

Doch ist die Personalunion von Eigentümer und Geschäftsführer zumindestens bei großen Unternehmen selten geworden. Dies hängt weniger damit zusammen, daß es solche Persönlichkeiten heute nicht mehr gäbe, als vielmehr mit einer zunehmenden Arbeitsteilung: Es gibt Investoren, die das notwendige Kapital bereitstellen, und hochspezialisierte Manager, die wissen, wie man dieses Kapital gewinnbringend einsetzen kann. Diese Spezialisierung hat schon im 19. Jahrhundert mit der Erfindung der „public limited company" begonnen. Doch hat die Trennung zwischen denen, die die Kapitalanteile halten, und denen, die das Unternehmen leiten, beständig an Bedeutung gewonnen. 1993 lag der Gesamtwert der weltweit an Aktiengesellschaften gehaltenen Anteile bei 13 Trillionen US-Dollar (The Economist, 29.1.1994).

In Deutschland (ähnlich wie in Japan) halten in der Regel einige wenige Hauptaktionäre, vor allem Banken und Gesellschaften, die mit dem Unternehmen in enger geschäftlicher Beziehung stehen, die größten Aktienanteile. Bei Daimler-Benz besitzen die fünf größten Anteilseigner 68 Prozent des Kapitals.

Die Herren dieser Anteile sind aber wiederum in der Regel spezialisierte Manager und nicht Eigentümer des Kapitals, das sie vertreten. Man muß in der Regel die Beteiligungskette über mehrere Stationen zurückverfolgen, bis eine Einzelpersönlichkeit ausgemacht werden kann, die nennenswerte Kapitalscheine auf sich vereinigt. Doch in vielen Unternehmen hat man es mit einer weit aufgefaserten Eigentümerstruktur zu tun. Nicht selten erscheint das Eigentum als ein abstrakter Wert, die Eigentümer gleichen anonymen Größen, die sehr weit von der Unternehmensführung entfernt sind.

.... an jenem Abend im ‚Bunten Vogel' gesagt: ‚No risk, no reward'."
Justus erkannte Freddy kaum wieder. Seit Wochen war dieser wie in einem Rauschzustand. Gleich nach Baubeginn hatte er alle Pläne über den Haufen geworfen und das Gebäude auf der ganzen Fläche mit einem zweiten Stockwerk überbaut, auf der nun oben die gläserne Chefetage thronte. „Sonst fangen wir

Scheiden die Gründungsväter aus einem Unternehmen aus, sei es aus Altersgründen oder aufgrund neuer Kapitalverhältnisse, können ihre Nachfolger nur selten eine ähnliche Ausstrahlung entwickeln wie ihre Vorgänger. Gerne zieren sie sich mit dem Spruch, das Unternehmen „in seinem Sinne" weiterzuführen, doch fehlen ihnen dazu oft die Persönlichkeit und die unternehmerischen Tugenden.

An die Stelle der identitätsstiftenden Kraft des Eigentümerunternehmers tritt dann häufig das Produkt. Erfolgreiche Produkte, in einer ständigen Evolution weiterentwickelt und verbessert, werden in der zweiten Phase der Identitätsentwicklung zum Dreh- und Angelpunkt eines Unternehmens. Dabei gewinnt die Produkt- und Technologieverliebtheit eine gewisse Eigendynamik. Produziert und vermarktet wird, was technologisch machbar ist. Daß dies häufig nicht das ist, was von den Märkten nachgefragt wird, wird verdrängt. Fast die gesamte deutsche Maschinenbauindustrie ist in den achtziger Jahren in diese Falle getappt. Gehen die Absatzzahlen der Produkte zurück, kippt auch das Selbstverständnis und Selbstbewußtsein des Unternehmens.

Die Mehrzahl der großen deutschen Unternehmen befindet sich gegenwärtig vor dem Ende der dritten Phase: Nachdem das Produkt seine identitätsstiftende Wirkung verloren hat, wird versucht, durch Unternehmensdesign die Identität des Unternehmens zu stärken. So wurde, wie bereits zitiert, das Firmenlogo zur „Hochleistungsbatterie, die die Energie des ganzen Unternehmens speichert und so als Kraftquelle den Mitarbeitern dient" (Antonoff), hochstilisiert – wie wir heute sehen, ohne Erfolg.

Die Folge dieser Entwicklung: eine zunehmende Erosion und Diffusion der Unternehmensidentität, die in der gegenwärtigen Identitätskrise gipfelt. Während in der Gründungsphase tatsächlich ein

in sechs Monaten wieder an", hatte er ihm erklärt. Wahrscheinlich hatte er recht. Mittlerweile arbeiteten immerhin 150 Leute bei Euter Technologies. Und die Tatsache, daß sie seit zwei Wochen mit großen Anzeigen in der FAZ nach einem Personalchef suchten, war ein deutliches Zeichen dafür, ...

Herz (das des Unternehmers) im Inneren der Unternehmen schlägt, pulsiert in der Folgezeit allein die Oberfläche – daher das Gefühl der inneren Leere, das irritierte Selbstverständnis und die hektische Orientierungslosigkeit in einer völlig veränderten sozioökonomischen Umgebung.

3. VISION – Mehr als nur ein Wort

Ein Unternehmen ist kein abstraktes Gebilde, sondern eine soziale Gemeinschaft, ein organisches Beziehungsgeflecht von Menschen. Unternehmen werden nicht konstruiert, sie werden von Menschen gebildet und gelebt. Eine Vielzahl von Menschen bringen nicht nur ihre Zeit und Tatkraft, sondern – zumeist unbewußt – ihre Persönlichkeit und Identität ein. Diese Einsicht führt zu einer ganz neuen Sichtweise von Unternehmensidentität:

Die Identität eines Unternehmens (CI) ist letztlich die ungleichgewichtige Bündelung von individuellen Identitäten (PI).

Die Form, in der höchst unterschiedliche Menschen in sehr unterschiedlicher Intensität ihre individuelle Identität in einem Unternehmen zur Geltung bringen, prägt dessen Sinn, sein Handeln und seine Gestalt.

Zwischen der Identität des Ganzen und der des einzelnen besteht ein natürliches Spannungsverhältnis. Wie Rupert Lay zu Recht feststellt, laufen Individuen in einem Unternehmen Gefahr, „ihre personale Identität zugunsten einer sozialen aufzugeben und so zu unkritischen Systemagenten zu werden." (Lay 1992:16)

Dies ist in vielen Egonautenunternehmen die Regel. Nicht zuletzt unter der Etikettierung „Teamwork" kommt es zu einer Nivellierung

.... daß Freddy überhaupt nicht an eine Pause dachte. Die Umsatzzahlen wiesen weiter nach oben, und allmählich begann auch der Export nach Frankreich, Spanien und Portugal anzulaufen.
Auch die Presse war auf Euter Technologies aufmerksam geworden. Zufrieden saß Freddy in seinem Designersessel und studierte den Artikel in den Unternehmensnachrichten. Die Geschichte war nicht schlecht, und auch sein Foto (mit einem

der Persönlichkeit auf dem niedrigsten Niveau. Farblosigkeit und Mittelmäßigkeit bestimmen das Gesamtbild.
Doch muß dies keinesfalls so geschehen. Denn auch wenn es innerhalb eines Unternehmens eine Reihe von Sachzwängen gibt, denen wir uns unterordnen müssen, sind es doch zumeist viel weniger, als wir uns selbst vorgaukeln. Die Mehrzahl der Denk-, Verhaltens- und Handlungsnormen sind von Menschen gemacht, können deshalb also auch willentlich von ihnen verändert werden.
Ob ein Unternehmen eine lebendige und für eine positive Zukunft tragfähige Identitätsstärke entwickelt, hängt davon ab, inwieweit diese Normen bewußt Freiräume offenhalten, in denen die Mitarbeiter sechs Werte einbringen können:

- **V**erantwortung
- **I**ntuition
- **S**inn
- **I**nnovation
- **O**riginalität
- **N**eugierde

Reiht man die Anfangsbuchstaben dieser sechs Qualitäten aneinander, ergibt sich eine siebte:

- **VISION**

Diese sieben Tugenden sind die Impulse, die einem Unternehmen innere Stärke und eine nach außen erlebbare Strahlkraft geben. Es sind Werte, die früher in der Person des Unternehmensgründers ver-

Telefonhörer am Schreibtisch) gefiel ihm. Doch er mochte es nicht, wenn diese Schreiberlinge ihn immer den Aufsteiger unter den deutschen Jungunternehmern nannten. In einem Jahr würde er, wenn alles planmäßig verlief, die 200-Millionen-Schallmauer durchbrochen haben. Bald würden 300 Leute auf seiner Gehaltsliste ste- ....

eint waren. Heute müssen sie von den Mitarbeitern in das Unternehmen hineingetragen und individuell mit Leben und Inhalten versehen werden. Sie können von keiner Führungsspitze verordnet oder von externen Beratern aufgepflanzt werden. Wohl aber muß der nie endende Definitionsprozeß von einer starken, kreativen Hand in Gang gesetzt und moderiert werden.

Wer die Bedürfnisse, Wünsche und Erwartungen aller im Unternehmen zusammenlebenden Menschen als wichtig akzeptiert, wer seine Mitarbeiter bestärkt, die sieben VISION-Tugenden in das Unternehmen einzubringen, ist auf dem Weg zur echten Unternehmensidentität. Eine so gewachsene Unternehmensidentität stützt sich auf Werte und Stärken, die wie eine genetische Prägung in Krisenzeiten als stabiles Fundament zur Verfügung stehen. Im Inneren werden Energien frei, nach außen gewinnt das Unternehmen an Souveränität und Strahlkraft.

Ist ein breiter Konsens über VISION gefunden und erlebbar gemacht, fällt die Einigung auf gemeinsame Verhaltensregeln und Umgangsstile sehr viel leichter. Es entsteht eine Harmonie zwischen den identitätsstiftenden Kräften und den Ausdrucksformen und Stilen. Die Beziehungen zu Geschäftspartnern und Kunden kehren zum offenen Dialog zurück. Anstelle der selbstherrlichen Sendermentalität entwickeln die Unternehmen eine Dialogkultur.

3.1 Verantwortung – Schuld sind nicht die anderen

Selbständiges Denken und aktives, erfolgreiches Entscheiden und Handeln sind ohne das „Prinzip Verantwortung" (Jonas 1984) nicht denkbar. Wenn jeder einzelne für die Folgen seines Tuns (und Unter-

.... hen. „Dann werden mich die Presseleute endlich als das bezeichnen, was ich bin: der Senkrechtstarter unter den Mittelständlern", lachte er in sich hinein.

Die Hände in den Taschen trat er ans Fenster. Unten, hinter dem Einfahrtstor, montierte ein Mann im orangen Overall gerade das Schild „Hier gilt die Straßenverkehrsordnung". Freddys Blick wanderte hinüber zur Lackiererei. „Die sind aber auch

---

lassens) persönlich verantwortlich ist, wird er sich mit seinen Fähigkeiten, seinem persönlichen Engagement und seiner Energie vollkommen einbringen. Das Ergebnis hat nicht mehr einen abstrakten Wert, sondern wird zum persönlichen Ziel.

Doch hat sich, so scheint es, in unseren Unternehmen das „Prinzip Verantwortungsabwälzung" durchgesetzt. Offenbar handelt es sich hierbei sogar um ein gesamtgesellschaftliches Phänomen. Immer sind andere an einer Misere schuld: die Konjunktur, die Japaner, die Politik, die Gewerkschaften oder einfach die Umstände – schnell zieht sich der einzelne hinter einer unangreifbaren Anonymität zurück. Spitzenpolitiker, die offensichtlich unangemessen hohe Bezüge eingesteckt haben, flüchten sich in formale Winkelzüge.

Spitzenmanager betonen zwar immer wieder, welche Verantwortung sie tragen (und begründen damit ihre hohen Gehälter). Doch wenn Schlagzeilen über Millionenverluste ihr Versagen offenbar machen, schlagen die Konsequenzen nur selten auf sie zurück. Sie werden abgefunden und/oder in andere hochdotierte Vorstands- und Aufsichtsratsposten weggelobt.

Diese Form von Verantwortungsbewußtsein setzt sich bis in den letzten Winkel des Unternehmens fort. Der Spruch: „Ich mache hier doch nur meinen Job" zeigt überdeutlich, daß nicht eine persönliche Verantwortung für die Arbeit gesehen wird, sondern bestenfalls eine Funktionale.

Ein Großteil des Erfolgs, den Lopez bei Volkswagen erzielt hat, gründet sich darauf, daß er ohne Vorbehalte die Erreichung betriebsinterner Ziele mit seinem persönlichen Schicksal verknüpft hat. Gelingt es ihm nicht, bei VW die Kostenschraube zurückzudrehen, wird er persönlich die Verantwortung übernehmen müssen. Dies macht ihn in die-

ganz schön groß geworden", dachte er. In diesem Moment schnurrte die Sprechanlage: „Luigi Casanova aus Mailand ist da, Herr Euter." „Er soll schnell reinkommen", rief er und ging dem berühmten Architekten entgegen. Von Casanova hatte er im Klub gehört. Der Italiener hatte ein Modulsystem entwickelt, mit dem sich Büroge- ....

ser Aufgabe so glaubwürdig. Doch zeigt gerade das Beispiel Lopez auch, wieviel Kraft solch ein Weg kosten kann.

3.2 Intuition – Fenster für den Blitzstrahl des Genies

Vernunft ist nicht, wie die antiken Stoiker behauptet haben, das „Gedankenfeuer", das den Lauf der Welt bestimmt, sondern die Leidenschaft und die Emotionalität, manchmal auch die blanke Torheit. Einige der faszinierendsten Erfolgsstories der Wirtschaftsgeschichte sind nicht so sehr von rationalen Entscheidungen bestimmt, sondern von Gespür und gesundem Urteilsvermögen. So ist bekanntermaßen der Walkman bei allen Akzeptanztests durchgefallen. Nur der feste Glaube des Vorstandsvorsitzenden Akio Morita an den Erfolg des kleinen Recorders hat den Erfolg möglich gemacht. Die Marktchancen eines Produkts wie der Apple Macintosh war einfach nicht objektiv zu beurteilen. Hätte Steven Jobs nicht seine Intuition gebraucht, würde es Apple heute vermutlich nicht geben.

Gerade in Zeiten des raschen Wandels kann es keine sichere Vorstellung von der Zukunft – die Voraussetzung für vernünftiges Handeln – geben. Die Anzahl der Informationen und die Unwägbarkeit der vielfältigen Einflußfaktoren lassen keine absolut sicheren Entscheidungen zu. Deshalb muß Rationalismus – so Karl Popper – immer eine Einstellung sein, „die zugibt, daß ich mich irren kann, daß du recht haben kannst und daß wir zusammen der Wahrheit auf die Spur kommen werden (...). Das Argument, das die Kritik einschließt, und die Kunst, auf Kritik zu hören, sind die Grundlage der Vernünftigkeit." (Popper 1980:275ff.)

> .... bäude bis auf eine beliebige Höhe ausbauen lassen konnten. Der Clou der Erfindung: Mit Hilfe zweier Helikopter und einer aufwendigen Hydraulik konnten je nach Bedarf immer neue Hierarchieebenen unter die Vorstandsetage geschoben werden. Luigi führte es gleich anhand eines Modells vor, das ein Assistent hinter ihm hereingetragen hatte. Freddy war begeistert. Das Ganze paßte genau in sein Konzept. Das notwendige Kapital würde er

Neben Vernunft und Rationalität muß in Entscheidungsprozessen Freiraum geschaffen werden, in denen Intuition und Gespür (dies hat nichts mit ahnungsloser Willkür zu tun) ihre schöpferische Kraft entwickeln können. Hierzu gehört Mut, denn man verläßt die scheinbar sichere Welt der Zahlen und empirischen Erfahrungen.

Letztlich setzt es voraus, daß eine „Flop-Kultur" entsteht. Denn wer auch seinen Intuitionen folgt, macht natürlich Fehler. Entscheidend ist, wie man mit diesen Fehlern umgeht. In einer „Flop-Kultur" werden solche Pannen (wenn sie nicht zur Regel werden) zwar kritisiert, aber nicht stigmatisiert. Es lohnt sich: Denn nur wer Fehler riskiert, kann Außergewöhnliches leisten.

3.3 Sinn – Auf der Suche nach „Sinnergie"

Der vorrangige Sinn eines Unternehmens ist ökonomischer Natur. Ein Unternehmen, das nicht zumindest einen kleinen Gewinn abwirft, kann auf Dauer nicht überleben.

Doch gewinnen Unternehmen in der Realität eine Dimension, die weit über die klassische Funktion der Kapitalrendite hinausgeht. Längst fokussieren sich in ihnen für viele Menschen zugleich Lebensziel und Lebensinhalt; ihre Bedeutung für die Gesellschaft und Umwelt sind unüberschaubar.

Damit wird aber auch die Sinnhaftigkeit eines Unternehmens immer komplexer. Was heute sinnvoll ist, kann in einer sich ständig verändernden Welt schon morgen als sinnlos angesehen werden. Jeder Mensch, ob Mitarbeiter, Kunde, Lieferant, Bankier, Wettbewerber etc., hat andere Vorstellungen von der Bedeutung und dem Wert eines

sich an der Börse holen. Nur ein Problem gab es: Der Vorstand konnte während der Aktion den Aufzug nicht benutzen – für ein bis zwei Tage.
„Trommeln Sie mir den ganzen Vorstand zusammen!" rief er seiner ersten Sekretärin über die Sprechanlage zu. Nach ein paar Minuten klopfte es an der ....

Unternehmens. Sie werden durch individuelle Bedürfnisse, Erwartungen, Interessen und Wertekataloge bestimmt. Einen absoluten Sinn eines Unternehmens kann es deshalb nicht geben, wohl aber einen breiten Konsens.
Wichtig ist nicht so sehr, wie dieser Konsens aussieht. Entscheidender ist, daß das „Warum?" verständlich, nachvollziehbar und erlebbar wird. So entsteht aus dem Unternehmen eine Sinngemeinschaft. Motivation, Verantwortungsbewußtsein, Identifikation und Loyalität sind in solch einer Organisation sehr viel intensiver als in einer reinen Produktionsgemeinschaft. Es entsteht das, was Antonoff (1991:22) sehr schön als „Sinnergie" bezeichnet.
Der Unterschied macht sich vor allem in Krisenzeiten bemerkbar. Besteht der Sinn des Unternehmens allein darin, Gewinne zu erwirtschaften, verliert das Unternehmen seine Funktion, wenn die Überschüsse ausbleiben. Hat das Unternehmen aber eine darüber hinausreichende Funktion, kommt gerade in der Rezession das Gefühl „Wir sitzen alle in einem Boot" zum Tragen. Das Unternehmen rückt im Inneren näher zusammen, um die Rezession schnell zu überwinden.

3.4 Innovation – Spielräume eröffnen Zukunft

Es gibt kaum ein Unternehmen, das sich nicht in der einen oder anderen Weise die Innovation auf die Fahne geschrieben hat. Bei immer kürzer werdenden Produktlebenszyklen im harten internationalen Wettbewerb ist Innovationsfähigkeit zum entscheidenden Kapital geworden. Zumeist wird dabei an Produktinnovationen gedacht und das Ganze damit an die Forschungsabteilung überantwortet.

.... schweren Holztür: „Entschuldigen Sie, es ist niemand da", sagte die Sekretärin mit unglücklicher Miene. „Herr Kleingott ist auf der Messe in Zürich, Herr Maurer kommt erst morgen aus Singapur zurück und Herr...." „Verschonen Sie mich, das klingt ja wie das Inhaltsverzeichnis des TUI-Katalogs", unterbrach er sie mit gespieltem Unwillen.

Eigentlich war er ganz froh, daß er das allein entscheiden

Doch Innovation ist eine gesamtunternehmerische Aufgabe und letztlich eine Geisteshaltung. Nur innovative Unternehmen, nicht allein innovative Produkte, sichern eine positive Zukunft. Deshalb wird die Schaffung eines Innovationsklimas, in dem die geistigen Ressourcen und das Kreativitätspotential erschlossen werden, zu einer der wichtigsten Managementaufgaben. „Wirkliche Innovation kann nur dort zukunftsgerichtet entstehen, wo neue Führungsstrukturen geschaffen werden", erklärt der Automobilmanager Daniel Goudevert. „Wo also nicht ein Vorstand von zehn Personen sich auf seine Fähigkeiten verläßt, sondern sich die Phantasie der vielen tausend Menschen, die er führt, für das Gesamtunternehmen zunutze macht." (Rudolph 1993:92)

In vielen Unternehmen ist heute ein Vorschlagswesen eingeführt. Dies ist sicherlich ein richtiger Weg, Mitarbeiter als Innovationsmotoren zu nutzen (wir werden darauf noch zurückkommen). Doch ist es mit einer Institutionalisierung nicht getan. Es müssen Spielräume geschaffen werden, Spielräume im wahrsten Sinne des Wortes. Wie viele gute Ideen schon beerdigt wurden, bevor sie formuliert wurden, kann man nur ahnen.

Entscheidend für die Entstehung einer Innovationskultur ist, daß solche Sprüche wie „Aber wir machen das schon immer so", „In der Praxis sieht das alles ganz anders aus", „Das sollen die da oben sich überlegen", „Das haben wir schon vor zehn Jahren versucht", „Arbeiten Sie das doch einmal schriftlich aus" oder „Warten Sie erst einmal ab, bis Sie unsere Erfahrung haben" verbannt werden. Wir hören solche Sprüche immer wieder, obwohl man uns gerade dazu aufgefordert (und bezahlt) hat, daß wir Innovationsvorschläge machen.

konnte. Seitdem dieser Unternehmensberater MacBeth vor einiger Zeit das Unternehmen durchkämmt hatte und dabei – wie es in dem 250seitigen Report hieß – „Schwächen in der Führungsstruktur" entdeckt hatte, versuchte ihm jeder reinzureden. „Wir brauchen für den Anfang 20 Stockwerke", verkündete er Signor Casa-........

Erfahrung ist ein wertvolles Kapital. Doch viele Grundsätze, die in den Boomjahren erfolgreich den Weg gewiesen haben, sind heute überholt und schlechte Ratgeber. „Das Licht, das die Erfahrung spendet, ist eine Laterne am Heck, die nur die Wellen hinter uns erleuchtet", klagte der britische Dichter Samuel Coleridge am Beginn des neuen Zeitalters nach der Französischen Revolution.

Eine neue Zeitepoche, wie wir sie gerade erleben, fordert auch die Fähigkeit des „Entlernens", die Fähigkeit, sich von nun nicht mehr gültigen Weisheiten, Erkenntnissen, Dogmen und Ideologien zu verabschieden, um so den Blick frei zu machen für das Neue, für die Innovation. Nur so wächst die Bereitschaft, sich zu bewegen und sich zu wandeln.

Es ist im übrigen eine interessante Erfahrung, daß die ewigen „Bedenker" ihre Ablehnung nicht allein durch Argumente zum Ausdruck bringen. Ihre ganze Körpersprache hat diese Haltung eingenommen. Sie scheinen, als bereiteten ihnen die Gedanken physischen Schmerz – als hätten sie im Laufe des Gesprächs Bauchschmerzen, Kopfschmerzen oder einen Bandscheibenvorfall bekommen.

Zur Entwicklung neuer Ideen haben wir eine Technik entdeckt, die wir als Innovations-Pingpong bezeichnen wollen. Jeder Ball, der einem von einem anderen hingeworfen wird, muß aufgenommen werden. Nur wenn man ihn mit zusätzlichem Effet zurückspielt, kann man einen Punkt machen. Wer Bälle ungenutzt an sich vorbei ins Leere springen läßt oder den Ball in seinem eigenen Feld hält, kann nicht gewinnen. Das Spiel wird immer schneller, die Bälle immer schärfer und gezielter – am Ende stehen alle auf dem Siegertreppchen, ganz oben aber nur der, der sich am meisten ins Zeug gelegt hat. Auch das ungewöhnliche Konzept dieses Buches ist nach diesem Prinzip entstanden.

.... nova. „Am besten machen Sie das im Mai, da bin ich immer zur Kur am Wolfgangsee. Dann gibt es auch keine Probleme mit dem Aufzug."

Herr Casanova kam im Mai mit seinen Stockwerkscheiben – allerdings bereits zum dritten Mal. Und nicht nur 20 Etagen wurden unter das Vorstandspenthouse geschoben – so viele waren es bereits jeweils bei den ersten beiden Aktionen gewesen –,

3.5 Originalität – Platz für Quereinsteiger und -denker!

Originalität und Innovationsfähigkeit haben viel miteinander zu tun. Originalität heißt nichts anderes als Ursprünglichkeit, die schöpferische Fähigkeit, Neues hervorzubringen. Damit werden originelle Menschen zu sehr wertvollen Mitarbeitern. Wohlgemerkt, gemeint ist nicht der „bunte Hund" mit farbenfroher Krawatte, extravaganter Brille und breiten Hosenträgern (auch wenn Originalität sich häufig auch in Äußerlichkeiten ausdrückt). Gemeint sind Menschen, die „positiv zweifeln" können (das Wort ist wohl von Tom Peters geprägt worden). Sie brechen aus der Uniformität und Anonymität aus und zeigen Profil. Sie stellen Fragen nach dem „Warum?" und dem „Wie?" – nicht, weil sie die Loyalität gegenüber dem Unternehmen verweigern, sondern weil sie Dinge verstehen wollen, um sie besser machen zu können.

Die Förderung von Originalität beginnt bei der Personalpolitik: Eingestellt wird nicht allein fachliche Kompetenz, sondern Persönlichkeit – Menschen mit einem besonderen Erfahrungshorizont, mit einem ungewöhnlichen sozialen Umfeld und vor allem mit der (auch auf außerberuflichen Feldern) bewiesenen Fähigkeit zu einem leidenschaftlichen Engagement. Oft sind es nicht die glatten Lebensläufe ohne Brüche und Verzögerungen, die zukunftsorientierte Mitarbeiter hervorbringen, sondern diejenigen voller vielseitiger (auch schlechter) Erfahrungen. Der Weg ist frei für gute Quereinsteiger – allerdings auch für unbequeme Querdenker.

Doch allein das Einstellen von originellen Menschen ist sinnlos und diesen Menschen gegenüber sogar unfair, wenn man sie anschließend zurechtzubiegen versucht.

Inwieweit der einzelne seine Originalität in das Unternehmen einbringen kann, ist vor allem eine Frage des Führungsstils. Häufig genug

sondern gleich 35. Die anderen Herren
des Vorstandes hatten Freddys Entscheidung begrüßt, den Umfang der Vergröße-
rung jedoch als unzureichend bezeichnet.
Der Aufstieg von Euter Technologies war unauf-
haltsam. Freddy verfolgte ein im wahrsten Sinne des
Wortes hohes Ziel. Er wollte das „Central Plaza", den 374 Me- ....

wird über Rituale und Formalismen ein künstlicher Konsens vor-
getäuscht, dem sich jeder unterzuordnen hat. Dies nimmt in der Vor-
standsspitze seinen Anfang: beispielsweise, indem in Vorständen und
Aufsichtsräten die Einstimmigkeit zum Prinzip erhoben wird. Abweichende Meinungen und Kritik werden durch das Leichentuch der vermeintlichen „Harmonie" abgedeckt. Darunter aber gärt und brodelt es
weiter – unkonstruktiv, frustrierend und aufreibend.

Um aber die Kraft der Originalität zur Geltung zu bringen, müssen
abweichende Standpunkte nicht nur toleriert, sondern gefördert und
sichtbar gemacht werden. Statt ein angepaßtes Durchschnittsverhalten
zu belohnen, müssen Polarisierungen deutlich werden – letztlich ein de-
mokratisches Prinzip. Gelingt dies, wird das positiv zweifelnde „Warum?" und „Wie?" zum Ausgangspunkt eines konstruktiven innerbetrieb-
lichen Innovationsprozesses, der Strukturen und Einstellungen erneuert.

3.6 Neugierde – Fernrohr in die Zukunft

Neugierde und Offenheit sind wichtige Voraussetzungen für zu-
kunftsgerichtetes Handeln. Die Welt ändert sich tagtäglich mit atem-
beraubender Geschwindigkeit. Die Zukunft ist nicht mehr etwas, was
in weiter Ferne auf uns wartet. Die Zukunft hat schon gestern begonnen.

Was sie bringt, weiß niemand. Wer das Gegenteil behauptet, spricht
von der Geschichte und der Gegenwart, schreibt die erkennbaren
Trends fort und nennt dies nun Zukunft. Doch die vor uns liegende
Zeit könnte auch ganz anders aussehen. Trends und Entwicklungs-
linien brechen plötzlich ab, neue schießen aus dem Nichts empor. Wer

.... ter hohen Rekordbüroturm in Hongkongs Zentrum, übertreffen. Er wollte ein Denkmal der wirtschaftlichen Leistungskraft und der kulturellen Überlegenheit des Abendlandes schaffen. Er wollte es nicht einmal seinem Analytiker eingestehen, aber irgendwie hatte er das Gefühl, etwas zu vollbringen, das bleibt, etwas, das ihn unsterblich macht.

„Muß das sein?" hatte Katarina gefragt, die in letzter Zeit im-

hätte Ende der achtziger Jahre behaupten können, daß es Anfang der neunziger Jahre die Sowjetunion nicht mehr geben wird?

Doch derjenige, der sich immer wieder voller Neugier fragt, was die Zukunft bringen könnte, wird näher dran sein als die, die sich an der Gegenwart festhalten. Er wird früher neue Trends und Strömungen in den Märkten erkennen können, weil er sich für die Wünsche und Sehnsüchte der Menschen und die gesellschaftlichen Faktoren, die diese beeinflussen, sensibilisiert. Und er wird früher reagieren können.

Für einen neugierigen Menschen gibt es keine absoluten Wahrheiten. Er hört nicht auf zu lernen und kann sich früher von falschen Dogmen und Idealen verabschieden. Ein Unternehmen, in dem die Führung suchend und optimistisch in die Zukunft blickt, hat die Chance, im Markt nicht bloß schnell zu reagieren, sondern ihn flexibel und aktiv mitzugestalten.

Viele Unternehmen sind jedoch in ihrer Haltung konservativ, und zwar nicht im politischen Sinne, sondern im Sinne von Besitzstandswahrung. Gerade in alten Unternehmen ist diese Haltung vorherrschend. Man blickt schwärmerisch und mit berechtigtem Stolz auf eine große Tradition zurück. Doch die Zukunft und zuweilen sogar die Gegenwart erscheinen im Zwielicht. Anstatt die Zukunft als Chance zu verstehen und sie voller Neugierde und Risikobereitschaft anzugehen, beschwört man immer wieder die eigene Vergangenheit.

Wenn wir für Unternehmen Imagebroschüren gestalten, haben wir bei einer Präsentation sicher Erfolg, wenn am Beginn ausgiebig auf die langjährige Tradition des Hauses eingegangen wird. Sicherlich ist eine große Geschichte wichtig, aber nur dann, wenn hieraus Energie für die Zukunft erwachsen kann und vor allem der Kunde etwas davon hat.

Auch eine große Tradition schützt nicht vor einem traurigen Ende.

mer öfter hysterische Anfälle bekam und ihm dann unsinnige Sprüche wie: „Du bist ja größenwahnsinnig!" oder: „Was glaubst du, wer du bist. Bleib auf dem Teppich!" an den Kopf schleuderte. Er begann sich schon zu fragen, ob es richtig gewesen war, sie zu heiraten. Gut, so ganz unrecht hatte sie nicht, das wußte Freddy auch. ....

Wir kennen leider eine Reihe von Unternehmen, die so alt sind wie dieses Jahrhundert, aber den Sturm am Beginn der neunziger Jahre nicht überleben werden. Doch anstatt die Herausforderung der Zukunft offen anzugehen, halten sie sich an der Vergangenheit fest. Die Zukunft erscheint ihnen bedrohlich und macht Angst. Oft genug ist zu beobachten, daß das Topmanagement in solchen Unternehmen begierig nach einem geeigneten Sprungbrett (z.B. in den Vorruhestand oder zu einem Wettbewerber) sucht und das Mittelmanagement voller Selbstmitleid die schlechte Lage beweint. Die Belegschaft ist sauer und brütet im Betriebsrat über Sozialplänen.

Bei einem Fall, den wir bei obiger Beschreibung vor Augen hatten, aber nicht nennen möchten, ist das Problem der Zukunftsangst noch komplexer. Denn dieses Unternehmen entwickelt noch immer Produkte, die innovativ und zukunftsgerichtet sind und sogar vom Markt als solche aufgenommen werden. Dennoch baut das Management keine Zukunftsvisionen auf, sondern verwaltet den Zerfall.

In Zeiten der Rezession werden die Karten neu gemischt. Was danach kommt, ist offen. Doch es herauszufinden oder zumindestens zu erahnen, ist mehr als eine spannende Aufgabe. Es ist der Schlüssel für die Zukunft.

3.7 VISION – Ohne Träume keine neuen Realitäten

Der Begriff Vision ist einer der mißverständlichsten Begriffe der letzten Jahre. Das Management, nicht mehr gewohnt, eigene Perspektiven und Positionen klar zu formulieren und durch eigenes Beispiel vorzuleben, hat dankbar diesen Begriff aufgenommen und eine leere Worthülse daraus gemacht. Ging es um Ziele und Strategien, sprach

.... Das kleine Gewerbegebiet mitten in der Provinz war nicht die pazifische Boomtown. Hier war der Quadratmeter noch buchstäblich für „'nen Appel und ein Ei" zu bekommen. Irgend jemand hatte ausgerechnet, daß man bei einer ein- oder zweigeschossigen Bauweise die gleiche Nutzfläche für ein Fünftel der Kosten bekommen konnte. Doch weder Freddy selbst noch die anderen Herren des Vorstandes wollten von solchen Rechen-

man von Unternehmensvisionen. Dabei ist eine Vision immer etwas Persönliches – geboren durch eine Person und durch diese formuliert.

Visionär zu sein gilt als Qualität an sich. Gerne haben die Managementzeitschriften immer neue Vorstände mit diesem Prädikat ausgezeichnet. Hat sich dann die Vision eine Zeit später als Flop herausgestellt, beeilten sich die gleichen Journalisten, den Mann in die nächste Schublade zu stopfen: in die der Träumer.

Und tatsächlich ist jede Vision zunächst ein Traum, eine vage Vorstellung von einem Zielpunkt, ohne daß man weiß, welcher Weg dorthin führt, oder ob es überhaupt einen Weg gibt.

Wird jedoch eine Vision mit den Möglichkeiten und Notwendigkeiten eines Unternehmens abgeglichen, resultiert daraus das Unternehmensziel. Wird dieses dann wiederum aufgenommen und durch Persönlichkeiten, Taten und Symbole mit Leben erfüllt, kommt es zur Unternehmensstrategie. Sie enthält eine Vielzahl von taktischen Schritten, die die Mitarbeiter aktiv handeln und neue Leistungen generieren läßt, die dem Unternehmen zu einer neuen Stellung im Markt verhelfen. Diesem langen Prozeß eilt die Vision als leuchtende Fackel voraus – ohne sie bliebe es dunkel.

VISION wird ein wichtiges Instrument sein, mit dessen Hilfe wir im kommenden Teil die Umkehr der Egonauten einleiten wollen. Die sieben Tugenden werden uns helfen, ein klareres Bild vom Selbstverständnis, dem Selbstbewußtsein und den Zielperspektiven eines Unternehmens und seiner Mitarbeiter zu finden.

Dieses Instrument anzuwenden ist der erste Schritt auf dem Weg zu einer starken Unternehmensidentität. Dieser Weg ist steinig, und weder sein Verlauf noch sein genaues Ziel sind am Anfang abzusehen. Doch schon wenn sich ein Unternehmen durchringt, ihn entschlossen zu beschreiten, ist die Umkehr der Egonauten eingeleitet.

exempeln etwas wissen. „Ihr Kleinkrämer, ihr Buchhalter", hatte er die Kritiker angeherrscht. „Ihr wißt doch alle gar nicht, was eine große Vision ist."
Besonders Justus war in letzter Zeit irgendwie zum kleinlichen Nörgler geworden. Ständig sprach er von dieser Bürgerinitiative. Diese Leute wollten ihm allen Ern-

III. Teil: Das Zeitalter der Visionauten: Wege zu einer starken Unternehmensidentität

Es ist geschafft, die Symptome des Egonautentums sind erkannt und beschrieben, das Bewußtsein ist geschärft. Das Zeitalter der Visionauten kann beginnen.

Wir teilen den Weg, dem die Visionauten mit ihren Unternehmen in eine erfolgreiche Zukunft folgen können, in Etappen und Meilensteine ein. Visionauten fallen aber nicht, wie in unserer Geschichte, vom Himmel, sondern der Prozeß muß eingeleitet und mit viel Ausdauer beschritten werden.

Marktzwang, Absatzkrisen, Führungswechsel, neue Mitarbeiter, Unternehmenszusammenschlüsse, neue Märkte, extremes Wachstum, neue Produkte, der Wunsch nach einem erneuerten Erscheinungsbild oder Externe, die dem Unternehmen Schwächen aufgezeigt haben, sind die Startimpulse, die wir in der Zusammenarbeit mit Unternehmen erlebt haben.

Oft sind es aber auch nur Unruhe, Neugierde oder die Suche nach neuen Differenzierungschancen, die den Identitätsprozeß in Gang brachten.

Die Startmannschaft war anfangs in der Regel sehr klein, stürmte aber um so leidenschaftlicher los. Der Weg, der dann vor den Startmannschaften liegt, hat aber nicht nur Etappen und ist durch Meilensteine gekennzeichnet, sondern ist auch voller Hürden, die es zu über-

...... stes verbieten, seinen Turm weiter in den Himmel wachsen zu lassen. Sie alle kamen aus der alten Kleingärtnerkolonie gleich hinter dem Euter Tower und behaupteten nun, E.T., wie der Büroturm längst im Volksmund und im internen Sprachgebrauch genannt wurde, nehme ihren Blumen die Sonne und behindere so das Wachstum. In einer Unterschriftenaktion forderten sie den sofortigen Baustopp.

winden gilt. Um diesen Weg zu meistern, braucht es die unterschiedlichsten Staffelläufer, die im Gegensatz zu einem echten Staffellauf nicht nur als Team hintereinander laufen, sondern oft nebeneinander, um Zeit zu gewinnen und Kosten zu sparen. Damit aber bei der späteren Umsetzung nicht die Staffeln durcheinanderschwirren, ist es wichtig, gute Partner zu finden, die den Prozeß wirklich verstehen, aktiv gestalten, koordinieren und die Ergebnisse hervorragend umsetzen können.

In diesem Teil des Buches zeichnen wir die Wege auf, zeigen, wie Hürden gemeistert werden können und welche Staffeln notwendig sind, um die Zukunft auf eine starke Unternehmensidentität zu bauen.

In den meisten von uns erlebten Fällen kam der Startimpuls zum Visionautentum durch eine einzelne Person, die dann das Unternehmen öffnete und bei anderen Kollegen und Mitarbeitern die Bereitschaft entwickelte, sich Gedanken zu machen und sich für die Überprüfung der Standpunkte zu öffnen. Wir haben nur einige wenige Fälle erlebt, wo dieser Prozeß ohne die Unternehmensleitung in der Abteilungsebene angeschoben wurde und man erst im nachhinein versucht hat, die Verantwortlichen zu integrieren. Dies ist vielfach gescheitert, da unnötige und unüberwindbare Kompetenzhürden aufgebaut wurden. Identitätsprozesse müssen von den Unternehmensköpfen angeschoben werden, damit es zu wirklichen Veränderungen kommt.

Gehen müssen aber alle miteinander, die Verantwortlichen, die Mitarbeiter und auch wir als die in den Prozeß integrierten Berater, die hinter diesem Prozeß stehen und dem Unternehmen Hilfestellung leisten, damit die gemeinsam entdeckte Identität in allen Elementen des Unternehmens spürbar und erkennbar wird. Entdecken ist hier ein ganz wichtiges Wort, denn Identität kann nicht von außen über Unter-

Der Protest der kleinen Leute war Freddy richtig an die Nieren gegangen. „Was verlangen die denn noch von mir?" hatte er seinen alten Freund gefragt und dabei ein Gesicht gezogen, als hätten unbarmherzige Kidnapper seine Familie mitsamt dem Rauhhaardackelwelpen St. Moritz in ihrer Gewalt. „Ich hab' doch ....

nehmen gestülpt werden, sondern sie wird gemeinsam entdeckt, beschrieben und dann in entsprechende Produkte, Symbole, Sprache und Zeichen umgesetzt.

Wir haben für die Etappen und den Weg zur Unternehmensidentität anschauliche Symbole entwickelt, die Sie den Prozeß über begleiten, die die jeweiligen Schritte einleiten und die Ihnen in Erinnerung bleiben werden auf Ihrem persönlichen Weg als Visionaut.

1. Die Etappen und Meilensteine

.... jeder dieser Familien zu Weihnachten eine Höhensonne geschickt, mehr kann ich doch nicht tun." Sein PR-Berater hatte ihm zu diesem Schritt geraten und gleichzeitig dafür gesorgt, daß es einen schönen 120-Zeilen-Bericht in der Lokalzeitung (mit Foto) gab. So hatte er obendrein eine günstige Werbung für seine neuen Kleinsolarien bekommen, die er seit Anfang des Jahres im Programm hatte. „Wenn die nun wirklich Ärger wol-

2. Die Symbole und ihre Bedeutung

Das **Herz** ist das Symbol der Unternehmensidentität und der Visionauten. Das Herz verkörpert die Kraft, den Motor, der das Unternehmen antreibt, aber auch den Platz der Seele. Es steht für die erfolgreichen Unternehmen der Zukunft. Für Unternehmen mit klaren Zielen, mit deutlicher Sprache und mit Konzepten, die eine einmalige Faszination auf die Kunden in den Märkten ausüben. Dieses Herz zum Schlagen zu bringen, es sichtbar und erlebbar zu machen, ist eines der wichtigsten Ziele des Identitätsprozesses.

Für das Erreichen dieses Zieles und für das Weiterschreiten in eine positive Zukunft steht das **glänzende Herz**. Der Glanz scheint nach innen und nach außen. Nach innen verkörpert das Herz die motivierten Mitarbeiter, die sich durch ihre Persönlichkeit und ihren Sachverstand in den Unternehmens- und Identitätsprozeß einbringen. Nach außen steht es für die Faszination, die das Unternehmen bei seinen Kunden

len, dann sollen sie ihn haben", sagte er. „Wofür haben wir denn eine ganze Rechtsabteilung voller Juristen mit Prädikatsexamen?"
Damit war das Thema für ihn erledigt, und er wandte sich wieder seiner Unterschriftenmappe zu. Für ihn war das immer die schönste Zeit des Arbeitstages. Wenn er ....

auslöst. Faszination durch die Produkte, die Dienstleistungen, die Marke, die Dialogqualität und selbstverständlich für die Qualität der Mitarbeiter. Das Herz ist kein statisches Symbol, es pulsiert, ist vital und bleibt durch Bewegung jung und dynamisch.

Die **Krone** steht für die Kunden der Zukunft, die intelligent angesprochen werden wollen und für die die Balance zwischen Preis und Wert ein entscheidender Kauffaktor ist. Sie ist das Symbol für kritische Kunden, die überzeugt und fasziniert werden wollen. Der Kunde ist fasziniert von Produkten, Dienstleistungskonzepten und von ganzen Unternehmen, die nachprüfbar hinter diesen Produkten stehen.

Das **Sprachrohr** ist das Symbol für die Geschichten, die das Unternehmen mit seinen Produkten und Dienstleistungskonzepten erzählt und für die Kunden erlebbar macht. Das Sprachrohr funktioniert aber auch umgekehrt, um in die Märkte zu lauschen. Es nimmt Antworten und Reaktionen auf und dient so als Kommunikationsverstärker.
Das Sprachrohr ist ferner das Symbol für die Sprache nach innen, in das Unternehmen hinein. Mitarbeiter, die die Sprache des eigenen Un-

> .... all die Dokumente überfliegen – seine Geschäftsführer hatten bereits ihr Okay gegeben – und mit dem Montblanc dynamisch seinen Schriftzug auf das Papier setzen konnte, wirkte dies fast wie eine Meditation. Seine Gedanken lösten sich dann von der monotonen Tätigkeit und gingen auf Reise in höhere Unternehmersphären. Doch diesmal war Freddys Stimmung vermiest worden.

ternehmens verstehen, sind motivierter und bringen ihre Persönlichkeit positiv in das Unternehmen ein. Sie fungieren wie ein Sprachrohr nach außen und vertreten so das Unternehmen als authentischer Botschafter.

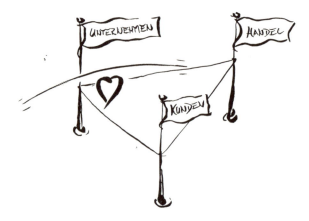

Das **Hochseil** steht für die Bühne. Die Bühne, auf der sich das Unternehmen präsentiert und für den Kunden sichtbar wird. Sie ist der Ort, wo die Berührungen zwischen Kunden und dem Unternehmen entstehen.

Je sichtbarer sich das Unternehmen auf dem Hochseil präsentiert, das sich über alle Märkte spannt, und je eindrucksvoller es versteht, die Kunden in diesen Märkten zu faszinieren, um so erfolgreicher wird das Unternehmen sein.

Aber so ein Hochseil ist auch ein gefährlicher Platz. Wenn ein Unternehmen die Kunden nicht mehr erreicht oder versucht, die Kunden an der Nase herumzuführen, ist die Gefahr groß, daß das Unternehmen herunterfällt.

Außer der Sache mit den Kleingärtnern hatte Justus ihm noch von einer ganzen Latte kleinerer Schwierigkeiten berichtet: Die Umsätze auf dem amerikanischen Kontinent waren um einige Prozentpunkte zurückgegangen. Das Finanzamt hatte irgendwelche abstrusen Forderungen erhoben, die noch aus der Anfangszeit von Euter ....

Ebenso groß ist die Gefahr, die interne Balance zu verlieren. Wenn es nicht mehr gelingt, die Mitarbeiter zu überzeugen, zu motivieren und den Persönlichkeiten echten Freiraum zu bieten, gerät das Unternehmen ebenfalls aus der Balance und stürzt ab.

Der **rote Faden** verbindet alle sichtbaren und spürbaren Elemente des Unternehmens, wie die Unternehmensphilosophie, das Corporate Design, die Corporate Communication und das Verhalten der Unternehmenspersönlichkeiten.

Es ist wichtig, sehr genau zu überlegen, wie eng alle Elemente verknüpft werden und wieviel Spielraum zur zielgruppenorientierten Ansprache offen bleibt. Als abschnürendes Korsett verstanden, ist der rote Faden langweilig, und die gesuchte Faszination stellt sich nicht ein.

Dies sind die Symbole, die Sie beim Lesen immer wieder finden werden. Durch sie werden Situationen visualisiert, und es wird versucht, komplex erscheinende Zusammenhänge einfacher und somit verständlicher zu machen. Durch diese Symbole werden Zusammenhänge visualisiert, und es gelingt, den Komplexitätsgrad zu senken. Wir glauben an die Kraft von Symbolen. Dies ist stets ein wichtiger Punkt in unserer Arbeit für und mit Kunden.

Die Menschen, mit denen wir gemeinsam eine Zukunft bauen, sind so wesentlich motivierter, sie identifizieren sich eher mit dem Ergebnis und vertreten dieses mit einem hohen Grad an Überzeugung.

.... Technologies stammten. Der Leiter der Rechtsabteilung hatte vorsichtig angedeutet, Freddy habe irgendwelche Abschreibungsparagraphen „sehr liberal interpretiert". Außerdem hatte eine dreiste kleine Hinterhoffabrik in Shenzhen begonnen, seinen Eutertronic nachzubauen. Nun boten die Chinesen die Kopie für einen Spottpreis in den Kaufhäusern an.

„Nein", dachte Freddy, „die Geschäfte machen keinen Spaß

Und – es macht uns auch einfach mehr Spaß, so zu arbeiten. Denn auch wir wollen, wie die Visionauten in diesem Buch, Faszination nach innen und nach außen spürbar machen.

Wir freuen uns, wenn unsere Leidenschaft für dieses Tun ein wenig ansteckt und in den Unternehmen, die wir beraten, und auch bei Ihnen eine kreative und positive Zukunftsstimmung erzeugt.

Wir fordern Sie also auf, Ihre Kreativität, Ihre Emotionen nicht hinter einem rationalen und konformen Panzer zu verstecken, sondern diesen wichtigen Teil Ihrer Persönlichkeit mit in Ihren Arbeitsalltag einzubringen und mit Leidenschaft zu vertreten.

mehr. Die Welt ist nicht mehr, was sie einmal war." Er klappte die Unterschriftenmappe zu und drehte seinen Sessel mit einem müden Schwung leicht nach rechts. Blinzelnd wanderte sein Blick durch den sonnendurchfluteten Raum hinab auf die tiefhängenden grauen Schwaden. Die letzte Aufstockung hatte sich wirklich gelohnt. ....

Erste Etappe –
Ausgangspunkte bilden den Ausgangsstern

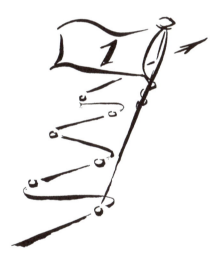

Die erste Etappe ist die Etappe des Kennenlernens. Kennenlernen heißt für uns, daß man sich ein präzises Bild voneinander macht, die Persönlichkeiten des Unternehmens kennenlernt, die Produkte und das Tun des Unternehmens versteht, um dann gemeinsam die Identität als Schlüssel zur Einmaligkeit zu entdecken. Die erste Etappe ist ein sehr interaktiver Prozeß, in dem es auch darum geht, daß sich alle Teilnehmer über die verschiedenen Ausgangspunkte klar werden, ihre persönlichen Standpunkte einbringen und dann gemeinsam den Ausgangsstern zeichnen.

.... Wie ein Berggipfel lag seine gläserne Vorstandsetage nun oberhalb der Wolkendecke. Hier oben lachte immer die Sonne.
Diese himmlische Höhe hatte Euter Technologies nur erreicht, indem das beständige Wachstum zum festen Bestandteil des Firmenalltags gemacht worden war. Luigi Casanova hatte seine Lizenzen schon nach fünfzig Stockwerken an Euter Technologies verkauft und war nun – im Range eines Direktors – Koordinator

Interaktiv bedeutet Teamwork und dynamisches Miteinander. Die Aufgabe, die wir für uns als Berater und Gestalter sehen, ist nicht, den Prozeß sozusagen extern durchzuführen und dann nur noch eine Entscheidungsvorlage einzureichen und darüber entscheiden zu lassen. Unsere Aufgabe ist vielmehr, am Anfang des Prozesses durch Workshops und in vielen Zwischengesprächen eine interne Dynamik entstehen zu lassen, die auch die internen Zweifler mitreißt, alle Teilnehmer begeistert, ein positives Zukunftsdenken einleitet und auch ein wenig stolz macht, diesen Prozeß in Gang gesetzt zu haben.

Ein offenes Klima, wo jeder ehrlich seine Standpunkte darlegen kann, ohne zu fürchten, sich zu blamieren oder als Träumer belächelt zu werden, ist wesentliche Voraussetzung für den Erfolg des Identitätsprogramms.

Die Berater, die den Identitätsprozeß mit dem Unternehmen durchführen, brauchen sehr viel Einfühlungsvermögen, aber auch Kreativität und Lösungskompetenz, um nicht nur Probleme und Fehlverhalten aufzuzeigen, sondern auch schon gleich Lösungen entwickeln zu können. In unserer Praxis merken wir immer wieder, je weiter der Prozeß fortgeschritten ist, um so unruhiger werden die Teilnehmer, denn sie wollen natürlich das Erarbeitete so schnell wie möglich anwenden und sichtbare Zeichen setzen. Daher ist es wichtig, daß die Berater, die Sie für diesen Prozeß gewinnen, auch in der Lage sind, die Ergebnisse umzusetzen und diese zu gestalten, damit Zeichen und Produkte als Botschafter der Identität sichtbar werden und der rote Faden entsteht.

der Abteilung UD2STGR1, die für strategisches Wachstum eine leitende Teilzuständigkeit hatte.
Diese Stabsstelle hatte übrigens auch für das leidige Aufzugsproblem eine geschickte Lösung gefunden. Es wurde einfach ein spezieller Lift an der Außenfassade montiert, der direkt nach oben zur Spitze fuhr. Er ....

3. Der Start mit den Verantwortlichen

Die erste Etappe beginnt mit der Geschäftsleitung, die durch ihr Handeln das Unternehmen in Schwung halten und die Weichen für die Zukunft stellen soll.

Interaktivität zu erreichen ist aber gerade im Vorstand oder bei den unternehmerisch Verantwortlichen besonders schwierig und muß in vielen Unternehmen erst wieder erlernt werden. Kompetenzgerangel, Kostenstellendenken und das Bilden von Fraktionen sind abzubauen. Dies gelingt am einfachsten, wenn gemeinsam erkannt wird, welches enorme Chancenpotential in dem Identitätsprozeß liegt und die Teilnehmer dann als Zielsetzung das Wahrnehmen dieser Chancen erkennen.

4. Der Ausgangsstern

Der Ausgangsstern basiert, wie im zweiten Teil des Buches dargestellt, auf den Buchstaben des Wortes VISION. VISION ist hier als ein Wortspiel zu sehen und dient als Hilfsmittel, da sich eine Buchstabenkombination, die einen Sinn ergibt, viel leichter merken läßt. VISION hilft, sich über die Wertbegriffe des eigenen Unternehmens klar zu werden und diese dann zu einem späteren Zeitpunkt aussagekräftig und unverwechselbar auf das eigene Unternehmen abgestimmt zu definieren.

Wenn dabei wieder ein Wortspiel entsteht – um so besser, denn dadurch wird die hohe Merkfähigkeit gewährleistet.

Jeder Teilnehmer wird aufgefordert, seine persönliche Unternehmenssicht in die Achsen Verantwortung, Intuition, Sinn, Innovation,

> .... war so konstruiert, daß er jedesmal dynamisch mitwuchs, wenn wieder aufgestockt wurde – eine tolle Erfindung. Einmal war es Freddy passiert, daß er unten eingestiegen war und auf den obersten, goldenen Knopf mit der Nummer 117 gedrückt hatte und als er oben ankam, eine goldene 123 aufleuchtete. Während er hochfuhr, war das Haus um sechs Ebenen gewachsen, ohne daß er irgend etwas gemerkt hatte.

Originalität und Neugierde einzutragen und so die erste grobe und impulsive Positionierung des eigenen Unternehmens zu beginnen.

Wir wollen durch diese Sterne verdeutlichen, daß in einem Unternehmen immer unterschiedliche Sichtweisen und Standpunkte existieren. Es gilt in diesem Prozeß die einzelnen Standpunkte zu respektieren, als Qualität anzuerkennen und dann kreativ damit umzugehen. Daher wäre es falsch, die gezeichneten Ausgangssterne zu einem Durchschnittsstern zusammenzufassen. Es ist viel wichtiger, die größte Polarisierung darzustellen. Hierzu legen wir die dargestellten Sterne in Folien einfach übereinander. Man erkennt sofort, wo die größten Annäherungen und wo die größten Polarisierungen sind. Diese können dann sehr einfach im folgenden Frageprozeß analysiert werden.

Klare Standpunkte zu vertreten hört sich wie vieles in diesem Buch einfach an, ist aber in der Beratungspraxis ein oft schwieriges Unterfangen. Die Erfahrung zeigt, daß erst ein intensiver Dialog die Standpunkte allmählich erkennbar macht und so eine Positionierung der einzelnen Persönlichkeiten möglich wird. Es ist erstaunlich, wie fremd sich doch oft die einzelnen Mitglieder der Unternehmensleitung sind und wie wenig über allgemeinere und gesellschaftsrelevante Standpunkte gesprochen wird.

Seitdem E.T. die Wolkendecke durchstoßen hatte, verließ Freddy kaum noch seine sonnige Etage. Und auch die anderen Mitglieder des Vorstandes hielten es nicht anders. Hier oben über den Wolken war ihm eine neue Idee gekommen, die er seinem Vorstand begeistert präsentierte. Es machte Spaß, diesen Managern zu zeigen, wer ....

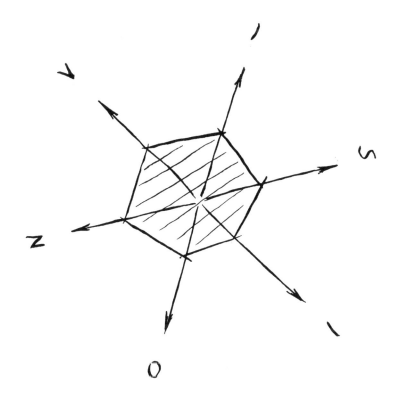

Sowohl einseitiges Ressortdenken als auch gegenseitiges Ausgrenzen sind häufig intensiv über Jahre hinweg trainiert und praktiziert worden, so daß es schwer fällt, sich aus der Einbahnstraße der Egonauten zu lösen.

.... denn der wirklich visionäre Kopf des Unternehmens war.
Der Vorstand nahm die Idee auf, ließ eine entsprechende Studie ausarbeiten und gründete schließlich eigens eine Forschungsabteilung, die sich ausschließlich mit der Realisierung der Vision beschäftigte. Diese mit 150 Leuten extrem kleine und schlagkräftige Einheit war – um ihre Bedeutung zu betonen – aus der Organisationsstruktur von Euter Technologies ausgegliedert wor-

5. Fragen bringen Antworten – Visionauten offenbaren ihre Standpunkte

Unternehmensziele resultieren aus dem Zusammenwirken der persönlichen Ziele. Wer klare Unternehmensziele formulieren will, dem muß dieses Zusammenwirken der persönlichen Ziele transparent sein. Dazu müssen die richtigen Fragen sorgfältig erarbeitet und intelligent gestellt werden.

Fragen eröffnen Perspektiven und schaffen neue Einsichten. Die Qualität und Tiefe der Fragen sind oft der Schlüssel zu einem aktiven Identitätsprozeß.

Wer stellt die Fragen?

Die Fragen können sowohl durch eine interne Persönlichkeit als auch durch einen externen Berater gestellt werden.

Wird der Prozeß ohne fremde Hilfestellung durchgeführt, kann auch hier die altbekannte Betriebsblindheit die Perspektive trüben. Ein externer Fragensteller hat es wesentlich leichter, denn er darf auch die berühmten „dummen" Fragen stellen, die dann doch sehr viel Wahrheit ans Tageslicht fördern, und braucht auf Hierarchien und Empfindlichkeiten einzelner weniger Rücksicht zu nehmen.

Im weiteren Laufe des Projektes muß es aber das Ziel sein, daß die Moderations- und Koordinationsaufgaben des externen Beraters immer stärker einer internen Persönlichkeit übergeben werden, die dann als kompetenter Identitätsverantwortlicher den Prozeß steuert, die Implementierung vorantreibt und später den Prozeß immer wieder erneuert.

den und firmierte unter dem programmatischen Arbeitstitel „Take off". Ihr Ziel: Aufbruch in neue Sphären – der absolute Höhenflug.
Freddy drehte sich wieder zu seinem Schreibtisch und suchte auf dem kuchenblechgroßen Bedienfeld seiner Telefonanlage nach dem Kurzwahlknopf für die Geheim- ....

Ein entscheidender Punkt ist, daß sich der Fragensteller oder das fragenstellende Team ebenfalls ganz in diesen Identitätsprozeß einbringt. Der Fragensteller benötigt viel Kreativität, Vorstellungskraft und Persönlichkeit. Er übt die Funktion eines Integrators und zugleich Provokateurs aus: der Integrator, der immer wieder eine gewisse Zielorientierung erkennen läßt, und der Provokateur, der Standpunkte hinterfragt und das Feuer schürt. In krisengeschüttelten Branchen oder schwierigen Zeiten flüchtet man sich ja gerne in Allgemeinplätze und versucht, einen ruhestiftenden Konsens zu beschwören. Aber gerade in diesen Zeiten ist dies das falsche Signal.

Führungskräfte könnten es sich doch ruhig leisten, auch einmal wieder unterschiedliche Meinungen erkennen zu lassen und ihre Unruhe und Unzufriedenheit klar zu formulieren.

Ein guter Fragensteller macht darauf aufmerksam.

Weiterhin sollte dieser in der Lage sein, das Erfahrene sofort in Bilder und Beispiele umzusetzen: Bilder, die ebenfalls die Abstraktionsstufe reduzieren und die Standpunkte erkennbarer darstellen, Beispiele wie Parallelen zu anderen Unternehmen, Vergleichbares aus dem Sport oder Alltag. Gerade das Verhalten im Sport und die dortigen Trainings- und Wettbewerbsprozesse geben hervorragende Beispiele ab, wie Fitneß und Einsatzbereitschaft zu Hochleistungen führen. Der Vergleich zum Alltag hilft immer wieder, auf den Boden der Normalität zurückzukehren und den Alltag aus der Perspektive der Egonauten zu sehen.

Fragen nach den persönlichen Zielen im Unternehmen oder – noch weiter gefaßt – Fragen zu Standpunkten im Arbeitsleben sind beispielsweise:

.... nummer der Abteilung. Zu seiner Überraschung meldete sich die ein Stockwerk tiefer liegende Massageabteilung. „Verdammte Technik", fluchte er und schmiß den Hörer hin. Er stand auf und öffnete die schallisolierte Tür zu seiner charmanten Assistentin im Vorzimmer: „Frau Hesse", sagte er so liebenswürdig, wie man es angesichts seiner üblen Laune nie vermutet hätte, „seien Sie doch bitte so freundlich und rufen mir Herrn ...", ihm fiel

- Wie lauten Ihre Ziele im Unternehmen?
- Welches sind Ihre Ziele mit Ihren Mitarbeitern?
- Wie sehen Sie die Verknüpfung von Lebensqualität und Arbeit?
- Wie sehen Sie die Verknüpfung Ihres Privatlebens mit der Arbeitszeit?
- Sind Sie mit Ihrer jetzigen Position zufrieden?

Die Fragen werden in einem Workshop gestellt, auf den wir später noch detailliert eingehen werden.

Fragen nach den persönlichen Zielen für das Unternehmen lauten beispielsweise:

- Sind Sie mit der Positionierung und der Marktsituation des Unternehmens zufrieden?
- Welche Marktposition wollen Sie mit dem Unternehmen erreichen?
- Sind Sie mit der internen Situation des Unternehmens zufrieden?
- Was wollen Sie mit dem Unternehmen erreichen?
- Mit welchem Unternehmen möchten Sie sich gerne vergleichen?
- etc.

Hier sind persönliche Antworten gesucht, die die Standpunkte im wahrsten Sinne des Wortes auf den Punkt bringen. Abstrahieren und das „Wir" oder „Das Unternehmen hat definiert" werden nicht akzeptiert.
Es geht bei den Fragen nicht darum, daß alle Positionen in vollem Umfang und erschöpfend beantwortet werden, sondern hier ist wichtig, daß sich die Teilnehmer öffnen und sich persönlich in den Identitäts-

der Name nicht ein. „Ach, Sie wissen schon, ...Scotty."
„Komisch", wunderte er sich, „hat der eigentlich einen richtigen Namen?" Er wollte ihn fragen, doch als Scotty kurze Zeit später hereinstürmte, ließ er ihm keine Zeit: „Tag Chef, war schon unterwegs zu Ihnen. Habe zwei gute Nachrichten." Hinter ihm ....

prozeß einbringen. Zum Abschluß werden die Teilnehmer gefragt, ob eine wichtige Frage vergessen wurde, die in der persönlichen Beziehung zum Unternehmen relevant ist und daher beantwortet werden muß.

Nachdem die persönlichen Ziele klarer geworden sind, geht es nun an den abstrakteren Teil – an die Zieldefinition des Unternehmens. Wie zuvor erklärt, sind Unternehmensziele immer abstrakter als persönliche Ziele, da sie schon eine Reflexionsstufe im Unternehmen durchlaufen haben. Reflexion bedeutet hier Abgleich der Zielvorstellungen des einzelnen mit den Notwendigkeiten, Möglichkeiten und Wünschen des Unternehmens und damit die Entwicklung einer einmaligen Zielvorstellung des einzelnen zur gemeinsamen Zielvorstellung des Unternehmens.

Diese Stufe ist sehr wichtig und bedeutet immer einen gewissen Balanceakt. Zum einen sollen sich einzelne in diesen Unternehmenszielen wiederfinden, zum anderen soll das Unternehmen eine allgemeingültige Handlungsplattform erhalten.

Fragen nach den Unternehmenszielen:

- Gibt es eine wirkliche Zieldefinition im Unternehmen?
- Sind diese Ziele individuell auf das Unternehmen zugeschnitten?

Viele Unternehmen sind in der Definition der Unternehmensziele viel zu allgemein, weil Zielpunkte häufig möglichst weit gesteckt werden, damit die Erfüllung der Ziele „schon irgendwie klappt".

Als Antwort auf unsere Fragen sind Begriffe wie Umsatz, Gewinn, Qualität und Ziele fast immer genannt worden. Erstaunlicherweise ist

> .... zog der Vorstand ein, der schon zuvor benachrichtigt worden war.
> „Das Forschungsministerium hat endlich die Forschungsmittel für unser Vorhaben bereitgestellt – 51 Millionen. Und wir haben durch Zufall die noch fehlende Rechenformel entdeckt. Sie war in einem alten File-Server zwischen zwei Bits verklemmt und unter dem sonderbaren Namen ‚Erste Egonautische Formel' initialisiert."

den Befragten das Umsatzziel oft wichtiger als der tatsächliche Unternehmensgewinn. Obwohl der Umsatz nur eine quantitative Größe ausdrückt und nichts über die wirkliche Qualität und die Gesundheit des Unternehmens aussagt, ist der Umsatz zum wichtigsten Prestigefaktor geworden.

Daher ist es wichtig, daß der Fragenkomplex Gewinn intensiviert wird, um auch hier aktiv auf den Punkt zu kommen.

Der Gewinn als Unternehmensziel

Wie schon definiert, ist Gewinn für unsere Unternehmen der lebensnotwendige Motor und sollte daher offen in allen Zieldefinitionen angesprochen und klar bezeichnet werden. Durch eine oft eigenartige und unserer Meinung nach falsch verstandene Ethikdiskussion ist der Begriff Gewinn gerade in Deutschland vielfach negativ belastet. Die Zieldefinition des Gewinns muß aus dieser negativen Ecke herausgeholt und zu einem aktiven Element des Identitätsprozesses werden.

In unternehmergeführten Unternehmen ist der Umgang mit der Zieldefinition Gewinn schwierig. Man redet um den heißen Brei herum, da die Gewinnorientierung immer als persönliche Bereicherung des Unternehmers gesehen wird.

Der Weg zum Gewinn ist allerdings ein Faktor, der vor dem Hintergrund der Unternehmensidentität und seinen Leitvorstellungen sehr genau betrachtet werden muß.

„Sie ist eigentlich ganz einfach", referierte Scotty weiter: „Der Abgehobenheitsfaktor ist gleich der Summe der Hierarchieebenen plus dem Gesamtumsatz multipliziert mit dem DAX, geteilt durch die Summe aus klein g und PI." – „Was ist klein g und was ist PI?" fragte Freddy, während der Entwicklungschef die Formel auf das Dis- ....

Qualität als Unternehmensziel

Die Frage nach dem Unternehmensziel Qualität ist häufig schwammig definiert. Größtmöglich, hervorragend etc. sind die Maßstäbe, die aber wenig aussagen, denn es fehlt der Bezug zur Zielgruppe.

Qualität ist eng mit Gewinn verknüpft und hat daher unterschiedliche Aspekte, die aber auch zu unterschiedlichen Auswirkungen führen. Oft wird versucht, den Gewinn zu steigern, indem die Qualitätsanforderungen aufgeweicht werden – die Kosten sinken, und die Gewinnspanne erhöht sich.

Wir haben bisher noch nicht erlebt, daß dieses Konzept langfristig Erfolg hat, denn der Kunde spürt meistens sehr schnell und nachhaltig die Folgen; er ist enttäuscht und wendet sich ab.

Eine gute Strategie zeichnet sich dadurch aus, daß letztendlich die richtige und erlebbare Qualität den langfristigen Erfolg sichert und sich bei einem angemessenem Preis-Leistungs-Verhältnis auch der Gewinn positiv entwickelt.

Qualität ist nie statisch zu sehen, sie unterliegt in ihrer Definition enormen Zeitgeistströmungen, verändertem Kaufverhalten, veränderten Zielgruppen und neuen technischen Möglichkeiten. Die gängige Parole von maximaler Qualität zu minimalen Kosten ist einmal mathematisch gesehen unmöglich und in der Realität erst recht. Entweder man setzt die Kosten konstant und maximiert die Qualität, oder man definiert Qualitätsstandards und minimiert die Kosten. Wir legen Wert darauf, daß auch kreative Konzepte auf solider, rationaler und kostenbewußter Basis aufgebaut werden.

Die intensive Nachfrage nach den Zielen ist notwendig, weil es sich unter dem Einfluß der sich immer schneller verändernden und un-

.... play transformierte. „Klein g ist die Bodenhaftung. Was PI ist, müssen wir schon mal gewußt haben, aber irgendwie kann sich keiner erinnern. Wir glauben, daß der Faktor für uns keine Bedeutung hat."
„Was heißt das? Los, Scotty! Spannen Sie mich nicht auf die Folter!" drängte Freddy aufgeregt. Scotty schaute seinem Arbeitgeber ernst ins Gesicht: „Das heißt ...", begann er und legte

durchschaubareren Märkte kein Unternehmen mehr leisten kann, die eigene Qualitätsdefinition nicht ständig mit den Qualitätsanforderungen des Marktes abzugleichen.

Zeitachsen und Unternehmensziele

Ebenso wichtig ist es, das Startteam aufzufordern, nicht nur Ziele zu benennen, sondern diese auch mit einer Zeitachse zu versehen. Grundsätzlich gibt es langfristige und kurzfristige Ziele, die es zu erreichen gilt. Produkte und Dienstleistungskonzepte werden dann entsprechend diesen Zielvorstellungen entwickelt und in den Markt gebracht. In unserer Praxis als Designer ist dieser Punkt besonders wichtig, denn gerade in der Produktentwicklung gibt es Zeitzyklen, die starken technischen Restriktionen unterliegen. Es dauert eben seine Zeit, bis neue Spritzwerkzeuge gebaut worden sind und die neuentwickelten Produkte alle Tests und Approbationsschritte durchlaufen haben. Die Lösung hier bedeutet oft, einen Zwischenschritt zu gehen, Bestehendes im Sinne der Identitätsstrategie zu re-designen und alles Neue gewissenhafter zu entwickeln.

Eine Umsetzungsstrategie mit langfristigen Maßnahmen entsteht, aus der dann die kurzfristigen Schritte abgeleitet werden.

Es ist ein wesentlicher Vorteil, wenn Sie den Identitätsprozeß mit einem kreativen Beraterteam durchführen, denn so können sofort die ersten kurzfristigen Schritte umgesetzt werden. Dies fördert die Motivation, und Dynamik wird sichtbar.

noch einmal eine Pause ein, um die Geschichte noch spannender zu machen. „Das heißt, daß wir schon seit langem angefangen haben, abzuheben. Wir selbst wissen nicht, wann ‚Take off' war."
In diesem Moment flog die Tür auf, und Justus und Katarina, die nur noch gelegentlich in der obersten Etage zu se- ....

Einmaligkeit als Unternehmensziel

Was uns immer auffällt: Wir bekommen selten bei unseren Fragen Einmaligkeit als Ziel genannt. Häufig sind Unternehmensziele aus falsch verstandener Kundennähe heraus zu kurzfristig angelegt, und Einmaligkeit kann so sehr schwer entstehen. In diesen Fällen wirkt der Vertrieb wie ein großes Ohr, das in die Märkte lauscht oder, präziser ausgedrückt, in den Handel hinein. Jede auch nur spontan geäußerte Bemerkung des Handels wird im Unternehmen als Notwendigkeit hochstilisiert und hektisch umgesetzt. Einmaligkeit entsteht so nicht.

Ein fiktives Beispiel, wie wir es in unserer Praxis schon oft erlebt haben:

Ein Unternehmen produziert Fernseher. Diese Branche ist in den letzten Jahren extrem unter Druck geraten, und die Marktteilnehmer versuchen sich durch falsch verstandene Kundennähe zu profilieren. Farben, Formen und Features spielen hier eine ganz besondere Rolle, da die grundsätzliche Produktqualität immer ähnlicher und vergleichbarer wird. Die Produkte differenzieren sich kaum noch. Jeder Verkäufer und jeder Außendienstmitarbeiter des Unternehmens will nun im Sinne des Erfolgs etwas Positives bewirken und versucht, jeden vermeintlich sichtbaren Trend sofort einzubringen. Häufig wird dies dann so weit dramatisiert, daß, sollte dieser Notwendigkeit nicht sofort entsprochen werden, der Zusammenbruch des Geschäfts prognostiziert wird.

Wenn nun diese Anforderungen genauer betrachtet werden, entspricht das Gewünschte meistens dem, was der Wettbewerb an Neuigkeiten zu bieten hat. Formen und Oberflächenmaterialien werden so nacheinander panikartig von der Produktion realisiert. Leider kommen

> .... hen waren, kamen hereingestürmt. „Mensch Freddy, was ist hier los. Seit Tagen zittert und bebt E.T., als hätten wir auf einem Vulkan gebaut. Und jetzt kam gerade die Meldung, einer von den Trainees aus der Abteilung für interne Kommunikation sei gerade bei dem Versuch, hinunter in die Produktion zu gehen, in einem dunklen Loch am Ende des Treppenabsatzes verschwunden."

die Umstellungen einfach immer zu spät, da die gebrachten Veränderungen schon als Trend vom Wettbewerb vorgegeben sind. Unser Unternehmen läuft dem Wettbewerb immer atemloser hinterher und hat keine Zeit zur Verfügung, wirklich Eigenständiges zu entwickeln. Das unverwechselbare Profil geht immer weiter verloren, und das Image im Markt wird schwächer und schwächer. Vermeintliche Kundennähe hatte keinen Erfolg.

Wenn sich das Unternehmen, basierend auf einer starken Identität, auf seine eigentlichen Ziele – die Entwicklung eigenständiger, kundennaher Produkte in einmaligen Formen und Materialien – konzentriert hätte, wäre der Unternehmenserfolg sicherlich eingetreten.

> Freddy sprang auf. „Geschafft!" rief er aus und reckte die Faust in die Höhe, wie es damals Boris Becker nach seinem ersten Wimbledonsieg getan hatte. „Wir haben es geschafft! Wir haben die Gesetze der Schwerkraft außer Kraft gesetzt. Ade, du traurige Erde. Hallo Weltall! Endlich kommen wir dorthin, wo nur die Sonne scheint." – „Ich ....

Die Frage nach der Einmaligkeit als Unternehmensziel ist der Unternehmensleitung immer wieder zu stellen. Wenn hier nicht eindeutig formuliert und gehandelt wird, entsteht eine Unsicherheit, die dazu führt, nur noch anderen zu folgen. Das Unternehmen verliert den Markt aus den Augen, konzentriert sich nur noch auf die Wettbewerber und wird, da der Erfolg ausbleibt, immer kurzatmiger.

Trends zu folgen ist zwar immer schwieriger, da sie immer kurzlebiger werden, doch haben Unternehmen, die sich mit eigenständigen Angeboten profilieren, die besten Chancen, im Markt akzeptiert zu werden. Durch Kreativität und Intuition setzen sie Trends und definieren die Märkte. Faszination hat immer auch etwas mit Überraschung zu tun. Nur ein Unternehmen, das agiert und dem diese Aktionen zusätzlich noch sehr kurzfristig gelingen, kann für Überraschung sorgen.

Wie werden Zielsetzungen kommuniziert?

Nachdem viel über Zielsetzungen gefragt und hinterfragt wurde, stellen wir die Frage, wie diese Ziele kommuniziert werden. Häufig stellen wir fest, daß gerade in den letzten Jahren enorme Kommunikationsdefizite entstanden sind. Unternehmen haben sich insbesondere in ihren Vorständen in einen Abstraktionsgrad hineinmanövriert, der schon in der näheren Umgebung nicht mehr verstanden oder als werthaltig erkannt wird. Wie sollen diese Zielsetzungen dann erst auf den unteren Ebenen ankommen, zu Inhalten und zum täglichen Handeln werden? Insbesondere in großen Konzernen ist dies ein wesentlicher Faktor in Richtung Identitätslosigkeit. Deshalb werden wir zu einem späteren Zeitpunkt noch intensiver auf das Thema Kommunikation eingehen.

.... verstehe nicht", stammelte Katarina, und Freddy sah ihr an, daß sie gleich wieder einen ihrer Anfälle bekommen würde. „Doch, du hast richtig verstanden. Wir sind Egonauten geworden. Wir schweben über den Dingen."
Justus und Katarina schauten sich fassungslos an und verließen den Raum, als hätten sie gerade erfahren, daß sie durch das Abitur gerasselt seien. Doch die Riege der Herren im grauen

Stellen Sie sich einfach mal vor, daß Ihr Bäcker, dessen Unternehmen vorgibt, die besten Brötchen zu backen, Ihnen im persönlichen Gespräch erklärt, daß er eigentlich Brötchen haßt und lieber Müsli frühstückt – wie würden Sie reagieren? Glauben Sie wirklich, daß er in der Lage ist, die besten Brötchen zu backen?

6. Authentizität und Identität als kundenorientierte Unternehmenszielsetzung

Die Entwicklung des Ausgangssterns ist bei kleinen und mittelständischen Unternehmen noch recht eindeutig, da in diesen Unternehmen der Grad an Authentizität noch sehr hoch ist. Wenn wir diesen Stern aber in einem großen Konzern entwickeln, wird die Aussagekraft des Sternes immer nichtssagender. Im ersten Teil haben wir das Beispiel Daimler-Benz bereits genannt. Die Frage, wofür das Unternehmen steht, wie authentisch das Unternehmen wirkt und wie der entsprechende Ausgangsstern aussieht, kann dort nur noch allgemein beantwortet werden. Die Frage, wofür das Unternehmen heute steht und wie die klare Zieldefinition des Konzerns lautet, kann in dieser Ansammlung nur noch mit der allgemeinen Definition „Technologie" beantwortet werden. Die Authentizität ist verlorengegangen. Gerade das Beispiel Mercedes oder Daimler-Benz hat auch gezeigt, daß die Notwendigkeit dieser Diversifikationen von der Unternehmensbasis und insbesondere von den Vertretern des ehemaligen Kerngeschäfts, des „Automobils", nicht verstanden wird.

In diesem Negativbeispiel wurde die Sprache des Managements nicht mehr verstanden. Symbole und Bilder verdeutlichen nicht, was gemeint ist und welcher Sinn dahintersteckt. Standpunkte sind nicht mehr klar

Flanell bekam dies gar nicht mit: Sie waren viel zu sehr damit beschäftigt, sich gegenseitig anerkennend auf die Schulter zu klopfen. „Das müssen wir feiern", schlug Freddy vor, und in seltener Einmütigkeit stimmte der Vorstand zu. Die Assistenten wurden beauftragt, einen möglichen Termin für ein spontanes Fest abzustimmen und ....

erkennbar. Die Folge ist, daß intern zu viel Zeit mit Fehlinterpretationen vergeudet wird und dadurch die nicht verstandene Zieldefinition untergraben wird.

Das Unternehmen der Zukunft wird wieder eindeutig für Produkte, Dienstleistungen und Konzepte der Lebensgestaltung stehen müssen. Die Ziele sind dementsprechend auszurichten.

Die Geschäftsleitung und die Mitarbeiter haben sich eng zu verknüpfen mit den Ergebnissen ihres Denkens und Handelns, dies ist die Voraussetzung von Identität und Authentizität. Visionauten haben einen Abgehobenheitsfaktor von Null, sie verstecken sich nicht mehr hinter den bloß verwaltenden Aufgaben, sondern zeigen ihre Bereitschaft, sich mit allen Kernelementen des Unternehmens und mit den Kunden in den Märkten auseinanderzusetzen und diese weiter gefaßte Aufgabe mit sehr viel Neugierde und Sachverstand auszufüllen. Wir wollen hier mit unserer Forderung nicht so weit gehen, daß der Finanzchef eines Unternehmens detailliert alle technischen Entwicklungen verstehen muß, es ist aber andererseits ein riskantes Spiel, sich bei Investitionsfreigaben nur auf die Urteilskraft anderer zu verlassen.

Die oft gehörten Floskeln: „Davon muß ich nichts verstehen" oder: „Ich bin hier derjenige, dessen persönliche Meinung am wenigsten interessiert" gehören somit endgültig nicht mehr zum Sprachschatz des Managements.

7. Die Faszination der Emotionalität

Für uns ist es immer interessant zu beobachten, wie in dem aktiven Frageprozeß die Antworten auf die Fragen nicht nur rational beant-

> .... eine entsprechende Tischvorlage zur Beschlußfassung zu erarbeiten. Es wurde eine sehr feierliche Feier – auch wenn die Manager sich mit der immer stärker schwindenden Schwerkraft schwertaten und umherschwirrende Austernpilze und Champagnerschlucke einige Peinlichkeiten auslösten. Für Freddy war es ein großer Abend. Am Tag zuvor war bekannt geworden, daß ihn

wortet werden, sondern die Teilnehmer nach einer Zeit des „Warmwerdens" immer stärker emotionale Aspekte einbringen. Es ist schon erstaunlich, wie gehemmt viele Führungskräfte mit den emotionalen Werten und Bedürfnissen umgehen.

Zukunftsorientierung des Unternehmens geht nicht ohne Emotionalität und ohne Visionen, denn die Entwicklung innovativer Produkte oder Dienstleistungskonzepte ist immer stark emotional aufgeladen.

Dieser Impuls kann beispielsweise sein, sich durch neue Produkte mutig den Märkten zu stellen und den Wettbewerb zu suchen – eine Herausforderung an alle Mitwirkenden. Es bleibt so ein positives Zukunftsdenken erhalten, und die kostenorientierten Zielsetzungen sind unter dem Vorzeichen dieser neuen Produkt- und Dienstleistungskonzepte wesentlich einfacher und für alle nachvollziehbarer im Unternehmen durchzusetzen.

Wie dies in der Praxis wirken kann, beschreibt Hans R. Hässig, in der Geschäftsführung der STUDER REVOX AG für die Forschung und Entwicklung verantwortlich:

Die STUDER REVOX AG ist ein Schweizer Unternehmen, das sich auf die Entwicklung und Produktion hochwertiger Audioelektronik spezialisiert hat. Internationale Bedeutung konnte das Unternehmen vor allem mit den Amateurgeräten REVOX und mit den professionellen Tonbandmaschinen STUDER erlangen.

Anfang der neunziger Jahre wurde das Unternehmen mit einer Vielzahl von neuen Problemen konfrontiert: der Übergang vom Pionierunternehmen zur marktorientierten Industrieunternehmung, Besitzerwechsel, konjunkturelle Flaute in der Investitionsgüterbranche, ungenügende Ertragslage, starke Konkurrenz und Überangebot, dramatischer Technologiewandel, Strukturprobleme und sich sehr rasch

das überragende Egonauten-Magazin zum Egonauten des Jahres gewählt hatte. Er hielt eine glühende Tischrede, ein leidenschaftliches Bekenntnis zum freien Unternehmertum und zur Kraft der großen Vision, das erst endete, als die Kellner anfingen, das kalte Buffet wieder einzufangen.

....

wandelnde Märkte mit starker Segmentierung. Unser Betrieb war teilweise paralysiert – der Umsatz, die Rentabilität und die Kunden schwanden kontinuierlich.

Gewohnt an die in früheren Zeiten viel langsameren Innovationszyklen überließ man strategisches Denken der Konkurrenz. Diese setzte mit neuen Produkten und Methoden die Zeichen, und das einige Zeit später erscheinende (qualitativ sehr hochstehende) STUDER-Produkt überzeugte zwar durch Verbesserungen, konnte aber im bereits teilgesättigten Markt nie die Amortisationsstückzahlen erreichen. Meistens wurde dieser Umstand bereits während der Entwicklung festgestellt, die Amortisationsstückzahl nach unten revidiert und damit das neu erscheinende Produkt schon bei seiner Markteinführung mit einem hohen Preis bestraft. Bald diktierte die Konkurrenz, die mit rechtzeitiger Markteinführung ihre Entwicklungskosten kontinuierlich abschreiben konnte, den (tieferen) Preis und zwang uns, Grenzkosten zu verkaufen. Der Rückfluß erwirtschafteter Mittel in die F&E versiegte, es mußte massiv von der Substanz gelebt werden.

Dem Problem der späten Markteinführung wurde mit massivem Termindruck auf die F&E begegnet. Schlecht spezifizierte Produkte, strukturell unausgegorene Software-Pflichtenhefte und unkontrollierte Definitionsänderungen während der Realisierungsphase führten zu sinkender Qualität und fehlerhaften Produkten.

Notorischer Zeitmangel verbot Aus- und Weiterbildung der Ingenieure, fehlender gedanklicher Freiraum erstickte die Innovation. Je mehr die unglückliche Mitkopplung die Effizienz senkte, desto größer wurde die Anzahl der Projekte. Der Kollaps war vorprogrammiert; ein wachsender Anteil von Altlasten unrentabler Produkte drohte das Unternehmen zu erdrücken.

.... Doch viel Zeit für ausschweifende Partys ließ ihnen der „Alltag" nicht. Alles mußte neu organisiert werden. Täglich traf sich die Kommandospitze im schalldichten Monitoring Room. Dieser Raum war rundherum mit sphärisch gekrümmten, rahmenlosen Bildschirmen verkleidet, auf denen die Erde aussah wie eine kleine 15-Watt-Glühbirne mit bläulich-grauen Schlieren im Glas. Anfangs hatte dieser kleine Sitzungssaal dazu gedient, eine

Kulturwandel (die Kraft)

„Innovationsbeschleunigung" – diesem Begriff einen praktischen Sinninhalt zu geben und die notwendigen Lernprozesse auszulösen, wurde zum primären Kulturwandel im Unternehmen. Der Innovationsdruck war enorm, das angesagte Tempo für organisatorische und personelle Veränderungen atemberaubend. Dieser Druck konnte nur ausgehalten werden, indem eine Arbeitswelt geschaffen wurde, in der Leistung und Zufriedenheit gekoppelt sind.

Die kompromißlose Installation der dynamischen Projektstruktur über autoritätsorientierte Linienstruktur war das sichtbarste Kulturelement. Diese dynamische Projektstruktur ist eine gemischte Führungs- und Entscheidungskultur, die zwischen zwei Polen, Chaos (Kreativität) und straffem Projektmanagement (Zielorientierung), pendelt.

Führende Kraft ist der Teamentscheid (größere Motivation durch Einbezug der Mitarbeiter), dessen Optimierung durch Kommunikation und Transparenz vorangetrieben wird. Eine Entwicklungsabteilung, die vollen Datenzugriff auf Finanz- und Kalkulationszahlen hat, kann zu jedem Projektstadium die Rentabilität konsolidieren, rasch reagieren und den Produkterfolg sicherstellen.

Um in einem ganzheitlichen Sinne Produktentwicklung zu betreiben, gilt es, neben der permanenten Profitanalyse die Marktsituation laufend zu beobachten. Das heißt, die kaufentscheidenden Kundenanforderungen (Erwartungen, Bedürfnisse und Wünsche) müssen aufgenommen, bewertet und gleichzeitig die USP´S (unique selling proposition) geschaffen werden. Gleichzeitig gibt die Konkurrenzanalyse von Geräten der Mitbewerber Aufschluß über Kosten pro Funktion (geschätzt) im Vergleich zur eigenen Lösung. Dies ist wichtig, denn damit eine gute

> bessere Übersicht über die Vorgänge auf der Erde zu behalten. Damals konnte man sogar mit Hilfe von Soziorasterteleskopen einzelne Entwicklungstrends auf dem Erdball heranzoomen. Doch wurde diese Funktion schon vor Jahren abgestellt. Statt dessen ließ man nun ein altes Video laufen, das der Astronaut Schirra Eisele Cunningham ....

Marktakzeptanz erreicht werden kann, muß die gesamte Marktleistung geplant werden.

Die offene Kommunikation (Diskussion von Arbeitsergebnissen und Problemen) ist ein effizientes „Frühwarnsystem", um Kosten und Termine unter Kontrolle zu halten. Jeder Ingenieur hat Zugang zu realer Markt- und Konkurrenzinformation und kann den Erfolg seiner Arbeit selbst messen. Die Konfliktbewältigung soll eine Herausforderung und Einladung zu kollegialer Hilfe darstellen („nur jemand, der nichts tut, macht keine Fehler"). Damit wird die Kohäsion, d.h. das Entwickeln eines gemeinsamen Verständnisses und konstruktiver Auseinandersetzung, gefördert.

Schließlich kann das Projekt zur interdisziplinären und ganzheitlichen Aufgabe aufgewertet werden. Zur Methodik gehört die Aufteilung des Gesamtprojekts in Arbeitspakete, welche mit gesamter Verantwortung und Kompetenz delegiert werden. Grundlage dazu ist das Vertrauen in die Mitarbeiter. Die unselige Trennung (Zweiklassengesellschaft) zwischen Entscheid (Manager) und Fachkompetenz (ausführende Ingenieure) weicht pragmatischer Zielorientierung.

Eine Verfeinerung der traditionellen Mittel, wie z.B. „Projektetappen" und „Meilenstein" wird nötig, damit die Forderungen nach Parallelisierung („concurrent engineering") und Fehler und Kosten vermeidender Review-Tätigkeit intensiviert werden können.

Folgende Daten müssen ständig überwacht werden:

- TIME TO MARKET (Termine)
- QUALITÄT (Features)
- KOSTEN (Herstellungskosten, Entwicklungskosten)

.... in den späten sechziger Jahren durch das Guckloch von Apollo 7 gefilmt hatte. Besonders wichtig war die Sitzung der Organisationsstrukturplanungskommission, die sich dringend auf die Tagesordnungspunkte ihrer nächsten Vorplanungssitzung und die Besetzung der hierfür eingerichteten Stabsabteilung einigen mußte. Dazu mußte eine entsprechende Vorlage als computergesteuerte Vi-

Der rote Faden muß im Auge behalten werden. Dies geschieht am einfachsten durch den direkten Kontakt (MBWA – Management by walking around). Risikoanalyse und Alternativpläne schaffen Prozeßruhe. Planen heißt somit, sich ein Höchstmaß an Handlungsfreiheit auf das Ziel vorzubehalten.

Der Lernprozeß besteht in der Übernahme unternehmerischer Verantwortung durch jede/n. Grundsätzlich müssen wir lernen, mit dauernden Veränderungen zu leben; wir müssen also flexibel werden, um auf Diskontinuitäten rasch reagieren zu können. Denn Unternehmensentwicklungen sind Lernprozesse, und die Führungskräfte sind Träger und Multiplikatoren ihrer Mitarbeiter.

Der wichtigste Grundsatz ist für mich die Glaubwürdigkeit, und zwar gegenüber der Belegschaft, dem Kunden und dem Lieferanten.

Unter Glaubwürdigkeit verstehe ich die Übereinstimmung zwischen Reden und Handeln.

Ein weiterer entscheidender Faktor ist die emotionale Anschlußfähigkeit am Markt, also das Design und die dahinterstehende Aussage, denn damit wird der primäre Kaufentscheid des Kunden maßgeblich beeinflußt.

Durch diesen geschilderten Prozeß ist viel erreicht worden, innovative Produkte, Erfolge im Markt, motivierte Mitarbeiter und viele neue und zufriedene Kunden.

Und, wir alle haben auch noch wesentlich mehr Spaß dabei gehabt.

„Träumen Sie Wunderbares, fordern Sie Unmögliches, planen Sie Wirkliches."

deoanimation ausgearbeitet werden. Als man endlich einen tragfähigen Kompromiß gefunden hatte, an welche Abteilung diese Aufgabe zu delegieren sei, forderte der für den Ladezustand der Eigendynamikakkumulatoren verantwortliche Egonaut seine Kollegen auf, doch gemeinsam zum Mittagessen in die Egonautenmesse zu gehen. „Es ....

Der Preis allein macht's, oder?

Die Zukunftssicherung durch innovative, verantwortungsvolle und emotional ansprechende Produkte ist das Konzept, das für die Kunden interessant und faszinierend ist. Wir haben noch nie erlebt, daß es gelungen ist, einzig und allein durch Preisnachlässe mit bestehenden Produkten wesentliche und langfristige Erfolge zu erringen. Der Wert der Marke und das Image im Markt hat immer unter diesen Aktionen gelitten.

Zielsetzungen, die Bestehendes nur bewahren und Kosten optimieren, sind nicht zukunftssicher. Zu schnell sprießen unschlagbar preisgünstige Produktionsstätten aus der Erde, und Einkäufer lernen so täglich mehr über Geographie.

Faszination kann nur durch neue Produkte und durch Dienstleistungen ausgelöst werden, die gleichzeitig durch ein nachvollziehbares „Preis-Wert"-Gefüge überzeugen und die durch perfektes Funktionieren die Attraktivität auch langfristig erhalten.

Die Welt der Visionen und der Faszination durch das Handeln ist schwierig und verlangt viel häufiger das Einbringen der eigenen Persönlichkeit als die rationale Welt der Zahlen. Sich in dieser Welt zurechtzufinden erfordert Talent, Mut und sehr viel Persönlichkeit.

Mehrere Erfolge unserer Vergangenheit sind Produkte, die aufgrund ihres hohen Innovationsgrads und ihrer Einmaligkeit in den von den Egonauten so geliebten Akzeptanztests durchgefallen waren und durch eine mutige unternehmerische Entscheidung doch in den Markt kamen. Dieser Mut wurde belohnt, die Unternehmen konnten in stagnierenden und schrumpfenden Märkten wachsen und durch die Einmaligkeit die Preise stabil halten und die Profitabilität steigern.

.... gibt etwas zu feiern", ließ er sie wissen.
Schon nach der Vorspeise schlug der Steuerratsvorsitzende elegant mit dem Messer an sein Mineralwasserglas: „Sehr geehrte Egonauten und Egonautinnen. Der Name Freddy Euter ist aufs engste mit dem beispiellosen Aufstieg dieses Unternehmens verbunden. Ohne seine Verdienste wären wir..." – „Blöder Kerl", unterbrach ihn Freddy in Gedanken. „Der redet ja, als

*Der Kunde von morgen und seine Suche
nach emotionalen Beziehungen*

Der Kunde von morgen wird von Unternehmen mit starker Identität angesprochen, da er intensive emotionale Beziehungen zu den Produkten sucht, mit denen er sich umgibt. Die Produkte werden zum Ausdruck des eigenen Stils und bedeuten so ein Stück Lebensqualität. Doch die „Liebe" geht noch einen Schritt weiter: Denn nicht allein an die Produkte werden emotionale Ansprüche gestellt, sondern auch an das sie anbietende Unternehmen.

Starke Unternehmens-, Marken- und Produktidentitäten zahlen sich aus. Auch wenn diese Dinge zumeist unbewußt ablaufen, sind – so meint Burkhard Schäling, Leiter Marketing-Kommunikation Mitteleuropa bei der BMW AG in München – Kaufentscheidungen vor allem Sympathiewahlen.

Kaufentscheidungen sind Sympathiewahlen

„‚Wissen Sie'", sagte der Rationalist, und sein Kopf neigte sich auf die Seite mit der linken Gehirnhälfte, ‚für mich war nur das Preis-Leistungs-Verhältnis ausschlaggebend.' Dabei hebt sich an der Stelle, wo das Herz sitzt, der Brustkorb, und er zeigt mit sichtbarem Stolz auf sein neuerworbenes Produkt aus der Gattung der Premium-Marken.

Wir alle kennen sie, diese Kopfmenschen. Nur das zählt, was gezählt werden kann. Die Größe, das Gewicht, der Preis. Es wird der rein rationale Charakter der Kaufentscheidung betont. Sicherer für den Seelenfrieden ist es allemal, denn rationale Werte können relativ einfach als technische Größe erfaßt und, was bei konkurrierenden Produkten wichtig ist, miteinander ver-

wäre ich schon tot." „..., deshalb möchte ich Ihnen hiermit offiziell mitteilen", fuhr der Steuerratsvorsitzende in seiner umständlichen Laudatio fort, „daß wir Freddy Euter einstimmig zum Vorsitzenden des Riesenrats gewählt haben. Herzlichen Glückwunsch!"
Freddy fühlte sich, als wäre er in einen intergalaktischen ....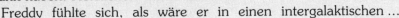

glichen werden. Unabhängig von der beurteilenden Person, also losgelöst von den Formschwankungen jeder Gefühlsduselei, objektiv und neutral.

Die Folgen sind bemerkenswert. Denn wenn es Kopfmenschen gibt, wird es wohl auch Bauchmenschen geben. Und damit kann den so typisierten Menschen die Markenpersönlichkeit kräftig entgegentreten. Profilgebend stehen sich rationale und emotionale Marken gegenüber und versprechen ihren Kunden jeweils die gewünschten Charaktereigenschaften. Geben sich die einen Marken nüchtern und kopflastig, setzen die anderen auf Gefühlswelten.

Solange man unter sich, auf Du und Du mit seiner Marke ist, mag das angehen. Problematisch wird es, wenn die Marke den Eroberungskurs steuert. Da sinkt dann oft der Verstand in den Bauch und das Herz tönt im Kopf. Die Emo-Marke rechnet vernünftig ab, und die Ratio-Marke gibt sich irrational. Dies ist dann eine besondere Ausprägung der Identitätskrise: eine Verwirrung der Markenidentität. Sowohl Kunden wie Nichtkunden sind irritiert und fragen zu Recht nach dem Markenkern und damit nach Persönlichkeitsstärke und Glaubwürdigkeit. Spätestens hier stellt sich die Frage, wie weit sich eine Marke von ihrem Kern entfernen darf, will sie mit differenzierendem Profil überleben.

Die Antwort liegt mal wieder beim Kunden. Denn geht man auf den Grund der tatsächlichen Kaufentscheidungsprozesse, erkennt man, daß die Unterscheidung zwischen rationalen und irrationalen Kaufkriterien auf willkürlich festgelegten Definitionen basiert. Rational klingende Begriffe werden vielfach als Worthulsen benützt, die mit ganz individuellen Inhalten gefüllt sind. So entspricht z. B. der technische Begriff ‚Sicherheit' dem Bedürfnis nach Schutz und Geborgenheit. ‚Wirtschaftlichkeit' ist die Freude über eine kluge Entscheidung bzw. die Überzeugung, cleverer zu sein als andere. Und ‚Qualität' das Gefühl, sich für das richtige Produkt

.... Ionensturm geraten. „Du Hund warst schon immer darauf scharf, mir das Ruder aus der Hand zu nehmen. Aber daß die anderen und auch die Vertreter des Riesenrates da alle mitspielen würden...", flucht er in sich hinein, während er den anderen lächelnd die Hände schüttelte. Er hatte es in all der Zeit gelernt, seine Gefühle zu verbergen.

Erst später, als er alleine in seinem Bett lag – Katarina schlief

entschieden zu haben, sowie der Stolz darüber, sich das Beste leisten zu können.

Rational klingende Begriffe werden also verwendet, um emotionale Empfindungen auszudrücken. Denn letztendlich wird ein Markenprodukt nur dann gekauft, wenn es gefällt. Diese Erkenntnis ist einfach, verblüffend und dennoch am eigenen Leibe nachvollziehbar: Alle rationalen Werte sind emotional verankert, d.h., sie gehen Hand in Hand mit Bedürfnissen, Gefühlswelten und Überzeugungen.

Sollte Ihre linke Gehirnhälfte jetzt rebellieren, machen Sie den Sympathietest und fragen Sie sich: ‚Warum habe ich eigentlich nicht immer nur Nonames gekauft?'"

Faszination und der reale Hintergrund der Funktion

Wir haben viel über die Faszination geschrieben, die von Produkten, Marken und Dienstleistungen ausgehen muß. Aber um wirklich nicht mißverstanden zu werden, möchten wir auch nachdrücklich auf die Bedeutung der Funktion verweisen. Emotionalität braucht einen realen Hintergrund, das perfekte, zuverlässige Funktionieren. Vor lauter oberflächlichem „form follows emotion" wurde „form follows function" vernachlässigt.

Es wird in der Zukunft viel gewissenhafter gekauft werden. Gewissenhaft bedeutet, daß geprüft, hinterfragt und auch abgewartet wird. Der Kunde ist in der Vergangenheit viel zu häufig enttäuscht worden. Enttäuscht durch nicht eingehaltene Versprechungen und durch das Gefühl, daß sich viele Marken auf die Markentreue ihrer Kunden verlassen haben, ohne diese Markentreue immer wieder durch entsprechende Leistung zu belohnen.

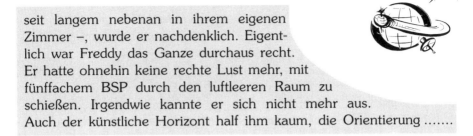

seit langem nebenan in ihrem eigenen Zimmer –, wurde er nachdenklich. Eigentlich war Freddy das Ganze durchaus recht. Er hatte ohnehin keine rechte Lust mehr, mit fünffachem BSP durch den luftleeren Raum zu schießen. Irgendwie kannte er sich nicht mehr aus. Auch der künstliche Horizont half ihm kaum, die Orientierung ....

8. Zurück zu den Fragen

Durch den aufgezeigten Fragenkomplex wird verdeutlicht, was eigentlich schon beschlossen und Grundlage des Unternehmensalltags sein sollte. Werden diese Grundlagen dann noch einmal aufgestellt, wird bewußt, daß vieles doch noch nicht so sonnenklar ist, wie es immer schien. Gerade durch das Aufzeigen der persönlichen Ziele verschieben sich die Perspektiven, und es wird deutlich, welches Spannungspotential in den Fragen liegt und wie in der Vergangenheit versucht wurde, künstlich Konsens zu erzielen. Argumentationstaktiken und das Verhalten untereinander werden sichtbar und erlauben so, sich von diesen antrainierten Aktionen zu lösen und wieder normal, vorurteilsfrei und vor allem auf das tatsächliche Handeln fokussiert über die Zukunft zu sprechen.

Uns ist schon häufig passiert, daß nachfolgende Aussagen den gesuchten Findungsprozeß zuerst erheblich behindert haben:

- Wir sind uns doch alle einig.
- Warum sitzen wir hier eigentlich, in unserem Unternehmen ist doch alles in Ordnung, wann können wir endlich wieder zurück an unsere wirkliche Arbeit?

Unter der wirklichen Arbeit ist das Alltagsgeschäft und damit die Bewältigung der Gegenwart gemeint. Das Lösen vom Alltag stellt die größte Anfangsschwierigkeit dar.

Wenn es dann gelungen ist, den Sinn eines Identitätsprogramms zu verdeutlichen, ist die Versuchung groß, sein eigenes Tun instinktiv und antrainiert vor Kritik zu schützen, sich abseits zu stellen und wie ein Beobachter zu argumentieren.

.... zu behalten. Es wäre nur eine Frage der Zeit gewesen, daß er einmal in einen der vielen Unwahrscheinlichkeitsstrudel geraten wäre, die das Raumschiff soweit abbremsten, daß sie unter die Kreisbahngeschwindigkeit von 7,9 Kilometer pro Sekunde kämen. Dann liefe E.T. Gefahr, auf die Erde zurückzufallen.

Eine innere Genugtuung war es für Freddy, daß die Vertreter der United Galaxy Reserve Bank durchgesetzt hatten, daß der

Vorwürfe und das Aufspüren von Fehlverhalten

In dieser Phase erinnert uns der Frageprozeß häufig an ein immer wieder aufgeführtes Theaterstück mit dem Titel: „Der andere war's" oder „Mach mich nicht naß", das immer wieder gespielt wird, mit festen Inhalten, Rollen und Akteuren.

Die Monologe sehen dann oft wie folgt aus:

- Produktion an Marketing und Vertrieb:

„Wenn ihr die Qualität unserer Produkte und damit die Qualität unserer Arbeit endlich besser versteht und dann eindrucksvoller in der Lage seid, diese Produkte auch zu verkaufen, wird es unserem Unternehmen wesentlich besser gehen."

- Entwicklung an Marketing:

„Ihr fordert immer die Produkte, die die Mitbewerber schon haben, und erlaubt uns nicht, unsere eigenen Ideen umzusetzen."

- Marketing an Produktion und Entwicklung:

„Nur wenn ihr endlich in der Lage seid, unseren Forderungen nach kostengünstigeren Produkten nachzukommen, werden wir unsere Ziele erreichen."

aalige Manager das Raumschiff nicht alleine lenken durfte, sondern bei allen Manövern, die das Schiff von seinem bisherigen Kurs abbrachten, einen Steuerberater zur Seite gestellt bekam.
Freddy blickte hinüber zum Zeitfenster, in dem ständig bunt aneineinandergeschnittene Filmschnipsel aus alten Nach-........

• Controlling an Vertrieb:

„Durch euren Trick, daß ihr, wenn der Verkauf nicht so läuft wie geplant, die Lager der Vertriebspartner vollstopft und somit das wirkliche Absatzpotential gravierend verschleiert, vergrößert sich die Kluft zwischen den Planzahlen und der Realität immer mehr."

All diese Punkte zeigen immer wieder auf, wieviel Energie in den Innenbeziehungen aufgewandt wird und letztendlich verpufft. Täuschen, Hinterwandern und künstliches Positionieren der eigenen Leistung versperren den Blick nach außen zum Kunden, zu seinen Erwartungen und Wünschen.

9. Die Stärken stärken

Zumeist wird in dieser ersten Runde von den Teilnehmern der Fokus auf Fehler und Versäumtes gelegt und nicht auf die natürlichen und die erarbeiteten Stärken. In der Zusammenfassung der Fragen und Antworten nehmen wir dazu eindeutig Stellung und formulieren für die nächsten Workshops die Zielsetzung, die Stärken vor die Schwächen zu stellen, als wichtiges Konzept der Zukunftsentwicklung. Die „Stärken stärken" ist eigentlich ein alter Hut, jedoch ist es erstaunlich, wie wenig er in der Praxis bisher aufgesetzt wurde.
Was wir natürlich nicht sagen wollen, ist, daß Unternehmen keine Anstrengungen mehr zur Beseitigung der Fehler in ihrer Struktur und in der Organisation unternehmen sollten. Wir wollen jedoch darauf aufmerksam machen, daß es durch die Kraft des „positiven Sehens"

.... richtensendungen liefen. Offenbar war der Bildgenerator in den achtziger Jahren hängengeblieben. Doch Freddy bemerkte die technische Panne nicht. Er sah durch die Bilder hindurch. In seinem Kopf hatte sich längst sein alter wohltuender Traum wieder breit gemacht: der Traum von einem schicken Haus dort, wo er am liebsten lebte – irgendwo hinterm Mond.
Der Job im Riesenrat war nicht schlecht und der Titel auf sei-

und durch das Aufzeigen der ureigenen Stärken viel einfacher wird, mit den Fehlern zu leben und die Beseitigung einzuleiten. So gelingt es, Barrieren und Blockaden abzubauen, positive Perspektiven in den Vordergrund zu stellen und Schwierigkeiten und Fehler aus dem Weg zu räumen.

Die Angst vor der Andersartigkeit

Eine weitere Hemmschwelle und die Keimzelle mangelnden Erfolgs ist, wenn die Maßstabkriterien über die Stärken, die Qualität und die Zukunftschancen der eigenen Produkte und Dienstleistungen verlorengegangen sind. Der Wunsch, so zu sein wie die wesentlichen Mitbewerber, dieselben Produkte anbieten zu können und nur zu folgen, um dadurch Fehler zu vermeiden, ist ausgeprägter als die Bereitschaft zur Eigenständigkeit. Natürlich bergen Innovationen auch Risiken. Über Jahre hinweg ist das Angleichen an die Wettbewerber höher bewertet worden als der Mut, sich durch andersartige und einmalige Konzepte von ihnen zu unterscheiden.

Gerade wenn Märkte über Jahre gewachsen sind und sich die Verteilung von Marktanteilen nur marginal verändert, ist die Zufriedenheit mit dem Erreichten und die Angst, dies durch neue Wege zu gefährden, extrem groß. Die Strukturen werden immer stärker auf das Erhalten ausgelegt als auf das Erobern. Absprachen mit den Betriebsräten, Absprachen mit dem Handel und Absprachen mit den Konkurrenten schnüren ein immer enger werdendes Korsett. Ebenso basiert die Erfolgsbewertung des Managements oder der Vertreter und Verkäufer auf Mustern der Vergangenheit. Das Unternehmen lähmt sich selbst und erstarrt in Bewegungslosigkeit.

nem goldenen Identifikationsionenschild, das er am Revers seines Anzuges tragen durfte, imponierend. Vor allem aber hatte er zum ersten Mal seit Jahren wieder Zeit, viel Zeit. Denn der Riesenrat mußte sich nur alle fünfhundert Erdumkreisungen von den Egonauten bestätigen lassen, daß nicht aus Versehen bei dem automatischen Eigendy-.......

Die Fragen rütteln auf. Hierdurch sollen diese Lähmungen und Handlungsmuster aufgedeckt werden. Die gestellten Fragen zeigen sehr deutlich auf, wie kundenbezogen oder wie ichbezogen in dem befragten Unternehmen agiert wird. In den letzten Jahren war es, wie schon die Egonauten zeigen, das so beliebte Beschäftigen mit den eigenen Beziehungsgeflechten und mit der Absicherung der eigenen Position. Dies interessiert den Kunden in den Märkten nicht. Er nimmt nur dann positive Notiz davon, wenn sich durch dieses Treiben für ihn Vorteile ergeben. Vorteile, die durch neue und bessere Produkte, durch Lebenskonzepte oder Dienstleistungen und Service für ihn spürbar werden.

Der erste Workshop „Ausgangsstern" ist ein spannungsgeladener Punkt. Der Fragensteller muß genau auf Stimmungen und Empfindlichkeiten achten. Er hat es in der Hand, ob der ganze Prozeß zu einem selbstgefälligen Schulterklopfen wird oder ob es gelingt, auf den Punkt zu kommen.

Die erste Etappe der von uns gehaltenen Einführungsseminare umfaßt im allgemeinen zwei Tage und hat folgenden Ablaufplan, der je nach Ausgangslage und Situation noch modifiziert wird.

10. Workshop: Fragen, Ziele und Symbole – Der Ausgangsstern entsteht

Erster Tag

1. Vorstellung der Teilnehmer
2. Kurze Einführung in den theoretischen Überbau, erfolgreiche Beispiele, Klärung des Identitätsbegriffs und Vorstellung der Theorie des Ausgangssterns

.... namikantrieb der Rückwärtsgang eingelegt worden war. Eine angenehme Aufgabe, zumal anläßlich der Überprüfung immer feinster, etwa fünfzehn Lichtjahre alter Venustropfen aus einer ganz hervorragenden Jupiterlage kredenzt wurde.
Immer weiter drifteten Freddy Euter und seine Mannschaft auf ihrem Orbit von der Erde weg – steuer- und willenlos, doch bester Laune. Seitdem die Egonauten das Ruder übernommen hat-

3. Erwartungen der Teilnehmer an das Identitätsprogramm
4. Entwicklung des Ausgangssterns
5. Fragen bringen Antworten
   - Wie sehen die persönlichen Ziele aus? (Innere Identität)
   - Ziele im Unternehmen?
   - Ziele mit den Mitarbeitern?
   - Ziele mit dem Unternehmen?
   - Wie lauten die Ziele des Unternehmens?
   - Gibt es eine wirkliche Zieldefinition im Unternehmen, und ist diese individuell mit dem Unternehmen verknüpft?
   - Wer definiert die Unternehmensziele, und wie kommt es zur Umsetzungstaktik?
   - Wie werden die Ziele kommuniziert?
   - Wofür steht das Unternehmen?

Zweiter Tag

6. Darstellung der jeweiligen Standpunkte
7. Weitere Diskussion, erneutes Nachfragen und Hinterfragen
8. Kommentierung und Diskussion der am ersten Tag geäußerten Erwartungen

ten, hatte sich E.T. ziemlich verändert. Auf der Oberseite des Raumschiffs war eine große Glaskuppel installiert worden. Unter dieser überdimensionalen Käseglocke hatten es die Techniker vollbracht, eine künstliche Atmosphäre herzustellen, die derjenigen auf der Erde recht ähnlich war. Immerhin reichte sie aus, um eine genetisch mani- ....

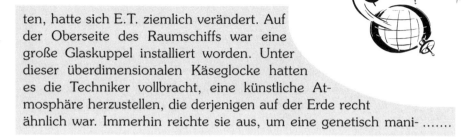

Zweite Etappe –
Die Entwicklung der Wettbewerbssterne

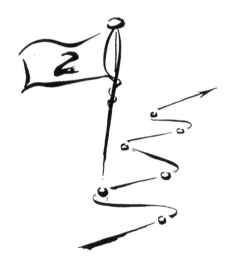

Am Anfang des Identitätsprozesses wurde die Unternehmensleitung aufgefordert, den Ausgangsstern ihres Unternehmens zu zeichnen. Aufgrund dieses Ausgangssterns sollten sich die Teilnehmer über die einmalige Positionierung ihres Unternehmens Gedanken machen.

Das Interesse für diese Etappe hält sich häufig in Grenzen. Wir sind darüber erstaunt, da es für jedes Unternehmen interessant sein muß, sich zu vergleichen. Unsere Interpretation ist zumeist die, daß die Teilnehmer Angst davor haben, sich offen mit dem Wettbewerb auseinanderzusetzen.

.... pulierte Weide wachsen zu lassen, auf der einige hundert Cashkühe grasten.

Capitän Freddy ging gerne hierher und schaute zu, wie die Cashkühe automatisch gemolken wurden. Immer wenn ein bestimmtes Maß voll war, öffnete sich ein Regler, und die Milch floß in einen entlegenen dunklen Teil des Raumschiffs. Dort heulten die armen Hunde schon hungrig nach Flüssigem. Wenn

Diese Etappe kann an einem eintägigen Workshop stattfinden:

1. Entwicklung der Wettbewerbssterne
2. Diskussion der Sterne
3. Vergleich mit dem eigenen Ausgangsstern
4. Analyse der größten Polarisierungen

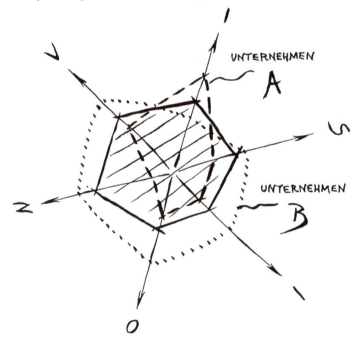

Die Wettbewerbssterne haben keine Aussagekraft in dem Sinne, welche Positionierung besser oder zukunftsträchtiger ist. Die Sterne

die Milch ausgeschüttet wurde, war für einen Augenblick Ruhe. Doch schon nach wenigen Minuten saßen die armen Hunde wieder auf dem Trockenen und begannen von neuem jämmerlich zu heulen.
„Wir arbeiten hart daran, mehr zu erwirtschaften, als die armen Hunde verschlingen können", hatte ein junger Ego- ....

zeigen nur, ob die emotionale Ausrichtung und die definierten Grundtugenden in dem Unternehmen unterschiedlich gewichtet werden oder daß alle wesentlichen Wettbewerber vielleicht zu eng und damit, für den Kunden nicht mehr erkennbar, unterschiedlich positioniert sind.

Wenn die Wettbewerbssterne aller wesentlichen Mitbewerber auf einmal dargestellt werden, wird sehr oft deutlich, daß auch über das Bild der direkten Wettbewerber keine klare und einheitliche Meinung in dem Kreis besteht. Wir konnten schon häufig miterleben, daß dieser Punkt zu heftigen Auseinandersetzungen geführt hat. Viele Verantwortliche kennen die Wettbewerber häufig nur nach Umsatz und Marktanteil, über die emotionale Positionierung und deren Identitätsaussagen macht man sich weniger Gedanken.

Gegen Ende der zweiten Etappe ist es wichtig, sich über einige organisatorische Punkte Gedanken zu machen:

- Entwicklung des Meilenstein-Grobrasters
- Aufbau eines Zeitplans
- Kostenplan
- Resümee
- Aufgaben bis zum nächsten Workshop
- Identity-Building-Buch

Die Entwicklung der Etappen und des Meilenstein-Grobrasters ist ein wichtiger Schritt im Identitätsprogramm. Die Abhängigkeit der einzelnen Punkte untereinander wird sichtbar, weiterhin zeigt sich, daß das Ergebnis eines solchen Prozesses keine in sich geschlossene Lösung ist, sondern daß ein Weg aufgezeigt wird, der dann gemeinsam beschritten und mit Taten gefüllt werden muß. Die Teilnehmer sind am

.... naut, der aussah, als hätte er seinen letzten Bürstenschnitt noch vom Campusfriseur in Harvard bekommen, Freddy erklärt und ihm eine komplizierte Matrix gezeigt, bei der Freddy das Gefühl hatte, der junge Mann halte sie verkehrt herum. Doch der Nachwuchsegonaut ließ sich von Freddys zweifelndem Gesichtsausdruck nicht beirren. „Gelingt es uns, Überschüsse zu erwirtschaften, nutzen wir sie, um die schwarzen Löcher in der Milchstraße

Anfang der Etappen und ihrer Meilensteine meistens entspannt, denn nun wird das Terrain der Emotionalität verlassen. Langsam wird jedem Teilnehmer klar werden, wie facettenreich ein solcher Identitätsprozeß ist und wie sorgfältig mit den einzelnen Elementen umgegangen werden muß. Auf fast jedes Unternehmen sind dieselben Etappen anwendbar, die im Grobraster identische Meilensteine haben. Werden dann aber später die Meilensteine detailliert betrachtet, unterscheiden sich diese doch wesentlich.

11. Entwicklung des Meilenstein-Grobrasters

Hier die wichtigsten Etappen, die sich noch in viele Meilensteine aufteilen:

- Identifikation der Unternehmensidentität
- Qualität der Produkte/Dienstleistung
- Verhalten des Unternehmens
- Corporate Design
- Corporate Communication
- Kundenservice
- Architektur etc.

Das Thema Meilensteine wird in den nächsten Etappen noch detaillierter behandelt werden, ebenso werden Beispiele gezeigt, wie konkrete Meilensteinpläne aussehen.

zu stopfen", erläuterte er den Sinn des Ganzen.
Freddy Euter wußte nicht, was er davon halten sollte. Er nahm lieber den Lift zurück in die hellen oberen Etagen. „Unsere Mitarbeiter sind unser wertvollstes Kapital!" stand quer über der Eingangstür zur Personalabteilung – eine von Freddys alten Maxi-........

12. Der Zeitplan

Bei der Aufstellung des Zeitplans gehen die Vorstellungen in der Regel heftig auseinander. Das Marketing möchte fast immer schon gestern fertig sein, und Entwicklung und Produktion türmen Pakete von Sachzwängen auf. Zum ersten Mal sind wir für den Mittelweg.

Das Identitätsprojekt bekommt sehr viel Sicherheit durch einen realistischen Zeitplan, der erst grob die Eckdaten festlegt und dann im laufenden Projekt immer weiter verfeinert wird. Der Zeitplan bindet jedes Mitglied durch die Zeitverantwortung persönlich ein.

Wenn die ersten Meilensteine grob aufgestellt sind, wird gerade bei gewachsenen Unternehmen sichtbar, daß nicht alle Punkte auf einmal umzusetzen sind. Hier müssen Prioritäten gesetzt und mit Umsetzungswellen das Erarbeitete sichtbar gemacht werden.

So macht es zum Beispiel keinen Sinn, die Werbestrategie zu entstauben oder aufzupeppen, wenn das Beworbene – die Produkte oder das Dienstleistungsangebot – diesen Wandel nicht schon vorher vollzogen hat. Genauso bedeutend ist aber auch, daß die Mitarbeiter ebenfalls diesen Schritt gemacht haben, sich mit den Veränderungen und Weiterentwicklungen identifizieren und somit glaubhaft und nachvollziehbar den Wandel des Unternehmens nach außen vertreten

13. Der Kostenplan

Spätestens nachdem die ersten Etappen und Meilensteine deutlicher geworden sind, kann entsprechend dem Zeitplan ein Budgetplan erarbeitet werden. In der Entwicklung des Kostenplans muß deutlich zwi-

.... men. Um dieses Kapital auch in der Vermögensbilanz bewerten zu können, hatten die Egonauten ein Assessment Center Centrum eingerichtet. Das ACC war mit allem ausgestattet, was man für die Beurteilung der Egonauten brauchte: eine Bibliothek, in der das komplette Programm des Egon Verlags stand, ein Konferenzraum mit versteckten Kameras und vor allem einen eigens entwickelten Mensch-ärgere-dich-nicht-Raum. Der

schen den Kosten für Beratung sowie Kreation und den Umsetzungskosten unterschieden werden. Die Erfahrung zeigt, daß die Umsetzungskosten die Kosten für Kreation und Beratung um ein Vielfaches übersteigen.

Die Aufwendungen für die Unternehmenskommunikation können beispielsweise reduziert werden, wenn die Botschaften eindeutig sind. Wenn sich ein Unternehmen über die Kernaussagen, die es im Markt tätigen will, klar ist und sich nicht immer wieder in Nebenaussagen verzettelt, ist es möglich, die Effizienz der Kommunikation wesentlich zu steigern.

Ein Unternehmen, das sich durch ein Identitätsprogramm innerlich gestärkt hat und damit einmalig dasteht, hat es wesentlich einfacher, durch eine abgestimmte PR-Strategie in die unabhängigen Kommunikationskanäle zu kommen. Dies ist ein nicht zu unterschätzender Effekt, der wesentlich dazu beiträgt, Glaubhaftigkeit auf die Märkte zu übertragen.

Der echte Gewinn kann aber auch noch anders beziffert werden. Stellen Sie sich vor, es gelänge durch ein eindrucksvolleres Positionieren des Unternehmens die Preise zu erhöhen oder auch nur auf Preissenkungen der Wettbewerber nicht oder erst zeitverzögert reagieren zu müssen, dann ließe sich der Return on Investment konkret berechnen und definieren.

Resümee der ersten und der zweiten Etappe

Es ist schon viel geschafft; die Köpfe und die Herzen sind offener; Standpunkte, Ausgangspunkte und Wettbewerbspositionen sind klarer geworden. Die Bedeutung jedes einzelnen und die Kraft, die in jeder Persönlichkeit steckt, wird spürbar. Die Bedeutung der Emotionalität und der Identität sind die wesentlichen Erkenntnisse, die in dem intensiven Workshop erreicht worden sind.

Trick: Einer der Mitspieler bekam spezielle Würfel, die so präpariert waren, daß sie ihm genau die Augenzahl lieferten, die er gerade brauchte, um seine Gegner aus dem Feld zu schlagen. Auf diese Weise konnten – praktisch unter Laborbedingungen – auch extremste Karrieresituationen simuliert und die alles entscheidende Frustra-........

Meinungen und Standpunkte werden in diesem Workshop nicht verschleiert oder unterdrückt, sondern es wird gerade in diesem Stadium unterstrichen, daß unterschiedliche Meinungen und Zielvorstellungen nebeneinander Bestand haben können.

In einem praktischen Beispiel wurde in einem Workshop zur Identitätsdefinition eine heftige, über mehrere Sitzungen dauernde Diskussion darüber geführt, ob nun dieses Unternehmen High-Tech- oder handwerklich orientiert sei.

Die Standpunkte waren eindeutig: Entwicklung und Produktion bestanden auf der Tatsache, daß das wissenschaftliche Know-how und die Entwicklungsmethode in der Branche einzigartig und die Produktionstechnik eine der modernsten in Europa sei.

Dagegen sahen Marketing und Vertrieb die Kraft in der langjährigen Tradition und betrachteten die Fertigungstiefe mit ihrem hohen Mitarbeitereinsatz als wesentliches Identitäts- und damit Differenzierungsmerkmal.

Die Diskussion brandete teilweise sehr heftig, bis auffiel, daß sich beide Punkte bei richtiger Betrachtung nicht gegenseitig ausschließen. Es entstand kein fauler Kompromiß, sondern das Unternehmen hat sich, was diesen Punkt anbelangt, bei seiner Identitätsdefinition auf die Begriffe „High-Tech-orientiert" und „traditionell" geeinigt. So werden für das Unternehmen mit seiner langjährigen Tradition und Detailperfektion und dem Anspruch, immer die besten und modernsten Produktions- und Forschungsmethoden einzusetzen, beide Wertvorstellungen ausgedrückt.

Diese Identitätsbegriffe nun durch Produkte, Service, Kommunikation und Design zu kommunizieren ist die klare Herausforderung und eine wirklich interessante Aufgabe.

......tionstoleranz ermittelt werden. Freddy besorgte sich die gezinkten Würfel, verlor aber schon nach ein paar Runden die Lust – niemand schien sich zu ärgern.

Freddy schaute auf die Impulsarmbanduhr, die sich gerade wieder einmal neu verstellte. „Mit diesem neuen Zeitrhythmus komme ich nie zurecht", fluchte er. Vor einem Monat hatte die Raumschifführung beschlossen, ein flexibles Zeitsystem einzu-

Die Aufgaben bis zum nächsten Workshop

Die Aufgabe für die Teilnehmer bis zum nächsten Workshop besteht darin, die Wettbewerbssterne und den Zeitplan zu überprüfen, den Meilenstein-Grobplan zu detaillieren und die größten Hürden im Kostenplan zu ermitteln.

Zusätzlich werden alle Teilnehmer aufgefordert, die wesentlichen Differenzierungselemente zur Konkurrenz aufzulisten und sich so auf die nächsten Etappen vorzubereiten.

Das „Identity-Bilder-Buch"

Von Anfang des Projekts an wird eine Dokumentation erstellt, die als Grundlage für die nächsten Etappen dient und Schritt für Schritt fortgeschrieben wird. Am Ende des Identitätsprogramms liegt dann ein Buch vor, das wir „Identity-Bilder-Buch" nennen, in dem alle Beteiligten und daran Interessierten den Prozeß nachvollziehen können. Dieses Buch sammelt die erstellten Identitäts- und Wettbewerbssterne, es dokumentiert die gestellten Fragen und faßt die Antworten zusammen, es zeigt Einsichten, aber auch unterschiedliche Ansichten. Das „Identity-Bilder-Buch" wird später zur Grundlage des Corporate Identity Manuals, das alle gestaltungs- und imagerelevanten Elemente definiert.

Das „Identity-Bilder-Buch" ist aber, wie der Name schon sagt, kein reines Text- oder Strategiebuch, sondern es lebt durch seine Symbole, Sterne und Illustrationen, die Prozesse transparent machen und ebenfalls wie in diesem Buch als gemeinsame Zeichen und Symbole erklären und so die Identifikation erhöhen.

führen. Schließlich gab es hier oben keinen Sonnenaufgang und -untergang. Nun war das Geschäftsjahr die alles bestimmende Maßeinheit. Es wurde dann als abgeschlossen erklärt, wenn der prognostizierte Jahresumsatz um 10 Prozent übertroffen war. Rückwirkend wurde dann die Dauer jedes Tages und die Länge der Stunden, ...

Dritte Etappe – Der Außenstern entsteht durch das Moderatorenteam

Unsere Egonautengeschichte auf dem oberen Teil jeder Seite zeigt auf, wie sich ein Unternehmen verändern und sich das Innenbild des Unternehmens immer weiter von der Sicht der Kunden, dem tatsächlichen Image, entfernen kann.

In dieser Etappe geht es nun um die Sicht von außen auf das Unternehmen. Dem Unternehmen wird ein Spiegel vorgehalten, damit es selber wieder mit durch den Identitätsprozeß geschulten Augen erkennt, wie es sich nach außen präsentiert.

Apple hat sich beispielsweise in seinen Anfangsjahren mit allen Kommunikationselementen so gegen IBM positioniert, daß sich die

.... Minuten und Sekunden festgelegt – deshalb die vielen Korrekturen.
Ein wenig knurrig ging er hinüber zur Kommandobrücke. Als die Magnetschwebetür vor ihm mit einem leisen Zischen aufging, spürte er gleich: Hier stimmt etwas nicht. Die Egonauten liefen aufgeregt durcheinander und blickten immer wieder hinüber zu den großen Resultatoren, auf denen abwechselnd

Kunden nicht nur für ein Produkt entscheiden mußten, sondern es war Ausdruck einer Lebens- und Arbeitsphilosophie, wenn Apple-Produkte eingesetzt wurden.

So entstand folgendes Bild: IBM als Werkzeug, als Big Blue in der Welt der großen Unternehmen und Konzerne. Apple als Partner oder sogar als der kleine hilfreiche Freund für die selbständige Intelligenz. Obwohl beides Computer sind, blieb IBM das Instrument zum Arbeiten, dagegen entwickelte Apple Konzepte für Kreative, die die Trennung zwischen Arbeit und Leben nicht mehr hinnehmen und bei denen Arbeit ein wesentlicher Teil ihrer Lebensgestaltung ist. Bei Apple entwickelte sich dieses Konzept zum glaubhaften Image und wurde nicht nur von den Nutzergruppen so gesehen, sondern durch sie vorgelebt und immer wieder bestätigt.

Aber dieses Konzept sprach nur die Menschen an, die sich in ihrer Lebenskonzeption entsprechend fühlten. Bei den klassischen Computernutzern, die ihre Arbeitswelt noch anders sahen, hatte Apple keine Chance; auf dieses Lager wirkte das Apple-Konzept negativ, verschwenderisch und unprofessionell, da Computerpower und Geschwindigkeit in ihren Augen verschwendet wurde, um die Bedienung zu erleichtern oder auch nur interessanter zu machen.

Das Beispiel zeigt deutlich, daß zur Authentizität eines Images der Dialog mit den Kunden und das gemeinsame Verständnis Voraussetzung ist. Es zeigt aber auch, daß, je klarer das Angebot des Unternehmens ist und je weitreichender und ganzheitlicher sich das Angebot darstellt, die Erfolgschance um so größer ist. Dies ist eine der wesentlichen Marktveränderungen in den letzten Jahren und wird zu einem wesentlichen Erfolgsbaustein in der Zukunft. War es in der Vergangenheit noch erfolgversprechend, in der Anonymität unterzutauchen,

zackige Fieberkurven und in unterschiedlich große Stücke aufgeteilte Sahnetorten auftauchten. „Was machen denn diese Idioten da unten?" fauchte der Steuerratsvorsitzende und sprang hinüber zur Schalttafel, um auch die unterste Reihe der Resultatoren einzuschalten. Denn gerade war die Fieberkurve nach unten aus dem Bild ver- ....

braucht die Zukunft ein deutliches und erkennbares Unternehmensbild – die einmalige Unternehmensidentität.

Die Unternehmen können nur Angebote machen. Das letztendliche positive oder negative Gefühl entsteht bei jedem Betrachter oder Kunden. Es nützt nichts, ständig zu behaupten: „Ich bin sympathisch, ich bin sympathisch." Ob dies so ist, wird durch jeden Kunden oder Betrachter individuell entschieden.

Unternehmen können somit ihr Image im Markt nicht bestimmen. Sie können lediglich versuchen, ihr Angebot so sorgfältig und so geradlinig wie möglich zu gestalten, damit der Kunde überhaupt erst einmal die Chance erhält, das Unternehmen zu erkennen und sich so nachhaltig wie möglich ein eindeutiges und hoffentlich ein für ihn positives Bild zu machen.

Diese Etappe wird wieder durch einen Workshop eingeleitet, der sehr intensiv durch externe Beobachter vorbereitet werden muß.

In dem Identitätsprozeß übernimmt das Moderatorenteam die Rolle des Kunden. Es läßt alle Elemente des Unternehmens auf sich wirken.

Der Analyseprozeß findet auf zwei Ebenen statt: auf der empirischen, intuitiven und auf der des Abfragens von Stimmungsbildern, die bei anderen entstanden sind.

Workshop: Der Außenstern oder: Wie es hineinruft, so schallt es heraus?

Der Moderator hat die Aufgabe, durch eine Zusammenfassung oder eine kleine Präsentation an den oder die ersten Workshops anzuknüpfen und wieder den Spannungsbogen aufzubauen. Die Visualisierung der gegebenen Antworten auf die in dem ersten Workshop gestellten

> ......schwunden. „Sind die auf der Erde denn total übergeschnappt?" Die unterste Reihe hatten sie vor Jahren zuletzt gebraucht. Eigentlich sollte sie längst abgeklemmt sein.
> In diesem Augenblick stürzte der Funker zur Seitentür herein. „Wir haben sie verloren", stieß er hervor. „Das letzte, was ich von der Erde hörte, war irgendein konfuses Zeug, das ich kaum verstehen konnte. Und jetzt ist der Kontakt völlig abgebrochen."

Fragen ist zur Identifikation der Teilnehmer mit dem Workshop wichtig und für den Erfolg des Identitätsprozesses entscheidend.

Der Moderator kann zu diesem Zeitpunkt schon die ersten Interpretationen einfließen lassen und auf bestehende und für ihn sichtbar gewordene Konflikte detaillierter eingehen.

Auch die nächsten Punkte sind durch das Moderatorenteam vorbereitet worden. Hier geht es um ermittelte Stimmungsbilder und Meinungen über das Unternehmen.

Meinungssplitter von Kunden und Nutzern

In den meisten Unternehmen gibt es umfangreiche Kundenbefragungen, Kundenpanels und Marktforschungen. Verblüffend ist aber, daß viele Unternehmen dieses Wissen entweder nicht interpretieren können oder die dort gemachten Meinungsbilder einfach ignorieren.

Wir sind aber nicht immer zufrieden, wie diese Marktbefragungen und Analysen zustande kommen und welche Schlüsse von den Marktforschern gezogen werden. Daher machen wir immer stichprobenartige Überprüfungen, indem wir uns mit Kunden zusammensetzen und diese über gemachte Erfahrungen befragen. Es ist ratsam, sich einmal an diesem Prozeß zu beteiligen und so direkt die Meinungen über Angebot und Image des Unternehmens zu erfahren.

Für einen Moment wagte niemand zu atmen. Irgendwie ahnte jeder, was geschehen war: Berichte von tiefgreifenden Veränderungen auf der Erde hatte es ja genug gegeben. Nun hatten die Menschen die großen Parabolantennen auf andere Positionen innerhalb der Erdatmosphäre ausgerichtet. Irgendeiner Mode folgend, funkten sie ....

Sicht des Wettbewerbs

Das Moderatorenteam hat versucht, Meinungen über das Unternehmen beim Wettbewerb zu erfragen. Dies ist ein sehr schwieriges Unterfangen, da Wettbewerber natürlich sehr verschlossen sind und außerdem dem eigenen Unternehmen viel daran liegt, daß allein die Tatsache, daß sich das Unternehmen in einem Identitätsprozeß befindet, zu diesem Zeitpunkt noch vertraulich behandelt werden soll. Aber z.B. Messen oder ähnliche Anlässen geben doch Chancen, Meinungen und Sichtweisen direkt abzufragen.

Stimmung beim Handel

Dieses Stimmungsbild zu bekommen ist immer am einfachsten. Man muß sich nur wie ein ganz normaler Kunde verhalten und einkaufen gehen oder sich beraten lassen. Es ist erstaunlich, was für ein Bild durch Verkäufer vom Unternehmen und der Qualität der Produkte gezeichnet wird und welche oft eigenartige Färbungen oder falsche Informationen dadurch entstehen. Bei diesen Tests wird immer wieder deutlich, wie wenig sich die Unternehmen um die Ausbildung des Handels kümmern und welche Chancen dem Unternehmen dadurch entgehen.

Bild in den Medien

Nicht nur die Politik hat erkannt, daß Wahlen in den Medien gewonnen werden. Erfolgreiche Unternehmen machen eine intensive PR-Arbeit, um möglichst positiv behandelt zu werden. Ein guter Artikel über das Unternehmen oder ein hervorragender Test schlagen in ihrer posi-

.... nun plötzlich auf ganz anderen Wellenlängen als die Egonauten. Eilig wurden Steuerrat, Riesenrat und sogar der Reserverat zur Krisensitzung zusammengerufen. Es gab ein Brainstorming, bei dem jeder seine Lösung in eine kleine Klarsichttüte sprach, die anschließend fest zugeknotet wurde. Auf Kommando ließen dann alle Teilnehmer auf einmal ihre Tüte mit einem lauten Knall platzen. Diesmal war der Gedankensturm so heftig, daß

tiven Wirkung jede auch noch so pfiffige und aufwendige Werbekampagne. Aber bei der PR gilt das Gesetz der Authentizität und der Nachprüfbarkeit. Unternehmen, die den Dialog mit den Medien nicht ernst nehmen, werden bestenfalls mit Mißachtung gestraft, aber Unternehmen, die den Medien einen Bären aufbinden, werden langfristig verrissen. Viele Beispiele zeigen, wie nachhaltig ein solcher Verriß wirkt und wieviel Anstrengung es bedarf, ein in den Medien entstandenes Bild wieder zu korrigieren.

Bild bei den Mitarbeitern

Ein Unternehmen kennenzulernen bedeutet immer auch, so viele Menschen und Plätze wie möglich im Unternehmen zu sehen, um so persönliche Erfahrungen machen zu können. Betriebsbesichtigungen, nicht geplante oder verordnete, sondern eher zufällig entstandene Mitarbeitergespräche machen hier viele Dinge, Beziehungen und Rituale deutlich.

Wir bitten meistens den Geschäftsführer oder Vorstandsvorsitzenden, eine Besichtigungstour mit uns gemeinsam zu machen. Die Reaktionen bei den Mitarbeitern, wenn wir mit den Verantwortlichen auftauchen, sind oft verblüffend. Die Mitarbeiter erstarren entweder zu Salzsäulen, grüßen nur freundlich, oder man hat sogar zuweilen das Gefühl, als würde der Verantwortliche überhaupt nicht erkannt. Auf jeden Fall kann man so sehr deutlich erleben, wie sich der Vorstand in der Unternehmenspraxis auskennt und welchen Kontakt er auch zu den einfachen Mitarbeitern pflegt.

Hier gibt es gerade bei großen Konzernen die schönsten Anekdoten, wie etwa Vorstände in echten Egonautenfirmen vom Werkschutz am

die Zettel, auf denen sie zuvor das Problem formuliert hatten, einfach vom Tisch geblasen wurden. Also hielt das Protokoll fest: Es gibt kein Problem.
Die Topegonauten eilten zurück auf die Kommandobrücke, und Freddy Euter schloß sich ihnen an. Auch hier war der erste Schock schnell einer geschäftigen Hek- ....

Betreten ihres Unternehmens gehindert worden sind, weil sie ihren Egonautenausweis vergessen hatten und nicht erkannt wurden. Aber es gibt auch die positiven Geschichten, wo der Unternehmer noch fast jeden Mitarbeiter mit Namen ansprechen kann und ein offenes Ohr hat, obwohl das Unternehmen auf einige hundert Mitarbeiter angewachsen ist. Kennenlernen heißt aber auch, Mitarbeiter und Meinungsbildner in Unternehmen möglichst einmal auch außerhalb ihres Arbeitsplatzes zu treffen, was aber oft nur sehr schwer möglich ist, da es schnell oberflächlich und inszeniert wirkt und so dem Projekt nicht dient.

Bei den aufgezeigten Punkten handelt es sich nicht um eine alles umfassende Studie, sondern es geht hier um Eindrücke und Stimmungsbilder, die durch das Moderatorenteam gemacht, gesammelt und dann während des Workshops vorgetragen worden sind. Wichtig ist nicht die hundertprozentige Stichhaltigkeit, sondern es kommt im wesentlichen darauf an, daß jedem klar wird, daß in den meisten Fällen, die wir bisher kennengelernt haben, Wunschbild und Eigenbild innerhalb des Unternehmens vom tatsächlichen Image außerhalb des Unternehmens wesentlich abweichen. Dies beginnt oft schon bei den Mitarbeitern. Wobei aber das Image nicht immer schlechter sein muß als das Eigenbild. Es ist uns auch schon vorgekommen, daß das Unternehmen durch die Verantwortlichen viel negativer beurteilt worden ist, als das tatsächliche Image im Markt zeigt.

Aber auf jeden Fall gilt es, das Auseinanderdriften von Wunsch und Realität zu verhindern, denn wie unsere Fiktion zeigt, ist dieses Auseinanderdriften die erste Stufe zum Egonauten.

...... tik gewichen: „QRZ, QRZ, allgemeiner Anruf!" sang der Funker immer wieder in den Impulsemitter, der daraus einen Rundruf in englischer, französischer, italienischer und sogar japanischer Sprache machte. Doch der Ruf kam kaum durch. Denn nicht nur bei E.T., sondern bei praktisch allen künstlichen Planeten, die im weiten Orbit um die Erde kreisten, war der Kontakt zur Basis abgebrochen. Nun versuchte jeder von ihnen, mit einem

Analyse der Produkte und Dienstleistungen

Das Identitätsteam schaut sich gemeinsam die Produkte des Unternehmens an. Dies wird in Unternehmen viel zu selten gemacht. Verantwortliche kennen vielfach nicht die komplette Produktpalette und alle Angebote ihres eigenen Hauses. Es ist schon wirklich interessant, wenn alle Produkte des Hauses einmal in einem Konferenzraum aufgebaut werden und man so einen umfassenden Eindruck des eigenen Angebots erhält. Mit diesem Punkt haben wir bisher fast alle Unternehmen in Erstaunen versetzt, und das Unternehmen hat sich jeweils geschworen, dieses zumindest einmal im Jahr zu wiederholen. Je nach Größe des Hauses und Umfang der Produktpalette kann dieser Punkt auch schon einen Extratag beanspruchen.

Die Aufgabe des Moderators ist es, darauf aufmerksam zu machen, wie zusammenhängend und wie prägnant sich die Produkte zu einer Unternehmensfamilie zusammenfügen oder nicht. Gerade die Erscheinung der Marke auf den Produkten oder unterschiedlichste Designsprachen machen die Erkennbarkeit und den Ausdruck der Unternehmensidentität manchmal schwer nachvollziehbar.

Welche Chancen in einem starken und zielgruppenorientierten Corporate Design liegen, machen wir in der sechsten Etappe deutlich. Das Erkennen der Schwächen und Stärken in diesem Bereich ist eine der wesentlichen Etappen auf dem Weg zur einmaligen Unternehmensidentität.

anderen Raumschiff Kontakt aufzunehmen.
Nach einigen erfolglosen Versuchen kam eine Verbindung zustande. Der Steuerratsvorsitzende selbst führte die geheimen Verhandlungen, von denen nur der innerste Kreis der Egonauten etwas wußte. Die Kommunikation gestaltete sich allerdings etwas ....

Analyse der Kommunikationsmittel

Dasselbe gilt auch für den Bereich der Unternehmenskommunikation. Von der Visitenkarte über die Rechnung, die Broschüren, die Prospekte bis zum weiten Gebiet der Werbung sind dies alles Elemente und Bausteine, die den Kunden und am Unternehmen Interessierten ein Bild vom Unternehmen zeichnen. Nach der Durchsicht auch dieser Bausteine und der entsprechenden Analyse durch den Moderator wird wohl auch dem letzten klar, wie wichtig das perfekte Zusammenspiel aller Elemente ist. Unsere Erfahrung zeigt aber auch, wie wichtig es ist, sich all diese Punkte gemeinsam zu erarbeiten. Man kann immer wieder darauf hinweisen, daß dieses Zusammenspiel wichtig ist, aber wenn man es durch die Präsentation der eigenen Ausdrucksmittel erlebt, ist es wie ein Schlüsselerlebnis und zeigt nachhaltige Wirkung.

Das Vorhalten des Spiegels soll aber keinesfalls alles zerstören, was das Unternehmen über Jahre geschaffen hat; dies wäre grundlegend falsch und nicht der positive Ansatz für einen erfolgreichen Identitätsprozeß. Es geht vielmehr darum, das Starke und das Einmalige im Unternehmen zu sichten und daraus dann die Perspektiven für die Zukunft abzuleiten.

Das Zeichnen des Außensterns

Gemeinsam wird nun der Außenstern entwickelt. Wenn man dann den Ausgangsstern und den Außenstern übereinander legt, werden in den meisten Fällen Abweichungen sichtbar. Diese Abweichungen

.... zähflüssig, weil die andere Seite nur chinesisch sprach. Doch mit Hilfe des Impulsemitters wurden die Sätze in Egonautisch übersetzt, eine Sprache, die vorrangig aus Anglizismen und einigen bedeutungsleeren Kunstworten bestand. Beide Seiten bekundeten angesichts der besonderen Lage ihr grundsätzliches Interesse an einer wie auch immer gearteten Kooperation und vereinbarten, absolutes Stillschweigen über ihre Kontakte zu bewahren.

sind der Unterschied zwischen dem Eigenbild und dem Fremdbild, dem Image des Unternehmens. Es wird so sehr einfach, aber eindrucksvoll der direkte Handlungsspielraum aufgezeigt.

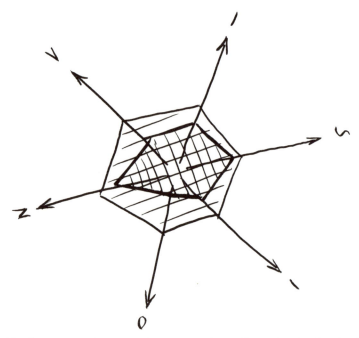

Beide Sterne werden gemeinsam zur Grundlage des in der fünften Etappe zu entwickelnden Leitsterns. Die Sterne sind selbstverständlich nicht als mathematisch exakt und statistisch abgesichert anzusehen, sie visualisieren aber trotzdem, für alle sichtbar, die Standflächen des Unternehmens und vermitteln so ein klares Bild.

Um eine sichere Entscheidungsgrundlage für eine vernünftige Entscheidung zu haben, wurde ohne besonderes Aufsehen eine Einheit unabhängiger Mergerexperten an Bord gebeamt. Diese besondere Spezies von Egonauten hatte sich perfekt an die hohe Geschwindigkeit im Megadynamikraum angepaßt und eine optimale Stromlinien- ....

Vierte Etappe –
Der Meilensteinplan und die Identitätsteams

Diese Etappe und der Workshop stehen komplett unter dem Thema des Meilensteinplans und der Definition des Identitätsteams. Je nach Größe des Unternehmens, nach Grad der Komplexität oder des Identitätsdefizits entscheidet es sich, ob wiederum ein zweitägiger oder ein eintägiger Workshop zu veranschlagen ist. Meist reicht aber ein Tag, da es immer wieder schwierig ist, die Teilnehmer aus ihrem Unternehmensalltag herauszureißen und sie wieder für das Identitätsprojekt zu gewinnen.

.... form ohne Ecken und Kanten angenommen.
Systematisch begutachteten die Mergermen, wie sie im Egonautenjargon genannt wurden, die Erfolgschancen des schwierigen Manövers. Nach nur drei Mondwochen (das war zu diesem Zeitpunkt etwa ein dreiviertel Geschäftsjahr) legten sie einen umfangreichen Bericht vor. Insgesamt hatte er 1476 Seiten, doch niemand hat jemals alles gelesen, und genau gesagt war es we-

Der Ablauf des Workshops sieht wie folgt aus:

1. Darstellung des Vorgehens zur weiteren Präzisierung der Etappen und deren Meilensteine
2. Erstellung des Meilensteinplans
3. Zusammenfassung des Workshops
4. Nachfragen bei den Teilnehmern, ob man das Gefühl hat, auf dem richtigen Weg zu sein, oder ob Korrekturen in der Vorgehensweise notwendig sind

Aus dem Meilensteinplan leiten sich alle späteren Umsetzungsaktionen und deren Abhängigkeiten voneinander ab. Für Unternehmen, die die Netzplantechnik beherrschen, ist es sehr einfach, den Meilensteinplan mit ihren Entwicklungs- oder Marketingplänen zu verknüpfen und so den Identitätsprozeß auch auf der operativen Seite fest im Unternehmen zu verknüpfen.

Als Beispiel dafür, wie detailliert ein Meilensteinplan aufgeschlüsselt sein kann, haben wir die Etappe Corporate Design mit den dazugehörigen Meilensteinen eines von uns durchgeführten Projekts beispielhaft aufgeführt. Dieses Unternehmen aus der Konsumgüterindustrie stellt an sich selbst einen sehr hohen Marken- und Produktanspruch.

Corporate Design

1. Meilenstein: Produktdesign
   1.1 Produktinnovation
   1.2 Differenzierungsgrad (Symbolik)
   1.3 Formensprache

gen der ausnahmslosen Geheimhaltung sogar strafbar, ihn zu lesen. Das, was die Egonauten über ihre potentiellen Partner wissen mußten, hatte der leitende Mergerman (er hatte einen CW-Wert, der nur unwesentlich über dem seines goldenen Füllfederhalters lag) auf der letzten Seite in zwanzig Zeilen folgendermaßen zusammengefaßt: ....

    1.4 Wiedererkennungswert
    1.5 Ergonomie
    1.6 Gestaltungsregeln für Produktfamilien
    1.7 Bedienerfreundlichkeit
    1.8 Materialauswahl
    1.9 Ökologische Verträglichkeit (Geruch)
    1.10 Produktgrafik
    1.11 Branding am Produkt
        (Positionierung Marke/Logo auf dem Produkt)
    1.12 Oberflächenstrukturen
    1.13 Farbgebung
    1.14 Haptik
    1.15 Akustik
    1.16 Geruch

2. Meilenstein: Corporate-Grafik
    2.1 Darstellung des Unternehmens
        Bildmarke/Logo, Wortmarke/Schriftzug der Unter-, Programm- oder Submarken
    2.2 Darstellung der Geschäftsbereiche
    2.3 Produktbereiche (Produktfelder)
    2.4 Entwicklung von Icons, Symbolen und Wortfamilien für Produktlinien, Produktgruppen und Produkte
    2.5 Slogan
    2.4 Typeface
    2.5 Unternehmensfarben
    2.6 Geschäftsausstattung: Visitenkarten, Briefpapier, Rechnungspapier (mit Slogan und Dank), Grußkarten, Notizpapier etc.

.... „Das chinesische Raumschiff ‚Sunriser' ist seit vielen Jahren im gleichen Hyperraumkorridor wie E.T. unterwegs. Die Chinesen haben ihren kometenhaften Aufstieg unter dem Namen Sun Rise Industries etwas später begonnen als Euter Technologies, und zwar von einer Startrampe im Süden Chinas, nahe der Hauptstadt Hongkong.
Den Logbüchern zufolge ist das Raumschiff der Chinesen bis

    2.7 Fahrzeugbeschriftung
    2.8 Kleidung
          2.8.1 Verkaufspersonal (Krawatte, Tuch etc.)
          2.8.2 Mitarbeiter im Betrieb

3. Meilenstein: Verpackung
    3.1 Form
    3.2 Farbe
    3.3 Material
    3.4 Stoßsichere Produkthalterung/Produktschutz
    3.5 Logo/Grafik
    3.6 Funktionalität/Handling
    3.7 Umweltfreundlichkeit
    3.8 Eignung zum Display

Alle diese Punkte sind spezifisch aufgestellt und immer wieder mit Unterpunkten detailliert worden. Laufende Projekte wurden entsprechend diesem Plan umgesetzt und Aktionen eingeleitet.

Die Identitätsteams

Es geht nun darum, das Identitätskernteam zu erweitern und entsprechend den Etappen und Meilensteinen Teams zu bilden, die einzelne Themen detailliert bearbeiten und dafür sorgen, daß der gesamte Prozeß intensiv das ganze Unternehmen durchdringt.
Durch die Erweiterung der Plattform werden bisher noch Unbeteiligte mit dem Identitätsprozeß konfrontiert. Hier ist es wichtig, daß der

> vor kurzem noch eines der schnellsten der Galaxis gewesen. Die technischen Daten lassen vermuten, daß das Erdfluchtpotential (eine veraltete Ausdrucksweise für Eigendynamikpotential, Anm. d. Verf.) möglicherweise deutlich über dem von E.T. liegen könnte, bisher aber nur sehr unzureichend ausgenutzt worden ist. Die wesentlichen ....

Projektleiter oder das externe Beraterteam das Erarbeitete nochmals vorstellt und die Bedeutung und die Ziele dieses Prozesses erklärt und so die Chancen verdeutlicht.

*Das Kernteam und die Arbeitskreise:
Von Botschaftern, Machern, Mitmachern und Verantwortlichen*

Bei der Ausweitung des Identitätsprozesses ist darauf zu achten, daß die Akteure nicht, wie im ersten Teil der Wegbeschreibung aufgezeigt, in eine zu hohe Abstraktionsstufe flüchten und ihr Handeln so von ihrer eigenen Persönlichkeit lösen. Es muß deutlich spürbar sein, daß alle Teilnehmer und Mitarbeiter in der Verantwortung stehen und daß der Identitätsprozeß jede Persönlichkeit im Unternehmen benötigt.

Da aber nicht alle Mitarbeiter so intensiv einbezogen werden können, braucht der Prozeß wirkliche Macher, die für die Zeit des Identitätsprozesses darin ihre wesentliche Aufgabe sehen. Dann gibt es die Botschafter, die die Ergebnisse und Kommentare, die Bemerkungen und Anregungen aus dem Unternehmen in diesen Identitätsprozeß hineintragen und gleichzeitig gefundene Antworten zurückbringen.

Und es gibt natürlich die Verantwortlichen, die als Vorstände oder Geschäftsführer diesen Prozeß begonnen haben. Sie dürfen sich im laufenden Prozeß nicht zu stark aus dem Prozeß zurückziehen und delegieren, denn es gilt zu verhindern, daß sich, wie in unserer Egonautengeschichte, die Unternehmensspitze von den Mitarbeitern löst und so letztendlich die Basis für ihr Handeln verliert.

Das Kind braucht wie immer einen Namen oder ein Symbol, damit die Identifikation der Teilnehmer steigt. Die Suche nach dem Namen des Teams überlassen wir gern den Beteiligten und geben nur Hilfestel-

.... Gründe hierfür finden Sie auf den Seiten eins bis eintausendvierhundertvierundsiebzig im Überblick."

Am Ende des Berichtes empfahlen die Mergerexperten in einem gesonderten Resümee, das ausschließlich für den Vorsitzenden des Steuerrats gedacht war: „Die Zusammenlegung der Eigendynamikreserven eröffnet die einmalige Chance, die Gesetze der Raum-Zeit-Bindung zu überwinden und in neue egonauti-

lungen. Es ist für uns immer wieder faszinierend, wie unterschiedliche Namen entstehen. Einige Teams versuchen, rationale Bezeichnungen zu entwickeln, andere gehen mit sehr viel Witz an die Aufgabe heran.

So entstand CIA unter sehr viel Gelächter der Teilnehmer eines Arbeitskreises und steht eben für den Corporate-Identity-Arbeitskreis.

Das Kommunikationskonzept

Wir sind der Überzeugung, daß Unternehmen nicht nur ihre Mitarbeiter, sondern auch ihre wichtigsten Partner direkt in den Identitätsprozeß einbeziehen sollten. Ein gemeinschaftliches „Wir-Gefühl" wird so zum Motivationsschlüssel und kreativen Miteinander.

So wird das anfangs Beschriebene erreicht. Identität wächst von innen nach außen, das Herz des Unternehmens wird sichtbar, und die Sprache des Unternehmens bekommt einen verständlichen Klang. Mitarbeiter, Kunden und am Unternehmen Interessierte spüren die Vitalität des Herzens und die ihnen entgegengebrachte Wertschätzung.

sche Galaxien vorzustoßen."
Der Steuerratsvorsitzende wurde regelrecht euphorisch, was nur sehr, sehr selten vorkam. „Wenn ich das hinkriege", überlegte er und schlug sich mit der rechten Faust in die linke Handfläche, „wird man mich bestimmt zum Egonauten dieses Geschäftsjahres wählen." Daß es soweit nicht ....

Fünfte Etappe – Der Leitstern entsteht

Das Identitätsteam ist jetzt ein wichtiges Stück des Weges miteinander gegangen. Man hat sich kennengelernt, der Analyseteil ist abgeschlossen, die Standpunkte und die Standfläche des Unternehmens sind sichtbarer geworden. Schritt für Schritt wird es nun auf dem Weg zur Unternehmensidentität immer konkreter, und die individuellen Bausteine der Identität erscheinen klarer.

Wir starten nun gemeinsam in eine der wichtigsten Etappen des Prozesses – der Unternehmensleitstern entsteht.

Der Unternehmensleitstern

Dieser Leitstern basiert auf der gelebten Identität des Unternehmens und dient als Orientierungshilfe für die Zukunftsentwicklung. Der Leit-

.... kommen würde, konnte er nicht wissen. Das Jahr konnte nämlich bedauerlicherweise nie abgeschlossen werden, da die Prognoseziele niemals erreicht, geschweige denn um die notwendigen zehn Prozent überschritten wurden. Aber davon später mehr.
Gleich am nächsten Morgen ließ er sich von allen unbemerkt zum Sun Riser übersetzen. Es war ein ruppiger Flug. „Ver-

stern ist aber nicht statisch festgeschrieben, sondern ein dynamisches Leitbild, das die Möglichkeit des Wachsens und der Entfaltung beinhaltet. Wir sehen die Fläche, die der Leitstern abdeckt, als Energiefeld, das das Unternehmen mit Dynamik und positiver Zukunftsenergie auflädt. Dieses Energiefeld wird durch unternehmensspezifische Leitbegriffe bestimmt, die die Energiepole mit ihren spezifischen Inhalten und ethischen, moralischen und gesellschaftsrelevanten Wertvorstellungen definieren.

Bei der Entwicklung des Leitsterns kommt immer wieder das Thema auf die Definition von Unternehmensethik. Es gibt extreme Verfechter, die der Meinung sind, hier einen wesentlichen Leitgedanken entdeckt zu haben, andere verschließen sich diesem Thema vollständig.

Wir sind der Überzeugung, daß im Leitstern kein Platz für übertriebene Ethik- und Moraltheorien ist. Dies sind Begriffe, die in unserem Wirtschaftsleben oft überdehnt und so teilweise sinnentleert sind. Wirtschaft hat immer etwas mit Wettbewerb im sportlich-fairen Sinn zu tun: einen Wettbewerb führen, gewinnen wollen, Leistungen erbringen, aber alles in einem verantwortungsbewußten Miteinander. Begriffe wie Wirtschaftskrieg, Krieger, Vernichtung etc. gehören grundsätzlich nicht in selbstbewußte Unternehmen und sind als Leitmotive untauglich. Auch ohne dieses übertriebene und teilweise schon lächerliche Feindbildgebaren kann man erfolgreich sein und auch noch Spaß dabei haben.

Der Unternehmensleitstern als unverwechselbare Leitmaxime

Ein Unternehmensleitstern hat nur dann eine Chance, angewendet zu werden, wenn er eingängig und verständlich formuliert ist und so auf das Unternehmen abgestimmt ist, daß er nicht auf andere Unternehmen übertragbar ist.

dammt", dachte der Steuerratsvorsitzende, der in seinem ergonomischen Cair-Schalensitz hefig hin und her geworfen wurde, „irgendwie scheinen wir viel zu nah an einen Unwahrscheinlichkeitsstrudel gekommen zu sein. Der Shuttle ächzt und knarrt ja in allen Nieten." Im komfortablen, mit Nadelstreifentapeten ausgekleideten Inneren ....

Eigentlich ist diese Forderung eine Selbstverständlichkeit, aber viele der Leitmaximen, die wir bisher gelesen haben, sind so beliebig, daß sie leicht untereinander austauschbar sind. Es ist kein Wunder, daß ein solches Leitbild nicht ernst genommen wird und folglich kaum zur Anwendung kommt.

Wir fragen hin und wieder Mitarbeiter in einem Unternehmen, ob sie die Leitmaximen ihres Unternehmens kennen. Die Antwort war bislang in den meisten Fällen nicht gerade positiv; wenn überhaupt, konnten die Leitbegriffe nur bruchstückhaft wiedergegeben werden. In den meisten Fällen war selbst die Geschäftsleitung nicht in der Lage, die Kernpunkte aufzuzählen. Fragen Sie sich doch einfach einmal selbst! Die Einprägsamkeit wird somit zu einem entscheidenden Schlüssel zur Anwendung.

Um eine möglichst breite Durchdringung des Unternehmensleitsterns zu erreichen, ist es ratsam, Symbole oder ein Wortspiel zu entwickeln, welche wie eine Art Gedächtnisbrücke helfen. Die Identifikation wird verstärkt, und die Mitarbeiter nutzen das Symbol beziehungsweise das Wortspiel in ihrer Tagesarbeit oder in der Darstellung ihres Unternehmens nach außen.

Der Leitstern Swarovski

Mit dem österreichischen Unternehmen Swarovski Optik haben wir ein Identitätsprogramm durchgeführt, um das Unternehmen noch eindrucksvoller im Markt zu positionieren und nicht genutzte Chancen wahrnehmen zu können. Das Unternehmen ist einer der traditionsreichsten Hersteller von optischen Geräten wie Ferngläser, Fernrohre und Spektive. Wegen seiner hohen Qualität und seiner Innovationen

.... von E.T. hatte niemand etwas von diesen Turbulenzen bemerkt. Er hatte sich extra für diese heikle Mission seinen gedeckten Raumanzug angezogen, ein klassisches Modell, wie man es üblicherweise bei solchen Anlässen trug. Als er mit dem Gleiter in den Laderaum hineingesegelt war und sich der Laserstrahlenvorhang hob, trat ihm ein älterer Herr entgegen, der zu seiner Enttäuschung nur wenig kleiner war als er selbst. Irgendwas störte

ist das Unternehmen in einigen Märkten Imageführer und gehört weltweit immer zu den drei führenden Unternehmen der Branche.

In dem gemeinsamen Identitätsprozeß war es sehr wichtig, eine für das Unternehmen eindeutige Differenzierung zu den beiden Hauptwettbewerbern zu finden, die in ihrem Produktangebot sehr ähnlich lagen.

Bei der Identifikation des Leitsterns entstanden für das Unternehmen wesentliche Wertbegriffe, die zukünftig die Positionierung des Unternehmens bestimmen werden:

*A*nspruchsvoll, *U*mweltbewußt, *S*innstiftend, *S*ympathisch, *I*nnovativ, *C*harakterstark, *H*igh-Tech-orientiert, *T*raditionsverbunden

Um die beschriebene Identifikation zu erreichen, haben wir aus den Anfangsbuchstaben der aufgestellten Leitbegriffe ein Wort definiert, welches als Kernaussage der Unternehmensidentität steht:

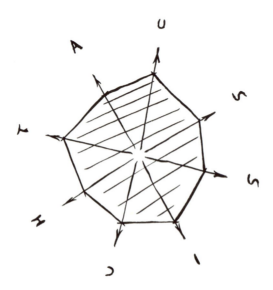

ihn an diesem Mann, er wußte anfangs nicht, was es war, bis er herausfand: Am unteren Ende des schieferschwarzen Hosenbeins des Chinesen wurden nicht, wie alle seine Berater ihm vorausgesagt hatten, strahlend weiße Tennissocken sichtbar, sondern dunkle Wollstrümpfe. Irgendwie fühlte sich der Steuerratsvorsitzende plötz- ....

Das Wort hat eine Doppelbedeutung. Für das Unternehmen steht der Begriff Aussicht für die Unternehmensperspektive. Brillante Aussichten bieten sich aber auch für die Kunden des Unternehmens, wenn sie die Swarovski-Produkte benutzen.

Und buchstabiert ergeben sich aus dem Wort die Leitbegriffe der Identität, die wie folgt festgeschrieben wurden:

- *Anspruchsvoll*

Die Swarovski Optik ist ein Unternehmen mit einem hohen Anspruch an uns als Persönlichkeiten, an die Wirtschaftlichkeit, an unsere Produkte, deren Spitzenqualität und hervorstechenden Leistungen und an unser gemeinsames Tun. Diesen Anspruch tragen wir gemeinsam nach innen und nach außen in die Märkte und machen so unser Unternehmen erlebbar.

Wir haben den Anspruch, unsere Kunden durch Spitzenleistungen zu begeistern.

Anspruchsvoll bedeutet für uns aber auch, daß wir, wo möglich, den Einsatz unserer Produkte so steuern, daß ethische und moralische Grundsätze nicht verletzt werden.

- *Umweltbewußt*

Unser Unternehmen macht die Natur für unsere Anwender intensiver erlebbar. Dies bedeutet für uns eine hohe Verpflichtung gegenüber der Umwelt. Sie zu schützen, zu bewahren und, wo möglich, uns aktiv für die Bewahrung einzusetzen, ist für uns wesentlich.

- *Sinnstiftend*

Das Unternehmen entwickelt seine Strategien und die Umsetzungs-

.... lich schlecht vorbereitet. „Ich werde improvisieren müssen", dachte er und begann genauso wie sein Gegenüber zu lächeln.
Der Steuerratsvorsitzende hätte sich gerne von dem Chinesen, der sich – etwas ungewöhnlich – als Roy Soleil vorstellte, das Raumschiff zeigen lassen. Doch da niemand von dem Treffen erfahren sollte, gingen sie direkt in den Sonnensaal über dem Laderaum, der eigens für sie reserviert und gegen alle

taktik immer durch die Ziele, die für das Unternehmen stehen. Mitarbeiter und Unternehmen erhalten so Motivation, Stabilität, Sicherheit und Wachstumsfähigkeit. Allen Mitarbeitern Sinn in der Arbeit zu geben ist wichtige Grundbedingung des Tuns.

- *Sympathisch*
Ziel ist es, ein sympathisches Unternehmen zu sein, welches von seinen Mitarbeitern, Kunden und Partnern geschätzt wird. Diese Wertschätzung verdienen wir uns durch unser tägliches Tun. Gerade die weichen Faktoren (Service, Kommunikation, Vertrieb) unseres Unternehmens sind im wesentlichen verantwortlich für den emotionalen Faktor Sympathie.
Sympathisch bedeutet für uns, menschlich und anwenderorientiert zu sein.

- *Innovativ*
Unsere Unternehmensgeschichte basiert auf außergewöhnlichen Ideen und hoher Dynamik. Dies sind wesentliche Bausteine unserer Kultur. Deshalb fühlen wir uns verpflichtet, innovativ und dynamisch zu sein.
Außergewöhnliche Sehleistungen, gepaart mit höchstem Anwendungskomfort und ästhetischem Design, das ist die Welt, die wir unseren Kunden eröffnen wollen. Dies bedarf immerwährender, kreativer und innovativer Spitzenleistung, wobei wir nicht den Selbstzweck suchen, sondern uns zielkostenorientiert den Kundenwünschen verpflichten.
Um dies sicherzustellen und den Wettbewerbern „eine Nasenlänge voraus zu sein", nutzen wir das kreative Innovationspotential, die Dynamik und die Neugierde aller Mitarbeiter.

Mindwaves von außerhalb abgeschirmt worden war. Es dauerte eine Weile, bis die beiden Topegonauten auf das eigentliche Thema zu sprechen kamen. Zunächst unterhielten sie sich sehr ausführlich über das herrliche Wetter hier im Weltall und schauten mit leuchtenden Augen hinauf zu dem........

- *Charakterstark*
  Unsere Einmaligkeit basiert auf der Charakterstärke unserer Mitarbeiter und unserer Ausdrucksformen. Kommunikation und Design tragen unsere Einmaligkeit als Botschafter nach außen und machen uns im Inneren stolz.
  Unsere Grundsätze, die durch Persönlichkeiten geprägt sind, haben hohe ethische und moralische Qualität, werden durch die Führung vorgelebt und prägen so wesentlich unsere Zukunftschancen.

- *High-Tech-orientiert*
  Wir sind Spezialisten und schaffen im wesentlichen Produkte für Anwender, die die Qualität unserer Bemühungen schätzen.
  High-Tech gibt uns die Möglichkeit, Spitzenqualität im Sinne des Kunden immer wieder neu zu definieren.
  High-Tech hilft uns, den Kreis zwischen Zielpreisdefinition, dem Machbaren im Markt und der maximal möglichen Qualität zu schließen.
  High-Tech gibt uns aber auch die Möglichkeit, unsere Arbeitsplätze zu humanisieren und Organisations-, Entwicklungs- und Abwicklungsabläufe effektiver zu gestalten.

- *Traditionsverbunden*
  Wir bauen auf eine 100jährige Tradition in der technologischen Innovation des Glasschleifens. Seit über 50 Jahren steht Swarovski für Fernsichtgeräte, deren Qualität insbesondere unter extremen Bedingungen wie Dämmerung, Feuchtigkeit, Hitze und Staub sichtbar wird.

.... weißglühenden Stern über ihnen. Ein besonderer Schliff im Glasdach des Saales vergrößerte ihn so sehr, daß die Sonnenfackeln an seinem Rand wie brennende Zungen am Raumschiff zu lecken schienen. Ein imponierender Anblick.
Dann kam die Unterhaltung auf das elendiglich rauhe Klima auf der Erde. Nacheinander schimpften die Egonauten über die Rückständigkeit der Organisationen und die Naivität der Verant-

Unser Name steht für die Tradition, Spitzenleistungen zu vollbringen und höchste Qualität zu erzielen. Wir sind verpflichtet, diese Tradition fortzuschreiben.

Diese Leitmaximen bilden nun den Leitstern für das Unternehmen und sind der Ausgangspunkt für alle Ausdrucksformen, das Agieren am Markt und das Verhalten intern im Unternehmen. Gerade die Produkte werden wesentlich von diesen Leitmaximen bestimmt.

Bei der Ausarbeitung dieser Leitmaximen wurde immer klarer, daß in der Zukunft das Unternehmen noch zielgruppenorientierter vorgehen muß. Gerade in den Qualitäts- und Preiskategorien, in denen Swarovski Optik zu Hause ist, ist es immer wichtiger, sich möglichst eng mit den Kunden zu verbinden. Das heißt, nicht absenderorientiert seine Unternehmensstrategien zu entwickeln, sondern anwenderorientiert die Unternehmensangebote zu gestalten.

Der Unternehmensleitstern als geheime Verschlußsache?

Der Unternehmensleitstern mit seinen Leitbegriffen darf ruhig an die Öffentlichkeit gelangen. Dies wird von vielen Unternehmen anders gehandhabt. Oftmals bemerken wir, daß Leitlinien wie eine geheime Verschlußsache gehütet werden. Angst vor dem Wettbewerb, der sie kopieren könnte, oder sogar vor den eigenen Mitarbeitern scheinen hier die Motive zu sein. Ein echter Unternehmensleitstern ist jedoch so einzigartig, daß er nicht so einfach zu kopieren ist, denn er ist Ausdruck der Identität eines Unternehmens. Die Sorge ist somit unbegründet. Bei intensivem Nachfragen werden dann auch

wortlichen auf dem Erdball. „Ja", seufzte der Steuerratsvorsitzende und dachte verdrossen an den Vorsitzenden des Betriebsrates, den man durch ein ärgerliches Versehen mit ins All genommen hatte (er hatte zufällig beim Take-off in der Vorstandssauna gesessen – als Mitglied des Riesenrats durfte er das). Doch verriet er davon ....

keine Begründungen für die „Geheimhaltung" wirklich standhaft vertreten.

Das „Identity-Bilder-Buch", das wir im laufenden Prozeß immer fortgeschrieben haben, wird nun als Medium immer interessanter, denn, wie schon gesagt, wir wollen den Prozeß für alle Mitarbeiter und Partner sichtbar und öffentlich machen, sie sollen den Leitstern kennenlernen und verstehen, damit der gewünschte Dialog entsteht.

Jetzt können wir einmal tief Luft holen. Es ist geschafft – der Leitstern steht. Dies ist ein wichtiger Moment, der auch ruhig gefeiert werden darf.

Wir können auch ein wenig stolz sein auf das Erreichte, wir haben einen unverwechselbaren Leitstern, er weist uns bei den nächsten Schritten den Weg, und es ist gar nicht mehr so einfach, sich zu verlaufen.

In den nächsten Etappen und Meilensteinen wird mit der Umsetzung begonnen. Schritt für Schritt dem Leitstern folgend werden alle Elemente des Unternehmens entsprechend ausgerichtet. Gestartet wird mit dem, was für die Kunden am wichtigsten ist und das Unternehmen am nachhaltigsten repräsentiert: den Produkten und Dienstleistungen.

14. Qualität der Produkte oder Dienstleistungen

Die Definition der Produkt- und Dienstleistungsqualität muß zielgruppenorientiert erfolgen, sie wird dadurch direkt mit den Wünschen und Vorstellungen ganz spezifischer Zielgruppen in Einklang gebracht. Dies verhindert die unmögliche Forderung: maximale Qualität bei minimalem Preis. Je genauer es gelingt, die Ziel- und Anwendergruppe zu beschreiben, um so einfacher ist es, den entsprechenden technischen Aufwand oder die Marketingbemühungen festzulegen. Dies ist das A und O der zukünftigen Kundennähe.

.... nichts. Es hätte nur seine Verhandlungsposition geschwächt. Wie lange dieses unter Egonauten übliche Ritual dauerte, konnte niemand sagen, weil ständig die Stunden vom Zeitmanipulator verlängert wurden. Doch wurde der Steuerratsvorsitzende allmählich ungeduldig. Ihm brannte die alles entscheidende Sachfrage auf der Zunge: Wer würde nach einem Andocken die Raumstation lenken? Eine schwierige Frage, da

Qualität bedeutet nicht nur das technische Funktionieren oder die Haltbarkeit eines Produkts, sondern auch die emotionalen Qualitäten. Emotionale Qualität ist ein kaufentscheidender Wert, der weit über das klassische Image oder Prestige hinausgeht. Persönliches Wohlbefinden, die Steigerung der Lebensqualität, das gute Gefühl, dies alles sind emotionale Empfindungen, die durch Produkte und Dienstleistungen ausgestrahlt werden können. Diese Erkenntnis muß mit eingeplant und schon in der Entwicklung berücksichtigt werden.

Wir versuchen immer anzuregen, daß es den Mitarbeitern so einfach wie nur eben möglich gemacht wird, die eigenen Produkte zu benutzen und sie am besten täglich auszuprobieren. Dadurch ist es möglich, die Identifikation und gleichzeitig das Qualitätsbewußtsein zu steigern. Fehler werden so selbst erkannt, die emotionale Qualität gespürt, und Verbesserungen folgen nahezu automatisch.

Qualität und Kundenforderung

Qualität hat etwas mit Kundenforderung und Gesellschaftsveränderung zu tun. Qualität ist für jede Zielgruppe zu definieren und auf der Zeitachse nicht konstant, wie das folgende Beispiel zeigt:

Es gab einen Zeitraum, da galt es als große Errungenschaft und als echter Beitrag zur Lebensqualität, daß man die Oberhemden nicht mehr bügeln mußte. Waschen, trocknen und schon wieder anziehen, war das Motto. Neuartige künstliche Fasern ermöglichten diesen Komfort und zeichneten den Träger als fortschrittlich und modern aus.

Unternehmen, die diesem Trend folgten, galten als innovativ und kundennah.

Heutzutage wird jeder Stoff vom Kunden genaustens auf seine Zu-

beide Seiten erkannt hatten, daß hier zugleich eine wichtige Vorentscheidung für die Wahl des Egonauten des laufenden Geschäftsjahres getroffen wurde. (Wie gesagt konnte ja niemand wissen, daß .... aber das hatten wir ja schon angedeutet.)
Sie fanden einen salomonischen Kompromiß. Sie entschieden, ...

sammensetzung hin überprüft. Textilien werden nur noch an die Haut gelassen, wenn sie möglichst ausschließlich natürliche Materialien enthalten und natürlich verarbeitet wurden. Das Bügeln wird wieder in Kauf genommen, die Vorstellung über die Qualität der Bekleidung hat sich innerhalb von wenigen Jahren radikal verändert. Mitmenschen, die heute noch diese ehemaligen Wunder des Fortschritts tragen, gelten als spießig und „von gestern".

Dasselbe gilt für die Unternehmen, die immer noch diesem Trendbild nachhängen. Innovativ und fortschrittlich dagegen sind die Unternehmen, die den Wandel zur Natürlichkeit schnell und kompromißlos gegangen sind.

Oder – ein Beispiel aus der Automobilindustrie:

Galt noch Mitte der achtziger Jahre ein Cabriolet in unseren Breitengraden als völlig unsinnig und suchte man in jener Zeit jede nur mögliche PS als Differenzierung und Qualitätsmerkmal, so hat sich bis heute diese Einstellung gravierend verändert. Jeder Automobilhersteller hat mindestens ein Cabriolet im Programm und kann dieses mit erheblichem Preisaufschlag absetzen. Unternehmen, die diese Kundenforderung nach mehr Freiluftvergnügen nicht sofort in Produkte umgesetzt haben, sind in der Kundengunst deutlich zurückgefallen.

15. Verhalten des Unternehmens

Daß das Verhalten eines Unternehmens zu einem wettbewerbsrelevanten Faktor werden kann, mußten viele Unternehmen erst wieder schmerzlich lernen; sie haben aber, wie schon unsere Egonauten zeigen, die Zeichen nicht entsprechend gedeutet. Erfolgsverwöhnt teilten

> .... daß eine Raumstation, anders als ein Raumschiff, nicht allein mit einem Kapitän auskam, sondern zusätzlich einen Stationsvorsteher brauchte. Dieser neue Posten ohne besonderen Verantwortungsbereich wurde speziell auf die besonderen Fähigkeiten von Roy Soleil zugeschnitten und mit einer attraktiven Frühpensionierungsregelung, die ab vorgestern gültig war, ausgestattet. Damit waren die wichtigsten Hindernisse aus dem Weg geräumt.

diese Unternehmen ihre Produkte dem Markt zu. Der Kunde mußte sich mit schlechtem Service, Unzuverlässigkeit oder eben späten Lieferterminen herumärgern.

In Krisenzeiten rächt sich solch ein Verhalten sofort. Besitzt eine Marke erst einmal das Image, arrogant zu sein, ist dieses sehr dauerhaft und hängt viele Jahre an.

Ob am Stammtisch oder beim Geschäftsessen, es geht immer wieder um kaum mögliche Probefahrten, um überbuchte Flugzeuge, um nicht existierenden Softwareservice oder auch nur um den Ärger mit der neuen Telefonanlage. Das Eigenartige in all diesen Gesprächen ist, daß meistens vollstes Verständnis dafür existiert, daß Qualitätsprobleme oder sonstige Fehler eben vorkommen können; was nicht toleriert wird, ist, wie Unternehmen mit diesen Engpässen oder Krisensituationen umgehen – das heißt, welches Verhalten sie an den Tag legen.

Es ist daher für diesen Meilenstein wichtig, das Unternehmen auf seine Verhaltensmuster hin zu überprüfen und die Differenzen, die im Ausgangsstern, im Außenstern und im Leitstern sichtbar werden, aktiv anzugehen. Dies fängt schon mit der hohen und wertschätzenden Meinung von den Kunden an.

Die hohe Meinung vom Kunden

Es gibt viele Unternehmen mit einer negativen Haltung den eigenen Kunden gegenüber. Negativ im Sinne von: „Die Kunden bemerken das sowieso nicht" oder: „Unser Kunde ist nicht so anspruchsvoll, das interessiert ihn sowieso nicht" etc.

Diese Einstellung wird, obwohl sicherlich nicht bewußt gewollt, nach außen sichtbar und insbesondere spürbar. In den ersten Etappen sind

> Als die beiden Männer wenig später aus dem Sonnensaal heraustraten, blickten sie in die Kameralinse des Stern TV. Irgend jemand hatte ihnen einen Wink gegeben. „Nun ja", fuhr es dem Steuerratsvorsitzenden durch den Kopf, „lieber die als andere." Insgeheim hielt E.T. seit langem 98 Prozent des Kapitals dieses extraterrestrischen Sen-.......

diese Verhaltensraster durch die Fragen im Unternehmen und im Markt aufgedeckt worden.

Entgegengebrachte Wertschätzung und Hochachtung ist die Basis für einen erfolgreichen Dialogprozeß mit den Kunden. Was damit nicht gemeint ist, ist ein unterwürfiges, höfisches Anschmachten der Kunden – gemeint ist ein partnerschaftliches Miteinander. Dazu gehört das wirkliche Ernstnehmen von Kundenwünschen und -problemen.

Ein weiteres Problem in der Kundenbeziehung wird dann deutlich, wenn man beobachtet, wie versucht wird, dem Kunden einen Namen zu geben. Früher gehörte er zur Gattung der Verbraucher, danach wurde versucht, ihn etwas vornehmer zu bezeichnen, er wurde zum Konsumenten. Konsumieren klang ein wenig mündiger als verbrauchen. Begriffe wie Gebraucher, Käufer oder Abnehmer sind weitere Versuche der Umschreibung.

Für uns ist die Bezeichnung „Kunde", und damit sind selbstverständlich beide Geschlechter gemeint, der treffendste Begriff, der den gewünschten Anspruch ausdrückt und der Hochachtung vermittelt.

Bei diesem Meilenstein ist es sehr schwierig, ein greifbares Ergebnis zu erzielen. Es ist daher sehr hilfreich, einmal schriftlich zu fixieren, wie das Identitätsteam den Kunden sieht, um so ein sichtbares und hoffentlich später auch spürbares Zeichen zu setzen.

So eine Aussicht auf den Kunden kann wie folgt aussehen:

- Unsere Kunden suchen starke Bindungen zu unseren Produkten, unserer Dienstleistungen und auch zu unserer Marke, die für unser Unternehmen steht.
- Der Kunde entscheidet, ob wir als Unternehmen mit unseren Pro-

.... ders. Ohne auf die Fragen des Reporters zu warten, stellte er Roy Soleil als seinen neuen Partner vor und gab das bevorstehende Andockmanöver bekannt. Freddy, der zufällig mit einigen alten Bekannten im Egonautenclub vor der Bildfolie saß, war fassungslos: „Was, mit diesen Lizenzdieben, diesen Dumpingsündern will der gemeinsame Sache machen!" wollte er losschreien, entschloß sich dann aber, doch nichts zu sagen. Alle

dukten und Dienstleistungen für ihn sympathisch sind oder nicht. Wir können uns ihm nur anbieten.
- Der Kunde bleibt unserer Marke treu, wenn wir uns als Unternehmen, das hinter der Marke steht, diese Treue auch wirklich verdienen.
- Der Kunde kauft ein Produkt oder nimmt eine Dienstleistung in Anspruch.
- Der Kunde ist kritisch, er wählt aus, hinterfragt oder möchte überzeugt werden.
- Der Kunde gebraucht ein Produkt und genießt dessen Faszination.
- Der Kunde ist nicht auf den Kopf gefallen, er weiß, was er will. Wenn er sich einmal nicht so sicher ist, bekommt er unsere Hilfestellung.

Viele Egonauten sind aber, wie in unserer Fiktion beschrieben, nicht bereit, mit Kunden eine ernsthafte Dialogbeziehung einzugehen.

Kundennähe muß wieder gelernt werden, und zwar wirklich körperlich und nicht nur abstrakt durch Marktuntersuchungen und sonstige Umfragen, sondern auch durch eigene Erfahrungen.

Nur wenn auch die Unternehmensspitze bereit ist, Kundennähe zu pflegen und den „Wert des Kunden zu schätzen", bleibt der Kontakt zum Markt und die Gabe des Visionauten erhalten.

Der Prozeß der Kundennähe beginnt immer im Inneren des Unternehmens. Die Beziehung untereinander, zwischen der Unternehmensleitung und den Mitarbeitern, ebenso das Miteinander auf allen Ebenen, sind Verhaltensmuster, die unbewußt auch nach außen übertragen werden.

Leider vermitteln manche starken Führungspersönlichkeiten den eigenen Mitarbeitern das Gefühl, alles besser und schneller zu können und geben ihnen kaum Spielraum, ein eigenständiges Profil zu entwickeln.

anderen Egonauten waren jubelnd von den Sesseln aufgesprungen, und da wollte er schließlich kein Querulant sein. Außerdem schmeichelte es ihm, daß der Steuerratsvorsitzende nun eine Rede vom Blatt ablas, die bis auf einige Kleinigkeiten exakt seiner historischen „Take-off"-Rede entsprach.

Wertschätzung auszudrücken und die Fähigkeit, das Gefühl zu vermitteln und vorzuleben, daß alle in einem Boot sitzen und für den Kurs, die Geschwindigkeit und die Sicherheit der Reise verantwortlich sind, ist eine kaum zu überschätzende Kunst und eine wesentliche Voraussetzung des Visionauten.
Wir haben Kristian von Eisenhart Rothe, unseren langjährigen Ratgeber, gebeten, seine Erfahrungen zu diesem Thema in unser Buch einzubringen. Für uns ist er ein echter Visionaut. Er hat Philosophie und Psychologie studiert und arbeitet als Wirtschaftspädagoge, Berater und Trainer:

Führungsqualitäten

Aufgeklärte Mündigkeit als stetige Ehrfurcht vor dem Leben, auch dem eigenen; die darauf basierende Fähigkeit lebenslangen Lernens, das Integrieren möglichst vieler relevanter Daten (zu deutsch: Gegebenheiten); für seine Folgen verantwortliches, kompetentes Handeln – diese Qualitäten machen das aus, was wir Persönlichkeit nennen. Das tönt durch sie hindurch (personat), strahlt aus, schafft das oft beschworene Charisma, welches zu Recht als die zentrale Führungsqualität gilt.
Führungsqualitäten seien nötig, so sagt man. Wozu eigentlich?
Die meisten Tätigkeiten in Verwaltung und Wirtschaft fallen doch unter die Rubrik „Routine" oder „business as usual". Hier ist Erfahrung erforderlich, Beherrschen des Handwerks, technisches Können, Konservieren des erreichten Wissensstandes. Normale, konservative Strukturen brauchen gute Verwaltung. Aber Führung?
Führungsqualitäten im Sinne dieses Diskussionsbeitrages werden ei-

.... Um die weiteren Schritte vorzubereiten, setzten sich Riesenrat und Steuerrat zu einem außerplanmäßigen Meeting im Monitoring Room zusammen. Mittlerweile wurde dort nicht mehr das alte Video von der Erde gezeigt. Irgendwie konnte es niemand mehr sehen. Statt dessen hatte man Planetenringmosaiken einer im ganzen Sternensystem berühmten Künstlerin aufgehängt. Freddy Euter hatte das durchgesetzt. „KKK" – unter diesem Kür-

gentlich nur dort benötigt, wo neue Lebensqualitäten gewollt werden, wo sich Organisationen aus den alten Strukturen herausentwickeln. Dort bedarf es der Führung zu neuen Ufern, neuen Märkten, in Unternehmen, die nicht nur auf Nachfrage reagieren, sondern mit Produkten von hoher Qualität Nachfrage auslösen, also offensiv agieren.

Wir können uns da an das alte, in unser genetisches Programm eingeprägte Muster aus jenen Zeiten erinnern, in denen die Stammesversammlung denjenigen zum Führer kürte, bei dem sie die größte Kompetenz beim Auffinden neuer Jagdgründe, neuer Wasserstellen und damit den besten Beitrag zum Überleben aller beobachtet hatte.

Kaum jemand wird mehr ernsthaft bestreiten, daß zum Überleben im 21. Jahrhundert neue, weite Jagdgründe und ergiebige Wasserstellen für die notwendige geistige Neuorientierung dringend benötigt werden.

Wer die aufspüren will, der braucht dazu die Vision hoher Lebensqualität, innere Autonomie, Respekt vor der Eigenständigkeit und der spezifischen Begabung der anderen – und er braucht vor allem den dadurch herausgeforderten Rückhalt seitens der Gruppe, wenn es um die offensive Entwicklung auf die Ziele hin geht.

Er braucht vor allem aber den unbedingten Gestaltungswillen, der dem geläufigen Reden über Strukturkrise nach langen, ermüdenden Etappen halbherzigen Lavierens nun endlich Taten folgen läßt, und zwar kooperative, konstruktive, kreative Taten.

Führungsstile und ihre Auswirkungen im System

Konservative Strukturen und kreative Bereiche unter dem Dach einer Unternehmensleitung – für diesen Fall braucht die Unternehmensleitung aus den zuvor skizzierten Gründen ein variables Instrumentarium, eine

zel hatte er ein spezielles Weiterbildungsprogramm für Topegonauten ins Leben gerufen: „Kaufleute kennen Kunst".

Mittlerweile hatte er eine stattliche Sammlung zusammengetragen, die nun in den obersten Etagen des Raumschiffs in den Fluren hing. Das Projekt machte ihm viel Freude, und er war wild entschlossen, es sich ....

der jeweiligen Situation angemessene Mischung von autoritärem Verwalten und kooperativem Führen.

Als Beispiel ausnahmsweise ein Rezept. Man nehme – jede Woche eine gut durchdachte Entscheidung und gebe sie ohne Diskussion und Kommentar, also klassisch autoritär in das entsprechende Gefüge, Gesamtunternehmen oder Abteilung, ein. Dann beobachte man aufmerksam die Auswirkungen auf die Chemie des Systems und werte sie aus, möglichst diskret unterstützt durch unabhängige, kritische Beratung. Zu erwarten sind die folgenden Reaktionen:

Die meisten Mitarbeiter werden ganz einfach gehorchen und „spuren", da sie „bis in die Knochen" von den normalen autoritären Bewertungsstrukturen in Familie, Schule, Ausbildung geprägt sind. Sie reagieren geradezu dankbar auf klare Direktiven. Das mag einem an Kooperation interessierten Manager nicht gefallen, ist aber realistisch und daher ökonomisch – soweit diese Haltung nicht in den sensiblen Bereichen des Unternehmens vorherrscht, etwa im Führungsteam oder im Marketing, in der Entwicklungsabteilung ...

Ein weiterer Teil der Angestellten wird spuren, aber „motzen". Auch das haben sie immer so gemacht. Das ist der doppelte Krankheitsgewinn der Außengesteuerten: Sie können vor sich selbst die Fiktion einer kritischen Persönlichkeit aufrechterhalten, ohne dieses Selbstbild und seinen Anspruch in konkretem Widerstand, im offenen Konflikt zu überprüfen und einzulösen. Solches Personal ist extrem kostspielig. Da ist nicht nur die mit Meckern vergeudete (Arbeits-) Zeit. Viel mehr noch schlägt die negative Mentalität zu Buche, ohne in den Büchern als Kostenfaktor aufzutauchen. Sie beeinträchtigt die alltägliche Leistungsfähigkeit der Gehirne. Sie stört das Betriebsklima – bis zu seiner Zerstörung.

.... auch von dieser Schmierenillustrierten Milky Way Focus, die das hehre Motto als „Kommerz kauft Kultur" verballhornt hatte, nicht verderben zu lassen.

Das außerplanmäßige Meeting im kunstgeschmückten Monitoring Room wurde eines der längsten der ganzen Firmengeschichte. Man hatte sich aus der Bibliothek im ACC alle Bücher über Andockmanöver kommen lassen. Es waren sage und schreibe 75 Bän-

Mitarbeiter dieses Zuschnitts sind eigentlich keine Mitarbeiter mehr. Sie arbeiten vielmehr auf das Scheitern der Mikro-Innovation hin, wie sie durch jede qualifizierte Anordnung oder Entscheidung eingeleitet werden sollte.

Die eigentliche Pointe des Rezeptes liegt aber in der Reaktion der Besten unter den Mitarbeitern. Sie werden offenen Widerstand anmelden – gegen das autoritäre Verfahren. Sie wollen respektiert und in Entscheidungsprozesse einbezogen werden.

Dies nicht aus übersteigertem Geltungsbedürfnis. Sie legen vielmehr entschieden Wert darauf, in einem Unternehmen zu arbeiten, mit dessen Abläufen sie sich identifizieren können. Hier, von Leuten dieses Zuschnitts, von echter Klasse und angemessenem Selbstbewußtsein wird durch konstruktiven Widerstand das geschaffen, was für kreative, sich selbst erneuernde Systeme unerläßlich ist: kooperative Struktur.

Hier wird dabei auch Corporate Identity von innen und von unten aufgebaut. Ohne dieses möglichst breite Fundament verkommt jedes Identity Building „von oben" zur bloßen Fassade, bleibt kraftlos im Innenverhältnis und ohne Ausstrahlung nach außen.

Mitarbeiter von Format wollen ein Klima, in dem sie ihre Individualität, ihre persönliche Begabung und ihre ganze, täglich wachsende Kompetenz einbringen können. Sie wollen eine Kommunikationskultur, in der ihr Widerstand als positiver Beitrag zur höheren Leistungsfähigkeit des Unternehmens verstanden wird. Sie wünschen eine Entscheidungsstruktur, in der Konflikte konstruktiv bearbeitet werden. In der die individuellen Begabungen zur Synergie geführt werden, im gemeinsamen Interesse an größtmöglicher Qualität. In der Neuerungen, „Innovationen" nichts Ruckartiges, nichts Gewalttätiges mehr an sich haben, sondern kontinuierlich und gleichsam weich, folgerichtig, wie von

de, allerdings nur vier oder fünf verschiedene Autoren. Nachdem alle Egonauten das komplette Vorwort eines jeden Buches gelesen hatten, stand eine kontroverse Diskussion auf dem Programm. Das wiederum wurde die wohl kürzeste in der Firmengeschichte. Man war völlig einer Meinung: Ihnen stand ein nie dagewesener Kulturschock ins Haus. ....

selbst aus eben dieser synergiegeladenen Atmosphäre der Zusammenarbeit hervorgehen. Wo also Innovation zum stetigen Prozeß wird – wie im menschlichen Körper, wo alle sieben Jahre alle Zellen erneuert, ausgewechselt werden.

Führungspersönlichkeit

Der Urheber jener autoritär eingeführten Entscheidung vom Anfang des Rezeptes hat auf den Widerstand seiner besten Mitarbeiter gewartet, freut sich über ihren Zorn und zeigt diese Freude. Er nimmt diesen Protest als das, was er ist – als das engagierte, energische Angebot der Zusammenarbeit. Er hört zu und teilt sich klar mit – indem er das Angebot annimmt. Er kann aber auch mit den Ent-täuschungen umgehen, die ihm Mitarbeiter bereiten, indem sie sich mit ihrer Reaktionsweise in die erste oder gar die zweite Gruppe einreihen. Er reflektiert die Umstände, die dazu geführt hatten, daß er sich – z.B. bei der Einstellung dieser Mitarbeiter – getäuscht hatte. Auf diesem Weg wächst das, was man „soziale Kompetenz" nennt, in der Person und damit im Unternehmen.

Diese eminent wichtige Entwicklung bei Personen in Schlüsselpositionen kann durch qualifizierte Supervision, kompetentes Coaching nicht verursacht, wohl aber ganz wesentlich gefördert werden.

Dabei geht es einmal um die Energie- und Erfahrungszufuhr „von außen". Vor allem aber bietet sich dabei für die Manager eine sonst oft nicht gegebene Möglichkeit, in einen offenen Austausch von klaren, im guten Sinne rücksichtslosen Konfrontationen einzutreten, und zwar mit Menschen, die in die inneren Abläufe, vor allem auch in die Machtkämpfe des Systems nicht verwickelt sind.

...... „Wir müssen uns intensiv auf unsere neuen Partner einstellen", referierte C.C. Köhler. Sie war eigens in den Steuerrat berufen worden, um einen reibungslosen Übergang ohne Identitäts- und Gesichtsverlust zu gewährleisten. Als erste Maßnahme ließ sie den Leiter der großen Egonautenkantine, in der die mittleren Hierachieebenen gewöhnlich aßen, zu sich kommen. Er wurde angewiesen, ab sofort nur noch chinesische Reisgerichte

Führungspersönlichkeit ist nicht, wer so genannt wird oder sich dafür hält. Führungspersönlichkeit ist, wer sich selbst entwickelt und damit auch der Entwicklung des Unternehmens dient. Wer unterscheiden kann, wann eher konservative Abläufe zu sichern, wann innovative Prozesse auf den Weg zu bringen sind. Wer also die Voraussetzungen für die richtige Mischung von autoritärem und kooperativem Handeln mitbringt – als zur umfassenden Kompetenz entwickelte Persönlichkeit.

Eine Überlegung zum Schluß:

In Zeiten tiefgreifender struktureller Wandlungen werden echte Führer gesucht. Führung ist jetzt eine viel zu wichtige Sache, als daß wir sie mittelmäßigen „Führungskräften" überlassen könnten.

Challenge and response – dieses Wechselspiel bestimmt den Takt der Geschichte. Dies gilt ganz besonders für die Geschichte der Wirtschaft. Den realen Herausforderungen stellt sich nur der, der auch bereit und imstande ist, ihnen zu antworten.

Unternehmen, die wirklich entschlossen zu neuen Ufern – statt nur defensiv zu billigen Standorten – aufbrechen wollen, sollten sich unorthodox nach einer neuen Kategorie von Führungskraft umsehen. Die kann man unter anderem daran erkennen, daß sie eigentlich an Führungsaufgaben nicht sonderlich interessiert sind – sie wollen einfach gute und sinnvolle Arbeit leisten.

Als Auswahlkriterien eignen sich diese:

Gesucht werden Menschen, die in sich ruhen. Die längst nicht mehr abhängig von äußerer Bestätigung, Statussymbolen, astronomischen Gehältern und dergleichen Kompensationsversuchen sind. Frauen und Männer, die Zusammenarbeit nicht erst „einführen" müssen, weil sie aus Selbstbewußtsein, Erfahrung, Überzeugung und in wohlverstandenem Eigennutz Zusammenarbeit verkörpern und stetig ausstrahlen.

zu kochen.Der erstaunlicherweise völlig
schlanke Mann, der sein Handwerk noch
in einem hessischen Landgasthof gelernt
hatte, schaute etwas hilflos. Das einzige Reis-
gericht, das er kannte, war Leipziger Allerlei mit
Reis. Aber er sagte besser nichts: „Nachher bin ich der
erste, der da zum Lernen rüber muß", dachte er sich und trot- ....

Die eigentlichen Führungskräfte sind die Ausstrahlungen, die von Persönlichkeiten mit Führungsqualität ausgehen. Sie werden da frei, wo Visionen nicht nur gehabt und gehegt, sondern gelebt werden.

Menschen mit innovativer Führungskompetenz geben nicht Inhalte vor, wie das die autoritären Verwalter des business as usual durchaus tun können. Sie schaffen vielmehr den Rahmen, in dem sich die Synergie der Kompetenzen frei entfalten kann. Um Leute solchen Kalibers herum schlägt die Kreativität dann Funken.

Der Identitätsprozeß als Teamprozeß

In dem gemeinsamen Identitätsprozeß haben viele Teilnehmer wieder erfahren, was es bedeutet, in einem Team, außerhalb der gewohnten Führungsebenen zu arbeiten. Sie haben sich gegenseitig verzahnt, ergänzt und gelernt, mit Kritik konstruktiv umzugehen, und gespürt, wieviel Kreativität in so einem Team liegt und wie es trotz höchster Konzentration auch noch viel Spaß macht. In diesem Team ist es nicht wichtig, daß immer festgestellt wird, wer die guten Ideen hatte oder sogar nur haben darf. Zukunftsweisend ist, daß gemeinsam überlegt wird, wie möglichst viele gute Ideen entstehen können und wie diese dann gemeinsam getragen und mit Leben erfüllt werden können.

In diesen aktiven Workshops ist jedes Mitglied persönlich dafür verantwortlich, daß auch wirklich Lösungen gefunden werden und Veränderungen entstehen. Vorschläge, seien sie auch noch so radikal, werden konkret diskutiert, und es besteht die Möglichkeit, einfach auch einmal eine Idee auszuprobieren. Sollten dabei Fehler gemacht werden oder gewünschte Veränderungen nicht entstehen, wird dies nicht zu einem großen Problem aufgebaut, denn jede Maßnahme kann wieder ohne

.... tete zurück hinter seine solarbeheizten Überdruckkochkessel. Seit die erste schmale Brücke in Richtung des fremden Raumschiffs ausgefahren worden war, hatte sich ohnehin eine Unruhe unter den Egonauten breit gemacht: „Wir gehen nicht darüber. Wir sind E.T.s und wir bleiben E.T.s", hatte der Betriebsratsvorsitzende und Saunafreund mutig verkündet. Damit stellte er sich in offenen Widerspruch zum Steuerrat. Der hatte nämlich ge-

großen Gesichtsverlust revidiert werden. Der Umgang miteinander ist viel problemloser, und es entsteht ein leidenschaftlicher Wille zu positiven Veränderungen.

Dies ist kein Aufruf zur Leichtfertigkeit, gefordert werden Mut und Neugierde und noch mehr von dem, was im eigentlichen Wortsinn des Unternehmertums liegt, von der Bereitschaft anzupacken und auch Risiken einzugehen. Dafür gilt es, ein Klima in unseren Unternehmen zu schaffen, das kein Verhindern, Aussitzen oder Bremsen toleriert und in dem Platzhirschgebaren keine Resonanz findet. Dieses Verhalten muß auf allen Ebenen vorgelebt und erfahren werden. Jeder Mitarbeiter und jede Mitarbeiterin sind dafür verantwortlich, daß dieses Klima entsteht, und sie müssen sich die Frage gefallen lassen, welches ihr persönlicher Beitrag zu diesem positiven Klima ist.

Die Visionauten der Zukunft bauen auf sehr viel Detailkompetenz und Sachverstand des Spezialisten auf und sind aber zusätzlich in der Lage, aus der Nische des Spezialisten hervorzutreten und sich für die Erfüllung des Gesamtentwurfs einzusetzen. Dies bedeutet in der Praxis viel Teamfähigkeit und Bereitschaft zur Offenheit. Visionauten sind neugierig und sehen die eigene Ausbildung und das Erreichte nicht als Ruhekissen, sondern als Basis und Sprungbrett für andere interessante Aufgaben.

Viele Köche verderben den Brei – oder?

In unserem Team ist die Form der gemeinschaftlichen Problemlösung der effektivste Ansatz. Jemand hat eine gute Idee, die Idee wird präsentiert, spontane Interpretationen, Ergänzungen verfärben das Bild, andere Facetten werden sichtbar. Die Idee wächst und entwickelt sich lang-

rade in einem zähen Ringen einen neuen Namen für den Raumschiffverbund gefunden. Die chinesischen Egonauten hatten darauf bestanden, daß ihr Firmenkürzel S.R. nicht einfach hinten angehängt werden sollte. Schließlich einigte man sich auf eine abwechselnde Nennung der Initialen, beginnend mit dem R. Dann sollte das E vor ....

sam zur Lösung. Sie ist nie die Lösung eines einzelnen, sondern hat, je näher die Idee der Lösung kommt, um so mehr Väter oder Mütter. Wir sind überzeugt, daß, je mehr Eltern eine Lösung hat, die Ursprungsidee um so erfolgreicher umgesetzt und in die Märkte gebracht wird.

Was wir hiermit nicht meinen, ist, daß eine Idee von vielen Mitwirkenden verwässert werden darf, dies wäre ein großes Mißverständnis. Die Kunst in einem Gestaltungs- und Innovationsprozeß ist, diesen Prozeß ziel- und zeitorientiert zu halten und trotzdem möglichst viele Persönlichkeiten als Mitgestalter und somit als Eltern zu integrieren.

Wir sehen auch den Widerspruch: Einerseits soll möglichst viel Kreativität in eine Idee durch die Mitwirkung von möglichst vielen gebracht werden, anderseits darf die ursprüngliche Idee nicht verwässert werden. Die Auflösung dieses Widerspruchs ist nicht einfach, operative Regeln helfen nicht, man muß sich gemeinsam an die Lösung herantasten und sich immer wieder vor Augen halten, welche Chancen in einem möglichst breiten Lösungsansatz stecken.

Stellen Sie sich einfach einmal vor, wie ein Verkäufer, der schon in dem Entwicklungsprozeß integriert war, hinter dem Ergebnis steht und mit welchem Engagement er es verkaufen wird.

Zurück zur Eingangsfrage: Verderben viele Köche den Brei?

Um bei dem Küchenbeispiel zu bleiben: Es ist möglich, seinen Brei allein zu kochen. Doch stellen Sie sich ein Menü vor mit vielen Gängen, tollen Weinen – und den Digestif bitte nicht vergessen. Ein Koch allein ist kaum in der Lage, ein solches Menü zu erstellen. Die Suppe wird kalt und der Lachs trocken. Spitzenköche, und dies wird leider selten sichtbar, haben Spitzenteams, die gemeinsam Höchstleistungen vollbringen.

..... dem S und anschließend das T kommen. Als REST wurde der künstliche Planet in das Offizielle Egonautenregister aufgenommen.
Eine renommierte CI-entisten-Agentur wurde beauftragt, ein Symbol zu finden, das Ausdruck der Einheit und der neugewonnenen Stärke sein sollte. Keine leichte Aufgabe. Die Sunriser hatte eine aufgehende Sonne mit spitzen Strahlen als Logo. Die

Einkauf, Produktion und Service stimmen sich ab, fordern sich gegenseitig heraus, die Funken sprühen, und das Team kann nur so den Anforderungen, Wünschen und Träumen der Kunden gerecht werden.

Interne Symbole

Das interne Verhalten braucht neue Symbole. Symbole erinnern täglich an die gemeinsamen Ziele. In in den USA wird hier viel spontaner und emotionaler agiert. Da werden T-Shirts bedruckt oder Sticker angefertigt, die die Teamzugehörigkeit sichtbar machen. Alles kleine Gesten, die die Mitarbeiter zusammenschweißen, motivieren und nebenbei auch noch viel Spaß machen.

Unternehmen können dabei enorme Innovationsschübe erzielen.

Falsch angewandte oder auch nur angedeutete Symbole können andererseits enorm schaden, ganze Abteilungen lähmen und die Effektivität senken:

Symbole wie Firmenwagen, Autotelefon, Visitenkartentitel, Parkplätze, Kantine etc., über die tagelang gestritten werden kann, sind oft banal und waren ursprünglich nicht als besondere Prestigesymbole gedacht beziehungsweise sind nicht als solche eingesetzt worden.

Ist es denn erforderlich, daß Vorstände eine eigene Geschäftspapierausstattung besitzen? Soll damit ausgedrückt werden, daß der Vorstand eine eigene losgelöste Firma in der Firma ist? Am eingeschränkten Selbstwertgefühl, nicht sofort als Vorstand erkannt zu werden, kann es doch wohl nicht liegen?

In diesen Fragen steckt ein geahntes Konfliktpotential, daher ist es notwendig, daß in jedem Unternehmen sehr intensiv diese Verhaltensraster hinterfragt und kreative Lösungen gesucht werden. Es geht hier wie-

Kreativen hatten versucht, diese Sonne einfach unter das alte Erkennungszeichen von E.T. zu setzen. Aber irgendwie hatte das ganze nach Milchzitzen ausgesehen, die gefährlich über einem stacheligen Igel hängen. Die Lösung war aber denkbar einfach: Mit einigen flotten Strichen des Computerpencils machte der Praktikant der ....

derum nicht darum, Personen bloßzustellen, sondern wir wollen das Unternehmen von Ballast befreien. Wenn wir intensiv mit den Verantwortlichen über Privilegien diskutieren, kommt oft heraus, daß das vermeintlich Wichtige für die jeweiligen Personen gar nicht so wichtig ist, sondern man ist vielmehr unbewußt an die Verhaltensraster und Marotten geraten.

Honoratioren und Spesenritter

Visitenkarten haben es häufig in sich. Die armen Geschäftsführer einer deutschen GmbH, die im Ausland um Anerknnnung ringen müssen, weil diesen Titel dort niemand kennt! Oder der früher bedeutende Titel des Direktors wird in der Kreativbranche sehr inflationär gestreut.

Unternehmen sollten versuchen, auf nichtssagende Titel zu verzichten und dafür den jeweiligen Arbeitsbereich des Mitarbeiters angeben. Wir haben in der Entwicklung von Identitätsprogrammen, bei der Erstellung des entsprechenden Corporate Designs, schon oft lebhafte Diskussionen über Telefonnummern und Privatadressen erlebt.

Der Kern der Diskussion war in einem Fall beispielsweise, daß die Anzahl der Telefonnummern und Adressen auf ein Minimun reduziert werden sollte, die Mitarbeiter es aber als prestigeträchtig ansahen, möglichst viele Telefonnummern aufzulisten, um dadurch sehr gefragt zu erscheinen. Wir haben in diesem Beispiel mit Hilfe der Geschäftsleitung ein Zeichen gesetzt, indem bei allen internen Präsentationen des Corporate Designs die Karte des Geschäftsführers vorgestellt wurde, die nur mit einer Telefon- und einer Faxnummer ausgestattet ist. Die zuerst heftige Diskussion flaute immer mehr ab und hat sich dann von selbst gelegt. Die neuen Visitenkarten sind wesentlich eleganter geworden und wirken nicht mehr wie ein Telefonbuch. Die Gestaltung und

.... Agentur nach Feierabend die Zitzen etwas länger und spitzer. Plötzlich sah die Zeichnung aus, als würden sich zwei Sonnen begegnen und miteinander verschmelzen. Als die CI-entisten ihre Idee präsentierten, erhielten sie von den Egonauten stehende Ovationen. Nur Freddy Euter blieb etwas verhalten im Abseits stehen: „Jedes Kind in der Galaxy weiß, was passiert, wenn zwei Sonnen aufeinandertreffen: Es gibt einen gewaltigen

der Ausdruck der Visitenkarten paßt heute optimal zum Unternehmen, das ganze Unternehmensbild ist dabei aufgewertet worden, und die Mitarbeiter sind stolz auf ihre neuen Karten.

Große Sekretariate, Fahrdienste, Spesen, Kostenstellen, verlängerte Dienstreisen etc. sind Kostenfaktoren, die ein Unternehmen enorm belasten können. Ein verändertes internes Verständnis ist Voraussetzung, um diese Faktoren wieder in ein vernünftiges Verhältnis bringen zu können.

Es gibt Unternehmen, die kreativ mit diesen Fragen umgehen und die gemeinsam mit den Mitarbeitern eigenständige Lösungen erarbeiten.

Peacock, ein deutsches Computerunternehmen, hat sich z.B. aus der Gestaltung von Dienstreisen einen Sport gemacht. Alle Mitarbeiter, vom Vorstand bis zum Praktikanten, reisen immer so günstig wie möglich. Peacock-Mitarbeiter reisen Economy, sollte eine Übernachtung erforderlich sein, steigen sie immer in guten Hotels ab.

Das Unternehmen Peacock hat dadurch enorm an Reisekosten gespart und, was noch wichtiger ist, die riesigen Memos, die genau definieren, wer ab welcher Position wie reisen darf, existieren nicht. Alle sehen es als sportlich an, preiswert zu reisen, und sind von dieser Idee begeistert, die vom Vorstand vorgelebt wird, und sie genießen wenn nötig den Spaß, in guten Hotels abzusteigen.

Die Panne als Chance

Wem ist es nicht schon passiert, daß er im Reklamationsfall erst einmal durch Äußerungen wie: „Das kann ja gar nicht sein", oder: „Haben Sie das Produkt auch wirklich richtig bedient?" als ziemlich dumm hingestellt worden ist. Es kommt dabei das Gefühl auf, daß dem Ver-

Knall, und nichts ist mehr übrig", brummelte er vor sich hin.
Technisch war das Verschweißen der beiden Raumschiffe zu einem festen Verbund sehr viel komplizierter. Das wichtigste war die frühzeitige Koordination der Flugrouten, um eine Kollision zu vermeiden. Doch stellte sich gerade dies als problema- ....

käufer erst bewiesen werden muß, daß das Problem wirklich existiert und man sich die Schwierigkeiten nicht nur einbildet.

Im richtigen Umgang mit Reklamationen steckt ein immenses Chancenpotential, das in vielen Unternehmen leider noch brach liegt. Es müssen Kanäle geschaffen werden, über die mit dem Kunden kommuniziert und über die er betreut werden kann. Die Frage nach der Zufriedenheit des Kunden, eine gewisse Zeit nach dem Kauf des Produkts gestellt, sollte eigentlich zum selbstverständlichen Verhalten und zur aktiven Kundenpflege gehören.

Wir sind wieder einen wesentlichen Schritt weiter gekommen auf unserem Weg zur starken Unternehmensidentität. Jetzt endlich ist es soweit: Das Herz des Unternehmens wird sichtbar und es beginnt zu glänzen. Diesen Glanz auf alle Ausdrucksformen, das Corporate Design, die Corporate Communication, die Architektur und den Kundenservice zu übertragen ist Inhalt der nächsten Etappe. Diese Etappe ist nicht mehr klar in der Abfolge getrennt und wird Schritt für Schritt hintereinander gegangen. Es kommt jetzt zu dem angekündigten Staffellauf, in dem die Teilnehmer anfangen, parallel zu laufen. Umsetzungsprojekte werden nebeneinander durchgeführt, um keine Zeit und Energie zu verlieren. Der rote Faden hält das Bild zusammen und verknüpft das Gestaltete fest mit der Unternehmensidentität. Es entsteht so sichtbar starke Unternehmensidentität.

.... tisch heraus. Denn weder die Sunriser-Mannschaft noch die E.T.-Leute wußten exakt, welcher Kurs zur Zeit anlag. Zwar waren beispielsweise innerhalb von E.T. zwei ganze Ebenen damit beauftragt, die Richtung zu bestimmen. Doch schon bei der Standortbestimmung zeigten sich unüberbrückbare Differenzen: Jeder der insgesamt 324 hervorragend qualifizierten Egonauten dieser Abteilung lieferte eine andere Standortbestimmung ab.

Sechste Etappe – Kreativität: die Kraft der Gestaltung

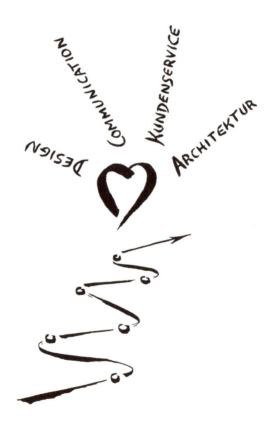

Bei den Chinesen sah es nicht günstiger aus. Und in den beiden Logbüchern stand lediglich lapidar: „Richtung Zukunft". So näherten sich die beiden Raumschiffe in einem gefährlichen Schlingerkurs.
Doch glücklicherweise hatten die Egonauten von der Galaxisverwaltung einen sogenannten „Soft-landing-loan" zuge- ....

Design, Kommunikation und Kreativität sind drei Begriffe, die eng miteinander verknüpft sind. Wir sind in dieser Frage sehr befangen, für uns ist Kreativität etwas sehr Normales und die Grundlage unseres täglichen Gestaltens.
Wir haben daher Prof. Brian Cunningham, der sich intensiv mit dem Phänomen Kreativität auseinandergesetzt hat, gebeten, sich zu diesem Thema zu äußern. Brian Cunningham versucht die Kraft der Kreativität in seiner täglichen Arbeit als Brand Image Director von IBM General Business, Europe, bewußt zu machen und seine Kollegen aufzurütteln. Auf diesem Weg hat er in dem doch zur Zeit sehr gebeutelten Unternehmen IBM beachtliche Erfolge erzielt und ist im Prozeß, dort ein verändertes Bewußtsein zu schaffen. Er fragt: Kreativität – Gedankenblitze aus heiterem Himmel?

Kreativität – Gedankenblitze aus heiterem Himmel?

Trotz umfangreicher Forschungen wissen wir noch recht wenig über Kreativität bzw. den Prozeß des kreativen Denkens. In den meisten Fällen scheint uns ein kreativer Gedanke unvermittelt zu Bewußtsein zu kommen. Er überrascht uns in Form eines brillanten Einfalls oder einer plötzlichen Eingebung.
Überhaupt ist Inspiration eng an den Begriff „Kreativität" gekoppelt. Auf unserer Suche nach Erklärungen, wie und warum kreative Gedanken entstehen, sollten wir uns kurz mit dem Wesen der Inspiration beschäftigen. Handelt es sich dabei um einen Vorgang oder um einen Bewußtseinszustand? Wir werden es vielleicht nie herausfinden. Allerdings neigen wir eher dazu, die Inspiration als einen ganz besonderen

.... sichert bekommen. Mit diesem Mechanismus sollten die Leute aufgefangen werden, die bei dem Manöver fast unweigerlich über Bord gehen würden. Selbst wenn das Manöver völlig schief gehen würde, mußten die Egonauten auf diese Weise nicht ihre Eigendynamikreserven opfern.

Unmittelbar vor dem Zusammentreffen von E.T. und S.R. wurde vorsichtshalber ein Großteil der Egonauten in die unteren

Bewußtseinszustand zu interpretieren, der durch einen starken sensorischen Eindruck hervorgerufen wird.

Wenn wir diese Definition akzeptieren, dann stellt Inspiration nicht die Ursache für die Auslösung eines kreativen Prozesses dar, sondern sie ist lediglich eine einfache Voraussetzung für kreatives Denken allgemein. Die Inspiration schärft unser Sinnesvermögen scheinbar für eine ganz bestimmte kreative Wellenlänge. Auf ihr werden Gedanken, die im Normalfall unbewußt bleiben, aufgegriffen und in den Bewußtseinsvordergrund gedrängt, wo sie formuliert und artikuliert werden können.

Wohin führen diese Annahmen? Vielleicht gibt es so etwas wie „Ursache" gar nicht.

Diese Überlegung ist zwar beunruhigend, aber warum sollte man sie nicht ins Kalkül ziehen? Für die meisten Menschen ist die Beziehung Ursache – Wirkung die Grundlage jeglichen logischen Denkens. Sie ist ein Axiom unseres Daseins. Allerdings suchen wir nach einer Erklärung, wie und warum kreatives Denken entsteht, und nicht nach einer direkten Ursache für einen bestimmten kreativen Einfall. Vielleicht ist dieses „Rätsel" Ausdruck einer bestimmten Herangehensweise? Gibt es andere Erscheinungen, die allgemein erklärbar sind, deren Auslöser allerdings noch im dunkeln liegen?

Wir können empirisch annähernd ermitteln, wann bei einem Wasserhahn die laminare Strömung in eine turbulente übergeht. Allerdings wissen wir nicht, welche Faktoren dieses Umschlagen herbeiführen, und wir haben keine Kenntnis davon, zu welchem Zeitpunkt es eintritt. Bei genauer Untersuchung kündigt sich eine Turbulenz mit kaum spürbaren, spontanen Wirbeln an, vergleichbar mit Miniaturstrudeln. Einige von ihnen lösen sich im nächsten Augenblick wieder auf, andere verstärken

und mittleren Ebenen des Raumschiffs evakuiert und in die Vorruhestands- und Kurzarbeitskammern am hinteren Ende der künstlichen Planeten gebracht. „Dieser Schritt ist ausschließlich zu Ihrer eigenen Sicherheit!" hatte in dem entsprechenden Aushang des Steuerrats gestanden. Doch hatte sich herumgesprochen, daß die Zellen im ....

sich bei zunehmendem Druck im Wasserhahn schnell und verursachen weitere Wirbel. Der Fluß wird insgesamt turbulent und ist voller chaotischer Strömungen.

Und obwohl all das Gesagte beobachtbar ist, können die Vorgänge innerhalb einer Turbulenz nur sehr begrenzt im Newtonschen Sinne vorhergesagt werden.

Gibt es vielleicht im Gehirn einen Bereich, der einer laminaren Strömung entspricht, eine Stelle, an der die gesamten gespeicherten Informationen und Vorgänge säuberlich katalogisiert und indexiert sind? Es handelt sich dabei um unser erworbenes und übernommenes Wissen, sowohl bewußter als auch unbewußter Natur.

Außerhalb dieses Bereiches existiert eine Art Chaos – massenhaft unstrukturierte, nicht gefestigte Datenelemente und halb ausgeformte Gedanken, ein schäumendes Durcheinander unverständlicher Informationen, abgeleitet aus unübersehbaren Mengen sensorischer Eindrücke, die das Gehirn jede Sekunde aufnimmt. Eine Region voller Turbulenzen, ungeordnet und total unberechenbar – eben chaotisch.

Wir sind uns dieses chaotischen Bereiches nur sehr vage bewußt, da uns hier bereits die Dämonen des Wahnsinns beschleichen. Aber liegt zwischen Genie und Wahnsinn nicht angeblich nur ein schmaler Grat? Was passiert eigentlich an der Grenze zwischen beiden, am Rande des Chaos?

Wenn unser Analogiebeispiel vom Wasser, das aus dem Hahn tritt, richtig ist, dann existiert am Rande des Chaos ein rätselhafter Strom winziger Wirbel ungeordneter Gedanken, die dem Chaos entrinnen und in die laminare Strömung einfließen.

Stellen diese kleinen Wirbel den Nährboden für kreatives Denken dar? Schärft die Inspiration unser Bewußtsein für diese Elemente? Macht sie aus dem zufälligen Gedanken einen brillanten Einfall?

.... Notfall abgeschossen werden sollten, um die Fluglage zu stabilisieren. Für diesen Fall war eigens ein Spezialplan aufgestellt worden, der weitestgehend aus einer Inanspruchnahme des „Soft-landing-loan" bestand.
Die Topegonauten hatten sich im Raumaufklärer zusammengefunden, um das Manöver aus einiger Entfernung beobachten zu können. „Von hier aus haben wir eine tolle Übersicht", freute

Wir sind bereits damit zufrieden, in der sicheren und vorhersehbaren Welt zu leben, obwohl sie wenig Kreativität bietet.
Wenn wir jedoch dem Phänomen am Rande des Chaos ins Auge blicken, dann spüren wir, wie die winzigen, die kleinen Wirbel aus heiterem Himmel kreative Gedanken in uns aufblitzen lassen. (Übersetzung: INTRA EG, Stuttgart)

16. Corporate Design – Das Aussehen

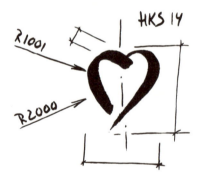

Jetzt blitzt die Kreativität. Der Leitstern ist unser Ausgangspunkt, er weist die Richtung der Umsetzung. Die formulierten Leitbegriffe sind die Maßstäbe für die Meilensteine der Gestaltung.

Wird in einem Unternehmen Kreativität und Innovation sehr stark gewichtet, braucht es selbstverständlich Produkte, die dies auch ausdrücken. Der Leitstern wird so zur großen Herausforderung. Wenn, wie in unserem Beispiel Swarovski, zusätzlich Leitbegriffe wie traditionell, anspruchsvoll und umweltbewußt zu sein, das Unternehmen lei-

sich der Steuerratsvorsitzende und prostete seinem chinesischen Nachbarn jovial zu. Verstohlen blickte er durch das Seitenfenster hinüber zu der großen amerikanischen Raumstation, die in nur wenigen Lichtjahren Entfernung majestätisch ihre Bahn zog. „Wenn es zum Absturz kommen sollte, können wir dort sicher an Bord gehen", ...

ten, hat dies natürlich auch ganz praktische Auswirkungen auf die kreative Arbeit des Designers.

Wir werten dies nicht als Einschränkung der Kreativität, sondern der Leitstern als Ausgangspunkt macht es jedem Designer einfacher, eine passende und individuelle Designsprache zu entwickeln, in der sich die Identität des Unternehmens in allen Elementen des Designs wiederfinden läßt. Unternehmen bekommen so die gesuchte Einmaligkeit. Das Design ist nicht aufgesetzt und vielleicht nur die persönliche Identität des Gestalters, sondern wird zum Ausdruck des Unternehmens. Einmaligkeit kann so natürlich wachsen, denn alle Unternehmen haben unterschiedliche Leitbegriffe mit unterschiedlichen Gewichtungen.

In einem Markt können und wollen nicht alle Unternehmen gleich innovativ oder kreativ sein, noch haben alle dieselbe Vorstellung von Tradition. Deshalb wird die Gestaltung auf Basis des Leitsterns einmalig; die Faszination entsteht, und die Kreativität läßt das Herz – die Unternehmensidentität – glänzen.

Das nicht designorientierte Unternehmen

Es gibt heute immer weniger Unternehmen, die glauben, ohne ein Corporate Design auszukommen und ihre Produkte und Ausdrucksformen ohne die professionelle Hilfe von Gestaltern entwickeln zu können.

Allerdings gibt es viele Unternehmen, die den Designer unkoordiniert und ohne wirkliche Zielsetzung in Anspruch nehmen und wo Design eher zufällig entsteht. Dem Design fehlt die strategische und identitätsbezogene Grundlage. Die Ergebnisse, die so entstehen, sind dann nur kosmetischer Natur und lassen kein koordiniertes und ein-

> .... dachte er und lehnte sich beruhigt zurück.
> Das Krachen und Bersten war sogar durch den luftleeren Raum zu hören. Eine gewaltige Erschütterung ging durch die beiden Raumschiffe, bei der nicht nur die vorgesehenen Zellen hinten runterfielen, sondern auch große Stücke bis herauf zu den obersten Etagen herausgerissen wurden. Die Trümmer stoben schnell auseinander, nur ein leicht vergilbtes Blatt Papier se-

deutiges Unternehmensbild entstehen, durch welches sich ein roter Faden zieht.

Das Corporate Design in einem gerade gegründeten Unternehmen

Hier brennt es meistens an allen Enden. Aber gerade das macht diese Unternehmen so sympathisch, da viele Dinge, die noch nicht so funktionieren, wie es eigentlich von den Kunden erwartet wird, durch viel Persönlichkeit und Motivation der Mitarbeiter ausgeglichen werden. In diesen Unternehmen gibt es zumeist noch keinen Leitstern, da alles noch im Fluß ist und die Unternehmen meistens noch so klein sind, daß das Leitbild noch persönlich übertragen werden kann.

Diese Unternehmen haben in den Märkten sehr oft einen enormen Goodwill-Vorschuß. Dieser Vorschuß ist aber bei den Kunden schon sehr bald verbraucht, und es wird auch von diesen Unternehmen eine eindeutige Designaussage erwartet. Wenn diese Forderung nicht erfüllt wird, entwickelt sich das am Anfang noch positiv wirkende Image des sympathischen Underdogs schnell zum abwertenden Image der Garagen- oder Hinterhoffirma ohne Profil, Ausstrahlung und Ausdruck von Zukunftssicherheit.

Gerade bei Unternehmen, die als sogenanntes „Start-up" zu uns kommen, achten wir sehr früh darauf, daß ein Leitstern entsteht und, ihren finanziellen Möglichkeiten angemessen, ein Corporate Design entwickelt wird, das in der Zukunft sehr viele Wachstums- und Anpassungsmöglichkeiten behält, ohne die geradlinige Entwicklung aus den Gründungswurzeln zu verlieren. Das Corporate Design als Ausdruck der Unternehmensidentität kann hier schon sehr früh Maßnahmen

gelte einen Moment durch den luftleeren Raum. „Wir haben zwar keine Chance, aber...", begann der Steuerratsvorsitzende zu entziffern, doch dann wurde das Blatt von einem kleinen Unwahrscheinlichkeitswirbel zerfetzt.

„Kompliment, meine Herren", sagte der Steuerratsvorsitzende ....

treffen und ein Bewußtsein schaffen, damit sich das Unternehmen nicht zu einem Egonauten-Unternehmen entwickelt.

Wir haben mit Parsytec, einem deutschen Unternehmen aus der Computerindustrie, sehr viel Positives erlebt. Computerindustrie ist, auf Parsytec bezogen, eine glatte Untertreibung. Parsytec hatte es sich bei seiner Gründung zum Ziel gesetzt, den Bereich der Supercomputer und Großrechner schlicht zu revolutionieren. Dies ist von Aachen aus eine für die Computerindustrie ungewohnte Perspektive. Das Unternehmen, mit einer echten Unternehmerpersönlichkeit an der Spitze, kannte keine Berührungsängste, sondern ging gleich mit den Leistungsriesen von IBM und Cray in den Wettbewerb. Parsytecs Technologie basiert auf dem Konzept der parallelen Datenverarbeitung. Diesen Weg sind die Wettbewerber am Anfang nicht mitgegangen, sondern haben sich der klassischen Prozessorenanordnung verschrieben. Die Differenzierung im Markt war somit klar und eindeutig.

Der Anfang von Parsytec war noch sehr improvisiert, man hangelte sich von Auftrag zu Auftrag und bot immer ein wenig mehr an persönlichem Engagement und Einsatz als die großen, übermächtig erscheinenden Konkurrenten. Der Expertenmarkt, bestehend aus Rechenzentren in großen Unternehmen, Forschungseinrichtungen und Verwaltungen, erkannte die Qualität des Unternehmens schnell und dankte mit Aufträgen und Zusammenarbeit.

Das Konzept setzte sich durch, das Unternehmen fand die richtige Ansprache und wurde unter den Experten zum Geheimtip. Das Unternehmen wuchs und wuchs, strukturierte sich mehrfach um und mußte nun, in Anbetracht der immer dicker werdenden Auftragsbücher, über neue Fertigungstechnologien und somit auch über die Chancen des Corporate Designs nachdenken. Dieses Nachdenken wurde sehr schnell in die Tat

.... und prostete seinen Steuerratskollegen erneut zu. „Die Verschmelzung ist perfekt. Sehen Sie nur, wie fest die beiden ineinander verkeilt sind."

Das Leben an Bord der Raumstation hatte sich kaum verändert – d.h., auf den oberen Decks hatte es sich kaum verändert. Die Gänge waren etwas leerer geworden, und auch in dem hochgelegenen Egonautencasino war es nun leichter, einen

umgesetzt, denn der Unternehmer sah nach intensiven Gesprächen in diesem Vorgehen ein wichtiges Element der Zukunftssicherung und wollte so das junge Unternehmen in die nächste Stufe der Beachtung im Markt bringen. Gesagt, getan, Designkonzepte entstanden und wurden gemeinsam mit den sehr unabhängigen und auch oft sehr kontroversen Entwicklungsteams umgesetzt. Nach anfänglichen Schwierigkeiten sahen dann aber alle die große Chance, die ein solches Vorgehen im Markt hat, und man war sich einig, daß dieser Schritt eigentlich schon überfällig war. Die Erscheinung, das Design, hinkte in der Vergangenheit erheblich der sonstigen Qualität des Unternehmens hinterher.

Das Ergebnis dieses Identitätsprozesses und Designkonzepts erreichte das, was geplant war – die Wettbewerber waren irritiert, die Kunden fasziniert, die Mitarbeiter motiviert, und der Markt hatte einen neuen, ernstzunehmenden Teilnehmer bekommen.

Dies war aber nur eine Seite der Unternehmensgeschichte, die andere Seite war nicht geplant, aber für das Unternehmen existenzrettend. Es gab Probleme mit den Zulieferern. Ein wesentlicher Baustein der Technologie konnte nicht in der gewünschten und angekündigten Leistung und Qualität geliefert werden. Das Unternehmen drohte förmlich auszutrocknen, da die Lieferfähigkeit drastisch zurückging.

Aber das neue Design und die Begeisterung dafür setzte die Toleranzschwelle bei den Kunden wesentlich höher. Man war bereit zu warten und wanderte nicht zur Konkurrenz ab.

Heute ist das Unternehmen einen Schritt weiter auf seinem Weg zur einmaligen Unternehmensidentität. Es gibt Nachfolgeprodukte, die ebenfalls mit hoher und mehrfach ausgezeichneter Designqualität in neue Märkte gehen und so dem Unternehmen Wachstumsmöglichkeiten eröffnen.

Tisch zu finden. Einige altbekannte Gesichter waren verschwunden, dafür waren neue, auch exotische, hinzugekommen. „Wir sind hier die erste echte multikulturelle Gesellschaft", scherzte einer der stellvertretenden Steuerratsmitglieder als Trinkspruch.
In den unteren Ebenen sah es ganz anders aus. Hier hatten ....

Die Innovationsbereitschaft und das Designbewußtsein des Unternehmens ist tief bei den Mitarbeitern verankert und läßt so auf eine eindrucksvolle und erfolgreiche Zukunft hoffen.

Ist Corporate Design immer notwendig?

Es wird häufig angenommen, daß das Corporate Design nur in Konsumentenmärkten von Bedeutung ist. Natürlich ist in diesen Märkten die Bewertung des Designs und die Wirkung auf die Kunden viel direkter spürbar als in der Investitionsgüterindustrie. Aber auch in dem Markt oder in dem bisher noch vielfach ausgeklammerten Bereich der Zulieferindustrie können sich Unternehmen durch ein klares Unternehmensbild und ein entsprechendes Corporate Design erfolgreicher positionieren.

Als Beispiel hierfür zwei mittelständische Unternehmen: Sikla, ein Unternehmen der Installationsbranche, und ein reines Zulieferunternehmen, das Komponenten an große Markenunternehmen der Hausgeräteindustrie liefert.

Sikla, ein Unternehmen im Umbruch und Aufbruch

Das durch die Unternehmerfamilie gegründete und geführte Unternehmen Sikla stand vor der großen Aufgabe, den nächsten Wachstums- und Angebotssprung zu vollziehen. Ein wesentlicher Ansporn für uns in dieser Zusammenarbeit war, daß der Unternehmer aus einem tiefen inneren Bedürfnis heraus ein in allen Ebenen hervorragendes Unternehmen gestalten wollte. Die zweite Familiengeneration, die nach und

.... sich große Risse und Löcher gebildet, und viele Leute fürchteten, durch sie hindurch in den endlosen Raum zu fallen. Gleichzeitig wurde hier, wo es kein kardanisches Dämpfungssystem gab, das Schlingern immer unerträglicher. „Wir kriegen das nicht in den Griff", hatte Scotty, der immer noch für die technische Gesamtleitung zuständig war, erklärt. „Unsere Station ist zu unförmig und zu groß geworden, um vernünftige Aufstiegs-

nach in das Unternehmen hineinwächst, unterstützte ihn leidenschaftlich in diesem Vorhaben.

Hier kann man sofort fragen, was für den Markt an diesen Veränderungen interessant ist. Die Antwort ist sehr einfach. Motivation und Identifikation nach innen erzeugen sowohl bessere Produkte als auch eine kompetentere Beratung.

Der Kunde sieht und spürt dies, fühlt sich einfach besser aufgehoben und ist davon überzeugt, daß ein Unternehmen, das sich so eindrucksvoll durch seine Erscheinung, die Mitarbeiter und die Produkte, die hinter dieser Erscheinung stehen, präsentiert, wird auch zukünftig das halten, was es heute verspricht und zuverlässig einhält.

Das erarbeitete Corporate Design bietet dem Unternehmen aber auch eine Plattform, die immer anspruchsvolleren Systemprodukte des Hauses eindrucksvoller zu präsentieren. Das Unternehmen wird einfach besser verstanden, nicht nur von den angestammten Kunden, sondern auch von neuen Zielgruppen wie Planern und Architekten, die über das Corporate Design einen ansprechenden Zugang zum Unternehmen finden.

Der Weg des Identitätsprozesses ist sehr konsequent beschritten worden. Die Qualität der Produkte und der Unternehmenswurzeln, bezeichnet durch das Wort „Charakter", wird heute in allen Produkt- und Kommunikationsaussagen mit dem Wort „Esprit" gekoppelt. Esprit steht für die Leidenschaft der Mitarbeiter im Unternehmen, aber auch für die Pfiffigkeit und Intelligenz der Lösungen.

Das Corporate Design hat das Unternehmen von innen heraus gestärkt, die Mitarbeiter sind stolz auf ihr Unternehmen, der angestammte Markt reagiert sehr positiv und interessiert auf das veränderte Gesicht des Unternehmens, und die Zielgruppen, die das Unterneh-

kräfte zu entfalten. Selbst bei dem kleinsten Unwahrscheinlichkeitsstrudel verlieren wir an Fahrt." Schon mehrfach hatte er an die Eigendynamikreserven gehen müssen, um die Station am Himmel zu halten. Besorgt schaute er hinüber auf das Bilanziometer, dessen Zeiger sich bedrohlich dem roten Bereich näherten. Irgendwo ....

men zusätzlich ansprechen will, beginnen auf das Unternehmen zu reagieren.

Das Ergebnis ist somit in vielerlei Richtungen positiv und spart nebenbei noch eine Menge Ressourcen, denn durch das Festschreiben der wesentlichen Gestaltungsregeln können alle Elemente des Corporate Designs viel schneller und ohne jeweilige Grundsatzdiskussionen umgesetzt werden.

Der Zulieferer

Das zweite Beispiel stammt aus der Zulieferindustrie und ist ein Beispiel für konzeptionelles und strategisches Produktdesign. Das Unternehmen liefert, wie schon angedeutet, Komponenten an Markenartikler im Hausgerätemarkt. Da gerade dieser Markt immer heftiger unter Preisdruck gerät, wird dieser Druck wesentlich an die Zulieferindustrie weitergegeben. Dies hat zur Folge, daß die Angebote und Ideen, die aus der Zulieferindustrie kommen, immer magerer werden und sich Innovationen nur auf Kostensenkung fixieren und kaum an den Interessen und Bedürfnissen des Benutzers orientieren.

Das Unternehmen in diesem Beispiel bekam diesen Kostendruck massiv zu spüren. Dies steigerte sich noch und wurde, da die Hauptwettbewerber in Italien sitzen, erst richtig brisant, als durch Wechselkursverschiebungen die Wettbewerber die Preise bis zu 30 Prozent senken konnten.

Für das Unternehmen drohte diese Wettbewerbsverzerrung zu einem bedrohlichen Problem zu werden, sofern es nicht gelänge, sich anders als über den Preiswettbewerb zu positionieren.

Zwei wesentliche Schritte wurden eingeleitet:
Als erster Schritt differenzierte sich das Unternehmen durch neue

.... schien ein Kriechstrom zu sein.

Die Milchproduktion war fast völlig zum Erliegen gekommen, weil den Kühen von dem ständigen Schaukeln schlecht wurde und sie nichts mehr von dem grünen Gras fressen wollten. Die wenige Milch, die noch aus ihren Eutern tropfte, wurde zumeist schon auf dem Weg zu den armen Hunden verschüttet. „Die Lage ist hoffnungslos, aber nicht ernst", schrieb die Hauszeit-

Ideen, die benutzerorientiert sind, und baute gleichzeitig ein eigenständiges Markenprofil auf. Das Unternehmen entwickelte sich so in sehr kurzer Zeit zu einem echten Markenartikler und konnte sich durch diese Maßnahmen aus der vergleichenden Preisdiskussion befreien.

Diese Ideen brachen grundlegend mit der gängigen Meinung über die Zulieferer. Unternehmen gerade dieser Branche galten und gelten vielfach immer noch als nicht eigenkreativ, verneinend und hauptsächlich nur daran interessiert, ihre alten Produkte zu verkaufen.

Von sich aus machte das Unternehmen umfangreiche Handhabungstests, dachte über Positionierungen im Markt nach und entwickelte neue kundennahe Konzepte.

Im zweiten Schritt entwickelte sich das Unternehmen durch diese neuen Gestaltungsimpulse und Vorschläge nicht nur zum kompetenten Gesprächspartner von Einkauf und Technik, sondern wurde zusätzlich zum Ansprechpartner in den Bereichen Strategie und Marketing und ist somit Partner bei den echten Zukunftsentwicklungen. Dies war für das Unternehmen der wichtigste Schritt, denn so entkam es der reinen Preisvergleichbarkeit und wurde als verlängerte Denk-, Innovations- und Designbank für die Kunden entdeckt.

Die neue Strategie hatte für das Unternehmen noch einen weiteren wesentlichen Vorteil in Hinblick auf die Belieferung anderer Kunden. In der Vergangenheit hat man versucht, mit nur minimalen Veränderungen den ganzen Markt zu beliefern; dies ist, wie man sich leicht denken kann, nicht immer positiv aufgenommen worden, da die Produkte sich immer ähnlicher wurden. Durch die neu entwickelte Designstrategie ist es viel einfacher, individueller auf Kunden einzugehen und gemeinsam mit den Kunden ein einmaliges Markenzulieferprodukt zu entwickeln und zu liefern.

schrift, die immer noch Euter Press hieß, weil die CI-entisten sie schlichtweg vergessen hatten und außerdem PRESS-REST intern kein guter Zeitschriftentitel war. Längst war in dem Magazin der aktuelle Nachrichtenteil durch eine historische Dauerserie über die „Goldenen Achtziger" ersetzt worden.

Selbstverständlich war diese Veränderung des Angebots mit Kosten verbunden, aber diese Kosten waren im Vergleich zu ansonsten gewährten Sonderkonditionen, Sonderlieferungen oder auch nur einer PR- oder Imagekampagne sehr preiswert und vor allem positiver und zukunftsorientierter. Über neue Gestaltungsideen und Produktfeatures ist es gelungen, aus der Mechanik des Angebots- und Preisverhandlungswesens auszubrechen, und es macht, wenn man heute die Entwickler und den Inhaber des Unternehmens fragt, einfach auch mehr Spaß.

Das verwaltete Design

Hier liegt das größte Mißverständnis im Umgang mit dem Corporate Design. Gerade bei großen Konzernen ist diese Fehlanwendung von Design am intensivsten zu beobachten. Ganze interne Stäbe wurden eingerichtet, um Corporate Design Manuals zu entwickeln, die wichtige Regeln festschreiben sollten. Dies wurde in vielen Fällen deutlich mißverstanden. Es entstanden nicht einfache Hilfsmittel, die die Anwendung der Unternehmensstandards aufzeigten, sondern regelrechte Gesetzesbücher, die bis in kleinste Details vordrangen und versuchten, alles endlos zu definieren. Das Corporate Design verselbständigte sich, wurde zur CI-Polizei, und die Chance für jeden internen und externen Anwender, noch einen Funken kreative Eigendynamik zu entwickeln, war minimal. Jegliche Kreativität erstarb, und das Management wunderte sich über den minimalen kreativen Output. Anderseits wuchsen aber die Kosten, die intern in die Corporate-Design-Abteilungen gepumpt wurden, enorm.

.... Doch das alles half nichts. Das Schlingern nahm weiter zu, und das Heulen der armen Hunde wurde immer lauter. Es war so schauerlich und durchdringend, daß es selbst in der schallisolierten Dunkelkammer des Steuerrates zu hören war. „Wir brauchen einen Sofortmaßnahmenkatalog!" rief der Steuerratsvorsitzende nervös in die Runde. „Wir sollten uns von einigen der armen Hunde trennen", schlug ein blasser Egonaut vor, der schon

Die Gesetze des Corporate Designs wirkten wie ein Korsett. Mit der daraus folgenden Atemnot gelang es kaum, Kreativität blitzen zu lassen und etwas zu schaffen, was die Kunden in den Märkten wieder überrascht und Faszination auslöst.

Das verdesignte Unternehmen

Viele Unternehmen sind nicht konstant genug in der Entwicklung und der Pflege ihres Corporate Designs. Durch Wechsel im Management, das sich profilieren will, wird schnell mal etwas ausprobiert, alles Alte als untauglich abgetan, oder man läuft vermeintlichen Trends gedankenlos hinterher. Gerade durch das immer stärker werdende Produktmanagement (was wir grundsätzlich sehr begrüßen) wird hier oft überreagiert. Corporate Design braucht die Balance zwischen hoher Konstanz, Stabilität und Wiedererkennbarkeit und der permanenten Erneuerung, Auffrischung und Überraschung. Diese Balance wird nur durch sehr sensibles Vorgehen erreicht. Gestalter, die diese Balance verstehen und in die Tat umsetzen, sind die besten Partner, die ein Unternehmen haben kann. Hier ist es dann zweitrangig, ob die Gestalter im Unternehmen beschäftigt sind oder als externe Berater fungieren.
Der schlechteste Gestaltungspartner ist der, der vorrangig seine eigene Selbstverwirklichung und die Entwicklung seines persönlichen Gestaltungsgeschmacks in den Vordergrund stellt und diesen persönlichen Zielen die Entwicklung eines aus dem Leitstern und der Unternehmensidentität geborenen Corporate Designs unterordnet.

lange dabei war, von dem aber niemand so recht wußte, welches Ressort er betreute. „Nein, nein. Laßt uns lieber die Kühe abgeben, dann haben wir genug, um alle Löcher im Rumpf zu stopfen", stieß ein anderer mit leicht panischer Stimme hervor. Es entbrannte ein heftiger Streit, der jede vernünftige Entscheidung unmöglich machte. ....

Das Unternehmen als Bühne und Spielwiese für Designer?

Namen sind Schall und Rauch, diese Binsenweisheit ist bei vielen Verantwortlichen noch nicht durchgedrungen. Es wird versucht, durch das Nutzen bekannter Designernamen das Unternehmen zu profilieren. Designermarken fungieren wie Untermarken und verdrängen teilweise sogar die eigene Identität. Das Ergebnis dieser Strategie ist nur in wenigen Fällen positiv und häufig nicht langfristig durchdacht, da das Fremdimage immer aufgesetzt bleibt und weder intern noch extern mit der Unternehmensidentität verwächst.

Das so Geschaffene bringt das Unternehmen auf seinem Weg zur Unternehmensidentität nicht weiter, sondern im Gegenteil: Es verunsichert intern die Mitarbeiter und extern die Kunden in den Märkten. Ein positiver Imagetransfer gelingt nur dann, wenn die Unternehmensstruktur und das Image des Unternehmens entsprechend ausgerichtet sind und ein Teil des Corporate Designs werden.

Alessi ist die einzige Marke, bei der dies perfekt funktioniert. Das Unternehmen hat sich eben durch sein Corporate Design und seine Kommunikationsstrategie wie eine Bühne positioniert, auf der unterschiedliche Gestalter als Akteure fungieren und sich und ihre Gestaltungsideen präsentieren können. Über allem steht aber immer noch die Marke Alessi, die selbst bei bekanntesten Gestaltern und eindrucksvollsten Produkten noch sichtbar bleibt und sogar ständig von der Entdeckung neuer Designer und der Verwirklichung unterschiedlichster Gestaltungsauffassungen profitiert und heute eine Markenbekanntheit besitzt, die weit über der tatsächlichen, am Umsatz gemessenen Größe des Unternehmens liegt.

.... Unterdessen wurde die Lage an Bord immer angespannter. Besonders unter einigen jungen Raumfahrern braute sich ein explosives Gemisch aus Unmut und Mut zusammen. Und dann, mittags, im fahlen Licht der wild hin- und herschaukelnden Raumschiffmesse, passierte es. Der junge Jules Verve, der wegen der ständigen Erschütterungen wieder einmal mehr Suppe auf der Hose als im Magen hatte, sprang auf und

Die dynamische Designentwicklung

Festgeschriebene Designregeln werden zu einem blockierenden Hemmschuh. Deshalb ist es unser Ziel, im Corporate Design immer etwas Dynamisches zu sehen, das, wie biologisch geprägt, den Leitstern und seine Grundwerte ausdrückt. Natürlich müssen auch die wichtigsten Erscheinungsregeln beinhaltet sein, aber zusätzlich sollte viel Spielraum für Kreativität im Sinne der anzustrebenden und immer wieder zu erneuernden Kundennähe herrschen. Corporate Design ist somit mehr ausgerichtet an Inhalten und deren Visualisierung und nicht an Formalitäten und deren nüchternen Festschreibungen. So geht das Corporate Design immer von der Identität, der Einmaligkeit des Unternehmens aus, es vermittelt die beschriebenen Werte des Leitsterns und sucht für den Kunden erkennbare Zeichen, Symbole und Designs.

Dies ist auch gleichzeitig der Schlüssel zur gewünschten Einmaligkeit des Unternehmens. IBM hat eine gänzlich andere Identität als Apple Computer, deshalb muß auch das Corporate Design unterschiedlich sein und wirken. Siemens und Nixdorf hatten ebenfalls völlig eigenständige Identitäten, und hier ist es bis heute nicht gelungen, ein gemeinsames Corporate Design zu entwickeln. Das Zusammenziehen von beiden Marken als Siemens-Nixdorf hat zumindest als intern verbindendes Symbol nicht ausgereicht. Von dem Versuch, Produkte und Dienstleistungskonzepte zusammen unter ein Corporate-Design-Dach zu bringen, ganz zu schweigen.

Es ist nicht möglich, scheinbar so über Nacht Erscheinungsbilder auszutauschen, Corporate-Design-Konzepte zu verändern und so über Jahre gewachsene Identitäten zu lösen oder neu zu verbinden.

schrie aus Leibeskräften: „Warum?"
Für einen Moment stand das Wort, das schon zu Erdzeiten aus dem Egonautenvokabular gestrichen worden war, zitternd im schwerelosen Raum. „Warum?" wiederholte Jules Verve, diesmal etwas leiser, und blickte dabei, erstaunt über sein eigenes Verhalten, den anderen in die Gesichter: ....

Das Corporate Design der Zukunft ist permanent im Wandel, agiert dynamisch, versucht neue Kunden anzusprechen und wird dabei immer wieder durch den Leitstern geleitet.

Wenn heute Leitbegriffe wie verantwortungs- oder umweltbewußt wirklich ernst genommen und konsequent umgesetzt werden, bedeutet es, daß sich die Erscheinung der Produkte und vieler Corporate-Design-Elemente elementar verändern werden.

17. Corporate Communication – Die Sprache

Das Unternehmen hat durch das Design sichtbare Zeichen und Symbole seiner Identität geschaffen. Die Unternehmenskommunikation sucht nun nach einer Sprache, die Identität als vielschichtige, lebhafte Stärke erlebbar macht.

Der Leitstern gibt auch hier die Impulse. Aus ihm leiten sich die Botschaften ab.

.... „Warum tun wir das hier alles?"
Wieder war für einen Augenblick Stille. Selbst die armen Hunde schienen ruhig zu sein. Leise und fast automatisch antworteten einige, was sie immer wieder als Antwort gehört hatten: „Darum!" Doch sie gingen im Sturm unter. „Warum? Warum? Warum?" schrien sie plötzlich von allen Seiten, und ihr Gebrüll wurde immer lauter, als sie bemerkten, daß niemand ih-

Unternehmenskommunikation sorgt dafür, daß der Glanz eines Unternehmens weithin spürbar wird. Nicht selten muß die Unternehmenskommunikation auch dafür herhalten, aufzupolieren, wo wenig glänzt – doch gelingt dies nur unter erheblichem (auch finanziellem) Aufwand und ist auf Dauer kaum erfolgreich.

Deshalb lautet ein ehernes Gesetz einer erfolgreichen Kommunikation: „Sei ehrlich!" Oder wenn das Kind in den Brunnen gefallen ist und PR zur Schadensbegrenzung dient: „Die einfachste Lüge ist die Wahrheit!"

Gerade in einer Zeit, die sich voller Bewegung, Unwägbarkeiten und Unsicherheit präsentiert, ist dies die Voraussetzung, um sich nicht in seiner eigenen Kommunikation zu verstricken und seine Authentizität zu verlieren. Zu schnell werden Aussagen widerlegt, und schon wegen Kleinigkeiten erscheinen Unternehmen unglaubhaft und der über Jahre erarbeitete gute Ruf ist ruiniert.

Glaubhaftigkeit, Authentizität wächst immer von innen nach außen. Wenn schon die eigenen Mitarbeiter, wie schon oft erlebt, nicht an die Aussagen des eigenen Unternehmens glauben, wie soll dann erst die externe Glaubwürdigkeit entstehen? Das bedeutet, daß wir in der Unternehmenskommunikation wie in allen Identitätsfragen im Inneren des Unternehmens beginnen müssen.

Unternehmenskommunikation ist die Verbindungsbrücke zwischen einem Unternehmen und seiner Umwelt. Sie zielt auf Märkte ab, aber auch auf Menschen, die für das Unternehmen auf andere Weise von Bedeutung sind, beispielsweise Bankiers, Bürgergruppen, Behörden, Nachbarn, Wettbewerber, Zulieferer etc.

Die Kommunikation dient – mit wenigen Ausnahmen – letztlich der Durchsetzung von Marketingzielen, deshalb sprechen wir auch zumeist

nen antwortete, daß es möglicherweise keine Antwort gab.

Jules Verve war erst vor kurzer Zeit von einem kleinen schnellen Raumgleiter aus der unteren Stratosphäre an Bord der REST gebeamt worden. Er war auf seinem alten Raumschiff dafür bekannt gewesen, daß er ständig Fragen stellte. Doch nicht, weil ....

nicht von Corporate Communications, sondern von Marketingkommunikation.

Doch Kommunikation ist nicht allein nach außen gerichtet. In einem gut funktionierenden Unternehmen gibt es ohnehin eine lebhafte interne Kommunikation. Sie findet zum einen in tausenden persönlichen, privaten und geschäftlichen Gesprächen statt. Doch kann diese zufällige interne Kommunikation durch eine geplante ergänzt und im Sinne der Unternehmensziele bereichert werden. Dies geschieht in Form von Hausmitteilungen, Aushängen, Firmenzeitschriften und in einigen global agierenden Unternehmen wie beispielsweise bei Ford mittlerweile sogar über eigene Fernsehkanäle.

Die Chance, die in diesen internen Kommunikationsmedien steckt, ist enorm. Entscheidungen der Geschäftsleitung können erklärt und somit nachvollziehbar werden. Die Bereitschaft, auch unbequeme Schritte gemeinsam zu gehen, wächst. Vor allem aber eröffnet die interne Kommunikation einen Blick über den Rand des eigenen Tellers. Der einzelne lernt Leistungen und Probleme anderer Bereiche des Unternehmens kennen – die gegenseitige Akzeptanz wächst. Aus der Ich-Perspektive wird eine Wir-Perspektive, und die Identifikation mit dem Unternehmen steigt – ein Gewinn, der den vergleichsweise geringen Aufwand der Kommunikationsmaßnahmen bei weitem übersteigt.

Allerdings gilt für die interne Kommunikation das gleiche wie für die externe: Sie ist nur dann erfolgreich, wenn sie glaubhaft ist. Das heißt, das, was vermittelt wird, muß mit den Erfahrungen und Erlebnissen des Mitarbeiters in Einklang zu bringen sein. Versucht man, „Mist" zum Duften zu bringen, erreicht man das Gegenteil von dem, was man beabsichtigt.

.... er ein Spielverderber oder gar Revolutionär war, sondern einfach, weil er es wissen wollte. Nein, ein Großmaul war er nicht, auch wenn die systematischen Auswertungen der Videoaufzeichnungen aus der Messe ergeben hatten, daß er seinen Mund bei dem Schrei um sage und schreibe 11,27 cm aufgerissen hatte. Im Gegenteil, er wirkte eher sensibel und feinfühlig. Seine Freunde hatten immer gesagt, er sei ein Träumer, nur weil er

Wir machen übrigens immer wieder die Erfahrung, daß auch die externe Kommunikation, insbesondere die Pressearbeit, ungeheuer stark in diese Richtung wirken kann. Ein positiver Bericht in der Lokalzeitung wird an das Brett geheftet, an dem sonst nur die Mitteilungen des Betriebsrats hängen. Stolz gehen Mitarbeiter zu ihrer Familie und zu Freunden: „Guck mal, wir sind heute in der Zeitung!"

Die wirksamste Kommunikation ist die direkte, persönliche. Sie ist ein menschliches Bedürfnis. Auch für die Unternehmenskommunikation gilt: je direkter, desto besser. Deshalb sind Kontakte auf Messen und ähnlichen Veranstaltungen so ergiebig. Anzeigenwerbung hat unter diesem Blickwinkel eine entscheidende Schwäche: Die Kommunikation verläuft als Einbahnstraße. Die Unternehmen sind nur Sender, aber nicht auch Empfänger.

Dennoch denken die meisten Unternehmen immer noch zu allererst an Werbung, wenn sie ihr Unternehmen und seine Leistungen in der Öffentlichkeit stärker und positiver darstellen wollen. Ein kreativer Kommunikationsberater wird jedoch – genau abgestimmt auf die gewünschte Wirkung und die vorhandenen Möglichkeiten – einen individuellen Kommunikations-Mix zusammenstellen. Werbung ist dabei nur ein mögliches Instrument. Darüber hinaus gibt es die vielfältigen Möglichkeiten von

- Sales Promotions,
- Public Relations,
- Sponsoring,
- Product Placement und Product Publicity,
- Messen,
- Direct Mailing,
- Telefonmarketing.

ständig neue Ideen produzierte. Viele davon hatten sie erst verstanden, nachdem sie realisiert waren.

Nun war er praktisch versehentlich an die Spitze eines langen Zuges geraten, der sich wie ein Bandwurm Ebene für Ebene die Treppen hinaufwand. Er hatte sich in den Kopf gesetzt, ganz oben nachzufra- ....

Mit der Verbreitung von privaten Rundfunk- und Fernsehprogrammen kommen eine Reihe zusätzlicher Möglichkeiten hinzu. Insbesondere die zahlreichen Gameshows bieten neue Darstellungsformen, die kaum in eine der klassischen Schubladen passen.

Der Anteil der Ausgaben für Marketingkommunikation am Bruttosozialprodukt ist auch in Zeiten der Rezession beständig gewachsen. Immer mehr Unternehmen greifen mittlerweile auf ein umfangreiches Instrumentarium zurück. Auch Mittelständler und – mit Abstrichen bei den kostenintensiven Maßnahmen – kleine Unternehmen spielen mit Hilfe zahlreicher Agenturen auf dieser Klaviatur.

So bricht auf einer Vielzahl von Kanälen eine Flut von Informationen über uns herein. Doch drohen nicht wir darin unterzugehen, sondern diejenigen, die ihren guten Namen und ihre Budgets in diese Woge geworfen haben. Auf dem „Kommunikationsmarkt" ist es ganz ähnlich wie auf dem Produktmarkt: Die Differenzierung wird immer schwieriger, Kommunikationskonzepte scheinen beliebig und austauschbar.

Kommunikationsagenturen sind mehr denn je gefordert. Sie müssen beweisen, daß sie sich nicht auch, wie viele ihrer Kunden, zu Egonauten entwickelt haben. Ein großer Etat, aufwendige Studien und professionell präsentierte Konzepte sind kein Garant für Erfolg. Im Gegenteil: Oft sind es die unkonventionellen und einfachen, zumeist vergleichsweise preiswerten Lösungen, die überraschen und ihr Ziel treffen.

Dies bedeutet auch, daß Kommunikation Teil und Ergebnis des Integrationsprozesses ist. Denn im Kampf gegen die Austauschbarkeit tritt die Qualität und Einzigartigkeit der Botschafter weiter in den Vordergrund. Prägnanz, Faszination und vor allem Unverwechselbarkeit können nur erreicht werden, wenn die Botschaft nicht eine bloße Floskel oder ein leeres Versprechen ist. Nur wenn sie Teil der genetischen Prä-

.... gen. „Warum?" würde er nur erregt, aber freundlich zu dem Steuerratsvorsitzenden sagen und sich anschließend möglichst geduldig die Erklärung über den Sinn des Ganzen anhören. So hatte er es sich vorgenommen.
Doch davon wußten die obersten Egonauten nichts. Sie liefen aufgeregt in der Kommandozentrale hin und her und zeterten durcheinander: „Verrat!", „Komplott!", „Revolution!" „Sie nen-

gung eines Unternehmens ist, wird sie nachvollziehbar, erlebbar und glaubhaft.

Sicherlich haben Sie es auch schon einmal erlebt: Im Kino läuft ein wirklich gut gemachter Spot über die Leinwand – trendy, erotisch, jung und dynamisch. Bloß wenn am Ende die Firma genannt wird, die mit diesem Kurzfilm Sympathie gewinnen wollte, bricht das ganze Auditorium in brüllendes Gelächter und in Pfeifkonzerte aus. Was ist geschehen? Die Message der Werbung widersprach allen Vorstellungen und Erfahrungen mit diesem Unternehmen, das als eher langweilig und muffig galt. Die Agentur hat sich offenbar nicht die Mühe gemacht, die Einzigartigkeit ihres Kunden ausfindig zu machen. Die Botschaft war beliebig und entsprang nicht der Unternehmensidentität. Darstellungsform und -stil paßten weder zur Kultur noch zum sonstigen Verhalten des Unternehmens.

Auch Unternehmen mit einer starken Identität finden nicht automatisch den richtigen Ton bei ihrer Kommunikation. Deshalb ist es wichtig, Leitlinien festzulegen – doch bloß kein Communication Manual! Es würde, stärker noch als die bereits zitierten CI-Manuals, unweigerlich zur Zwangsjacke werden.

Im Gegenteil: Es ist absolut sympathisch, wenn auch ein Unternehmen mit einer sicherlich sehr erfolgreichen Unternehmenskommunikation nicht bis ins letzte Detail perfektioniert ist. Machen Sie sich doch einmal die Freude und rufen Sie die BMW AG in München spät am Abend an: Die Ansage des Anrufbeantworters des Weltunternehmens klingt so bayerisch, provinziell, daß man unwillkürlich schmunzeln muß – und zwar aus Sympathie. Vielleicht ist eine Unternehmenskommunikation gerade dann perfekt, wenn sie nicht perfekt ist – das wirkt menschlich.

nen sich ‚Visionauten'!" schrie einer mit angewiderter Stimme. Ihnen allen stand die Angst ins Gesicht geschrieben.
Ebene für Ebene drangen die Visionauten weiter nach oben. Und je mehr sie von der Station zu sehen bekamen, desto klarer wurde ihnen, in welch erbärmlichem Zustand sie war und daß sie kurz vor dem ....

Der Meilensteinplan Corporate Communication

Um einmal aufzuzeigen, wie umfangreich und wie speziell ein Meilensteinplan für die Corporate Communication aussehen kann, haben wir ein Beispiel aus unserer Praxis angeführt.

1. Prospekte
   1.1 Imagebroschüre
   1.2 Annual Report
   1.3 Beigelegte Kleinbroschüre
   1.4 Garantiekarte
   1.5 Betriebsanleitung
   1.6 Qualitätssiegel
   1.7 Preislisten
   1.8 Sonderdrucke (Produkttests etc.)
2. Anzeigen/Werbung
   2.1 Imagekampagne
   2.2 Produktkampagnen
   2.3 Kampagnen in Fachblättern
   2.4 Radio
   2.5 TV-Spots
   2.6 Events
3. Presse/PR
   (zielgruppenorientierte PR über Fachblätter, Veranstaltungen etc.)
4. Plakate, Themenbilder
5. Dia-Multivision-Show
6. Weihnachtskarten

.... drohenden Absturz stand. Zu der „Warum?"-Frage kamen andere hinzu. „Wer?" wollten Jules Verve und die anderen Visionauten wissen, „wer ist für dieses Schlamassel verantwortlich?" Und: „Wie kann man dieses Chaos wieder in Ordnung bringen?"

Es wurden immer mehr Fragen, mit denen die Visionauten den Steuerrat bestürmen wollten. Allerdings wurde zugleich

7. Messestand
   7.1 Eventpräsentation
   7.2 Hausmessen
8. POS-Gestaltung
   8.1 Ausgewählte POS-Standorte
   8.2 Shop-in-Shop-Systeme
   8.3 Präsentation der Produkte (ev. mit Verpackung)
   8.4 Displays
   8.5 Position im Schaufenster
      (mittig, links, rechts, oben, unten, Augenhöhe, vorne, hinten)
   8.6 Position im Verkaufsraum
   8.7 Dekoration
   8.8 Preisschilder
   8.9 Logo im Schaufenster
   8.10 Logo im Schaufensterglas
   8.11 Logo an der Eingangstür
   8.12 Logo am Gebäude
   8.13 Logo im Geschäft
9. Vitrinen an ausgewählten Standorten
   9.1 Flughäfen
   9.2 ausgesuchte Hotels
   9.3 Touristikzentren
10. Produktpräsentation im eigenen Showroom
11. Kommunikation generell
   11.1 Telefondienst
   11.2 Portier
   11.3 Anmeldung
   11.4 Warteraum

der Strom der Visionauten immer dünner, je höher sie kamen. Irgendwie blieben sie auf der Strecke. Erst auf den obersten Treppenabsätzen wurde Jules Verve klar, was geschah: Die Höhenluft ließ die Visionauten zu Egonauten werden – eine schreckliche Mutation.

12. Intern gegenüber Mitarbeitern
    12.1 Kommunikationsschulung
    12.2 Hauszeitung
    12.3 CI-Kommunikation
    12.4 Gesprächskreise
    12.5 Interne Fachschulung durch Mitarbeiter
    12.6 Vorstellung der Neuheiten
13. Intern mit den Gesellschaftern
    13.1 Quartalsberichte
    13.2 Darstellung der Unternehmensperspektiven
14. Werbegeschenke
    14.1 Wandkalender
    14.2 Überarbeitung des Sortiments (entspricht das Verschenkte den eigenen Qualitätsanforderungen und der Unternehmensphilosophie) etc.
15. Unternehmensbesichtigungen
16. Mit dem Arbeitsmarkt

Dieses Beispiel aus der Praxis zeigt deutlich, wie komplex ein solches Projekt werden kann. Selbstverständlich sind die aufgelisteten Punkte nicht alle am ersten Tag aufgestellt worden, sondern auch die Auflistung ist ein aktives Instrument, welches wächst und immer wieder aktualisiert wird. Für die weiteren Detaillierungen werden Aufgaben verteilt, die dann in folgenden Zirkeln immer wieder besprochen und falls nötig in den Plan eingearbeitet werden.

Wie die Detaillierung eines PR-Plans aussehen kann, möchten wir wieder an einem Beispiel aufzeigen.

Hier ging es um die Vorbereitung eines großen Events.

> .... Als Jules Verve oben vor der Tür der Kommandozentrale ankam, war er als einziger Visionaut übriggeblieben. Doch das schien dem Steuerrat eher noch mehr Angst zu machen. Sie hatten sich im Inneren des Machtzentrums verbarrikadiert und die Magnetschwebetür mit einem Codewortriegel verschlossen. Jules Verve fummelte einige Minuten an dem Mechanismus herum, bis ihm der rettende Gedanke kam: „Kreativität", rief er

Dieser Event wurde veranstaltet, um die Einweihung eines neuen kundenorientierten Schulungszentrums zu feiern und dieses Projekt der Öffentlichkeit vorzustellen. Gleichzeitig wollten wir aber auch die Chance nutzen, die Leitmaximen des gesamten Unternehmens positiv und dynamisch zu präsentieren.

1. Analyse/Kreation
    1.1 Identifizierung von spezifischen Zielgruppen
    1.2 Festlegung von Inhalten, Symbolen und Stilen im Rahmen der Leitmaximen
    1.3 Bestimmung von Kommunikationsinstrumenten, Auswahl von geeigneten Zielgruppenmedien
2. Vorbereitungsphase
    2.1 Vorabinformation über Planung und Entwicklungsstand des Events
        – Aussendungen an diverse Fachpressebereiche
        – Aussendungen an Wirtschaftspresse
        – Pressekonferenz für Regional- und Lokalpresse
        – Ortstermine für Rundfunk und Fernsehen
    2.2 Rohbaufertigstellung, Beginn Innenausbau
        – Aussendungen an diverse Fachpressebereiche
        – Aussendungen an Wirtschaftspresse
        – Pressekonferenz für Regional- und Lokalpresse
3. Fertigstellung, Einweihung
    – Einladung und Vorabinfos an Pressevertreter, telefonisches Nachfragen
    – Pressekonferenz Fachpresse
    – Pressekonferenz Regional- und Wirtschaftspresse

vorsichtig in Richtung des Schlüsselmikrofons, und schon glitt die Tür zur Seite. Es hatte geklappt. Er hatte einfach ein Wort benutzt, das der Computer nicht kennen konnte, weil es im Sprachschatz der Egonauten nicht vorkam. Da sich der Programmierer des Systems aber natürlich gedacht hatte, es gäbe kein Wort, das er nicht ....

- feierliche Eröffnung / Betreuung von Gastrednern / Betreuung von Medienvertretern (insbesondere TV-Teams) vor Ort
- Gründung des Old Boys Club als Parallelveranstaltung
- Eigendarstellung des Schulungszentrums in der internen Kommunikation
- Aussendung an Redaktionen zur Nachbereitung
4. Konzeption und Realisation von nachfolgenden Corporate Events
- Ausstellung: Zukunftsvisionen und Leitstern des Unternehmens
- Podiumsdiskussionen zu aktuellen Themen
- Veranstaltungen des Old Boys Club
- Vorträge von Repräsentanten an Universitäten, Wirtschafts- und Industrieverbänden

Corporate Communication und Werbung

Die klassische Werbung ist tot, es lebe die Unternehmenskommunikation! Eine sehr plakative Behauptung, die aber zukünftig große Bedeutung haben wird. Werbung muß sich wieder an der Authentizität der gemachten Aussage, an dem tatsächlichen Handeln und an der Qualität dieses Handelns orientieren. Das Aufbauen von Scheinwelten, das Abgeben von Versprechungen, die später nicht eingelöst werden, und das hemmungslose Ausnutzen von Sehnsüchten, Wunschen und Ängsten wird von den Kunden zukünftig nicht mehr akzeptiert und schon gar nicht durch verstärkte Sympathien honoriert werden. Der Kunde der Zukunft wird sich entweder überhaupt nicht mehr für Werbeaussagen interessieren oder sehr genau jede gemachte Aussage und initiierte Stimmung hinterfragen. Entsprechen dann die Aussagen nicht mehr der Realität und stellen sich als bloße Übertreibung heraus,

.... kenne, mußte er bei einer Nichtidentifizierung eines Wortes von einem Systemfehler ausgehen. Um zu vermeiden, daß jemand seinen Fehler bemerkte, hatte er für solche Fälle den automatischen Türöffnungsbefehl installiert.
Nun stand der letzte Visionaut den obersten Egonauten Auge in Auge gegenüber. Als er ihnen das erste Fragezeichen wie einen Bumerang entgegenwarf, duckten sie sich schnell hinter

wird diese Enttäuschung auf die Qualität des ganzen Unternehmens übertragen. Die Folgen sind leicht vorstellbar.

Werbung und Kosten-Nutzen-Verhältnis

Es ist zwar richtig und wichtig zu werben, um sich so vorzustellen und das Unternehmen mit seinen Produkten oder Dienstleistungskonzepten zu empfehlen. Aber das Kosten-Nutzen-Verhältnis wird für die Unternehmen immer ungünstiger, da das Interesse der Betrachter durch zu viele und immer nichtssagendere Werbeaussagen abgestumpft ist.

Die Kosten für Werbung, die in den letzten Jahren stark gestiegen sind, werden auch von den Kunden gesehen, die diese Produkte oder Dienstleistungskonzepte kaufen sollen.

Werbung wird für den ständig kritischer werdenden Kunden nur noch dann als sinnvoll akzeptiert, wenn sie auf tatsächliche Einmaligkeiten hinweist und nachvollziehbar auf der Identität des Unternehmens basiert.

Werbung ist häufig nur *sendungsorientiert* und zeigt nur selten eine Möglichkeit auf, mit dem Unternehmen in einen aktiven Dialog zu treten.

In Dialog treten bedeutet aber auch die Bereitschaft der Unternehmen, die gemachten Ankündigungen und Aussagen jederzeit überprüfbar zu machen. Nur so entsteht bei den Kunden das gute Gefühl und die gewünschte Sympathie.

Die Zeit der schnellen Mark, der coolen Sprüche und der Pin-ups ist vorbei. „Kreative" Berater, die in der Zukunft die Wege und Brücken der externen Unternehmenskommunikation bauen wollen, benötigen

den hohen Lehnen ihrer breiten Sessel. Auch das zweite Fragezeichen verfehlte sein Ziel. Gerade wollte Jules Verve ihnen eine ungewöhnliche Idee präsentieren, um sie aus der Deckung locken zu können, als die Egonauten zurückschlugen. Erbarmungslos schleuderten sie dem jungen Mann eine volle Ladung Erfahrung entgegen. Das ....

ein tiefes Verständnis der Identität und der Qualität der Unternehmen, die sie beraten. Die Zeit der oberflächlichen Gags oder der nur schönen Bilder und Worte ist abgelaufen.

Kommunikation benötigt Sachverstand und Kreativität, die mit sehr viel Intelligenz, aber auch Pfiffigkeit die tatsächlichen Qualitäten des Unternehmens aufzeigt und den Kunden so auf das Unternehmen und, noch wichtiger, auf die Produkte oder Dienstleistungskonzepte des Unternehmens aufmerksam macht.

Kommunikation oder: Vom Effekt der stillen Post

Viele Unternehmen verhalten sich wie beim Kinderspiel „Stille Post", wenn es um das Kommunikationsdreieck Unternehmen – Handel – Kunden geht. In diesem Dreieck werden häufig völlig unterschiedliche Sprachen mit teilweise gegensätzlichen Inhalten gesprochen. Trotzdem hofft man, daß die beabsichtigte Aussage entsprechenden Ausdruck findet und so zum Adressaten gelangt.

Gemeint ist folgendes: Das Unternehmen versucht mit dem Kunden – dem Gebraucher – direkt in Kontakt zu treten und hofft, verstanden zu werden. Die gewünschte Sympathie entsteht, und die Produkte des Unternehmens werden gekauft.

Anderseits hat aber auch das Unternehmen mit dem Handel seine bestehenden Kommunikationsstrukturen. Hier wird allerdings meistens über andere Inhalte gesprochen als mit dem Kunden. Handelt es sich beim Kunden noch um Identität und Qualität der Produkte und deren Nutzen, drehen sich die Gespräche mit dem Handel um Konditionen, Liefertermine, Sonderposten, Plazierungen, Schwierigkeiten – und vor allem geht es um das liebe Geld. Das Spürbarmachen der Unterneh-

.... saß. Jules Verve versuchte noch mit einer guten Idee einen verzweifelten Vorstoß, doch brachten die Egonauten ihn mit bürokratischen Hürden zu Fall und begruben ihn unter einem riesigen Haufen guter Ratschläge. Dann legten sie ihn auf Eis.

„Puh, was machen wir jetzt mit dem?" fragte einer der Krieger. Sie alle waren erschöpft, aber irgendwie war es auch ein gutes Gefühl, endlich wieder eine schwere Schlacht siegreich geschlagen

mensidentität, des Leitsterns, der Zukunftspläne und Visionen des Unternehmens hat im Dialog mit den Handelspartnern wenig Platz.

So betrachtet, versteht man als leidgeprüfter Kunde, warum es dem Handel häufig nicht gelingt, die Faszination der Unternehmen und ihrer Produkte zum Kunden zu transportieren.

Diese Lücke zu schließen und das Herz des Unternehmens wieder in derselben Ausdrucksqualität zwischen Unternehmen, Handel und dem Kunden direkt sichtbar werden zu lassen ist eine große Herausforderung an die Corporate Communication.

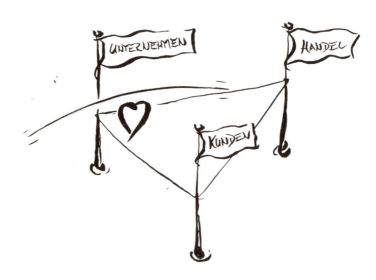

zu haben. „Wir schicken ihn zur Umerziehung ins Controlling", schlug ein dicker Egonaut vor, der vorsichtshalber noch immer in Deckung blieb, „lange wird er das nicht durchhalten." – „Nein, dann sollten wir ihn lieber in den Steuerrat berufen, das ist sicherer", feixte der Werberat, der allmählich wieder zu seinem bekannten Humor fand.

18. Kundenservice – Der Kunde als König?

Die größten und umfangreichsten Etappen liegen nun hinter uns, die wesentlichen Hürden sind überwunden, das Corporate Design und die Corporate Communication übertragen eindrucksvoll die Werte des Unternehmens. Das Herz glänzt und ist spürbar und sichtbar.

Aber nicht genug, es gibt noch wichtige Chancen, die die Dialogfähigkeit wesentlich stützen. Hier steht Kundenservice an erster Stelle. Der Kunde spürt sofort, ob es ein Unternehmen mit der Kundennähe und Dialogfähigkeit ernst meint oder ob das Unternehmen nur darüber redet. Leider hört für die meisten Unternehmen der Kundenservice dann auf, wenn das Geld des Kunden in der Kasse ist, danach bleibt er sich selbst überlassen.

Hier ein Beispiel, in dem die Dialogfähigkeit hervorragend funktioniert hat, obwohl die Sprache am Anfang sogar eine Barriere darstellte.

Einer unserer Kunden, nennen wir ihn Jim, ist aus geschäftlichen Gründen von London nach Paris umgezogen. Seine alte Waschmaschine konnte in Frankreich nicht ohne großen Aufwand umgerüstet

...... Wie immer war es der Vorsitzende, der Rat wußte: „Nichts da. Dieser Visionaut muß weg, der stiftet nur Unruhe. Wir stecken ihn in einen alten Raumgleiter und schicken ihn zur Erde. Dann sollen die sich doch mit diesem Spinner rumärgern." Wie immer wurde sein Vorschlag einstimmig angenommen.
Ein alter ramponierter Raumtransporter der transgalaktischen Speditionsgesellschaft „Uljanow Transports" wurde aus dem Gü-

werden, eine neue Maschine mußte gekauft werden. Jim, er war zu allem Umzugsstreß auch noch nicht der französischen Sprache fließend mächtig, ging in einen Elektromarkt und wollte, ohnehin nervlich angespannt, eine neue Maschine kaufen. Er traf auf einen Kundenberater, der sogar ein wenig Englisch sprach; dieser empfahl ihm eine Maschine, die Jim dann auch kaufte. Ein Aufstellungstermin wurde vereinbart, und die Maschine wurde innerhalb von 24 Stunden aufgestellt und angeschlossen. Jims Ehefrau war mit der Wahl nicht so glücklich, die Maschine funktionierte prima, aber sie gefiel ihr einfach nicht. Als kurze Zeit später der Kundenberater anrief, um sich nach der Zufriedenheit des Kunden zu erkundigen, erreichte er zufällig Jim. Dieser schilderte ihm, daß sie mit der Funktion der Maschine sehr zufrieden seien, daß aber seiner Gattin das Design leider überhaupt nicht zusagen würde. Völlig verblüfft war Jim dann, als der Kundenberater ihm sagte, daß dies nun wirklich kein Problem sei. Er würde veranlassen, daß die Maschine einfach und vor allem kostenlos ausgetauscht würde. Er solle doch einfach mit seiner Gattin vorbeikommen und noch einmal in aller Ruhe gemeinsam die Lieblingsmaschine aussuchen. Gesagt, getan, die Maschine wurde ausgetauscht, Jims Ehefrau hat nun eine Maschine, die funktioniert und die auch noch ihrem Geschmack entspricht.

Diese Art von Service war in doppelter Hinsicht effektiv. Einerseits hat Jim seither alle neuen Elektrogeräte in diesem Geschäft gekauft und diesen Händler seinen Freunden und Kollegen weiterempfohlen.

Der zweite Effekt hat mit Jims Beruf zu tun, er ist verantwortlich für das Markenimage eines der größten Computerunternehmen der Welt. Dieses Erlebnis hat mit dazu beigetragen, daß dort über Kundenbezie-

terbahnhof nach vorn auf die Abschußrampe rangiert. Jules Verve, immer noch gefesselt von einem Standardrepertoire an Scheinargumenten, schubsten die Egonauten einfach unsanft in den Laderaum. Dann verschlossen sie die Luke sorgfältig mit einer schweren Bleiplombe. „Das ist besser", hatte der Logistikrat er- ....

hungen neu nachgedacht wird. Über Seminare und Mitarbeiterschulungen ist das Thema ganz neu angegangen worden, und erste Erfolge sind spürbar.

Erfolgreiche Unternehmen der Zukunft basieren auf diesem Dialogprozeß. Er reißt eben auch nicht ab, wenn der Kunde das Produkt oder die Dienstleistung erworben hat. Der sogenannte After-Sales-Service bringt Unternehmen, die hier neue Schritte gehen, entscheidende Vorteile:

1. Der Aufbau einer Kundendatei
   Kunden sollten immer wieder über Neuerungen oder andere Produkte des Unternehmens informiert werden. Ein Marketinginstrument, das heute noch vielfach unterschätzt wird, das aber in seiner Effizienz unserer Meinung nach deutlich über der klassischen Anzeigenwerbung liegt. Kundendateien können zu „User-Clubs" ausgeweitet werden, die dann zusätzlich noch durch Veranstaltungen und Sondereditionen etc. betreut werden können.
2. Produktverbesserungen
   Durch den Dialog mit dem Kunden können wichtige Erkenntnisse und Impulse zur Produktverbesserung und zur Neuentwicklung gesammelt werden.
3. Produktpflege
   Kundenservice bedeutet auch, daß zukünftig viel mehr Energie in die Erhaltung, die Wartung und gegebenenfalls in die Erneuerung der Komponenten eines Produkts gelegt werden muß. Dadurch gelingt es, die Lebenszyklen von Produkten erheblich zu verlängern. Dies ist ein wesentlicher Schritt, um Ökologie und Ökonomie zu harmonisieren und wiederum die Akzeptanz unserer Unternehmen zu erhöhen.

.... klärt, "sonst verpestet er mit seinen abstrusen Ideen noch die Galaxien." Dann wurde der klapprige Transporter ins dunkle Nichts geschossen.

Freddy Euter stand an einem kleinen Seitenbullauge seiner Suite und wischte sich verlegen eine Träne aus dem Augenwinkel. Irgendwie hatte er den jungen Mann gemocht. Er hatte ihn an jemanden erinnert, den er vor langer Zeit einmal ge-

---

Für uns ist es immer wieder erschreckend, wenn wir erleben, wie fast neue Produkte, die nur einen kleinen Defekt haben, auf dem Müll landen, da sich eine Reparatur angeblich nicht lohnt. Hier muß sich die Einstellung der Unternehmen und des Handels wesentlich verändern. In der Vergangenheit haben die meisten Unternehmen immer nur auf den Umsatz geschielt, den sie mit neuen Produkten machen können. Daß man aber auch mit dem Service und der Wartung von gebrauchten Produkten Geld verdienen kann und sich obendrein noch zufriedene Kunden erhält, ist erst wenigen Unternehmen aufgegangen.

Eine Teflonpfanne, deren Beschichtung sich nach drei Jahren ablöst, ist doch eigentlich keine unbrauchbare Pfanne? Das einzige, was man erneuern müßte, ist die Beschichtung. Dies hat leider noch keines der Unternehmen erkannt. So werden Jahr für Jahr viele Pfannen, die noch fast neu sind, wegen ihrer zerkratzten Beschichtung aus dem Verkehr gezogen. Es wäre kein Problem, diese Pfannen neu zu beschichten und sie so wieder fast neu auf den Herd zu schicken. Wir sind uns sicher, daß die Besitzer von beschädigten Teflonpfannen dankbar für solch einen Service wären und dafür auch noch angemessen bezahlen würden.

Innovative Servicestrukturen bieten die Möglichkeit, Kontakt mit den Kunden zu halten, von ihnen zu lernen, sich mit ihnen zu verändern und so das Unternehmen immer wieder anzupassen.

Innovative Service-Ideen schaffen zufriedene Kunden, die diese Zufriedenheit sicherlich weitergeben und so wie aktive PR-Mitarbeiter agieren.

kannt hatte. Mit fast väterlichen Gefühlen schaute er hinter dem Transporter her, der in Richtung der winzig kleinen blauen Kugel verschwand.

Er griff zu seinem alten Fernrohr, mit dem er vor vielen Jahren von der Erde aus hinauf zum Mond geschaut hatte. Er wollte zusehen, ob der Visionaut heil ....

19. Architektur – Von Trutzburgen und Spiegelpalästen

Eine weitere Chance, Unternehmensidentität auszudrücken, ist die Architektur. Sie ist ein wichtiges und vor allem dauerhaftes Symbol des Unternehmens. Wie wir aber schon bei unseren Egonauten gesehen haben, sind sich viele Unternehmen der Bedeutung ihrer Architektursymbole nicht bewußt. Die meisten der „Headquarters" wirken eher wie Trutzburgen, nicht wie Kommunikationsplätze. Es wird weder ausgedrückt, daß die Kommunikation unter den Mitarbeitern dem Unternehmen wichtig ist, noch, daß Besucher, Kunden oder nur einfach Interessierte willkommen sind. Viele der Gebäude grenzen aus, schüchtern ein und sind die Bühne für viele künstliche Rituale der Egonauten.

Wir haben uns schon mehrmals in einer Unternehmenszentrale oder einem Verwaltungsgebäude den Spaß erlaubt, einfach den Portier am

.... ankommen würde. Was er sah, ließ ihn einen Freudenschrei ausstoßen: „Das ist der Beginn einer neuen Zukunft", jubilierte er.
Durch das leicht verstaubte Okular beobachtete er, wie die Plomben beim Eintritt in die Erdatmosphäre in einer kleinen bläulichen Stichflamme verglühten. Die Ladeluke öffnete sich, und heraus fiel ein großes, rot leuchtendes Herz, das an einem

Empfang zu fragen, ob man hier auch ein Produkt des Unternehmens kaufen oder auch nur anschauen oder doch wenigstens Informationen bekommen kann. In den meisten Fällen wird man angeschaut, als käme man von einem anderen Stern.

Diese Distanziertheit zum eigentlichen Tun des Unternehmens, das von seinen Kunden so losgelöst ist, wie in unserer Fiktion beschrieben, ist eine der wesentlichen Folgen des Egonautentums.

Ist ein Showroom im Unternehmen vorhanden, wird der häufig nicht aktualisiert oder didaktisch so aufbereitet, daß er für die Besucher interessant ist und dort die Identität des Unternehmens sichtbar wird.

Aber es geht auch anders. Hier zwei Beispiele großer Traditionsmarken wie Hermes oder Villeroy & Boch. Diese „Häuser" protzen nicht mit ihrer Größe und Bedeutung, sondern pflegen einen vorbildlichen Umgang mit ihren Kunden und den Mitarbeitern.

Bei Hermes in Paris ist das Headquarter im Hauptgeschäft integriert, und wenn Sie einmal den Präsidenten des Unternehmens besuchen wollen, gehen Sie an Sattelmachern, Kunden, Verkäufern oder auch nur Schaulustigen vorbei. Das Leben mit den Kunden wird so zum Alltag, und der direkte Kontakt ist garantiert.

Die Sattelmacherei, die im Zentrum des Hauses untergebracht ist, ist nicht durch Zufall noch dort, sondern dient dem Unternehmen als Symbol und als deutliche Erinnerung an die Herkunft und die Wurzeln des Unternehmens. Sättel waren die ersten Produkte des Hauses und auch die ersten Erfolge. Sie waren immer besser, innovativer und langlebiger als die der Wettbewerber. Heute haben Sättel für den Umsatz des Hauses kaum eine Bedeutung mehr, aber sie erinnern an die Wurzeln und an die Verpflichtung, höchste Qualität zu produzieren.

Fallschirm tänzelnd zur Erde schwebte.
„Es leben die Visionauten!" rief Eddy.
Was Freddy nicht mehr sehen konnte:
Das Herz landete genau im Schlafzimmer von
Anna Blume. Lautlos und sanft flutschte es ihr in
das Ohr. Anna wurde wach. Nein, von der Landung des
Herzens hatte sie nichts gemerkt. Doch irgendwie spürte sie ....

Bei Villeroy & Boch ist die Unternehmensspitze in einer alten Abtei untergebracht. Auch hier wird intensive Kundennähe gepflegt. In dieser Abtei befindet sich auch die „Keravision", die das Unternehmen in sehr kreativer Form darstellt. Eine Ausstellung schließt daran an, die die Produkte und deren Faszination präsentiert – dies alles in einem nahezu öffentlichen Gebäude, ohne großartige Voranmeldung und sonstige Formalitäten. Der Vorstand des Unternehmens arbeitet sozusagen um die Ecke, und es ist wahrscheinlich schon vielen Besuchern passiert, daß sie gemeinsam mit einem Vorstandsmitglied denselben Flur benutzt haben, ohne dies zu merken.

Eine weitere, sehr sympathische Einrichtung ist das alte Gästehaus des Unternehmens. Hier werden Händler, Gäste oder auch Mitarbeiter aus ausländischen Filialen untergebracht und mit der Unternehmensidentität des traditionsreichen Hauses in Berührung gebracht. Wir haben erlebt, daß dies für viele Besucher ein bleibendes Erlebnis wurde. Das Ganze ist nicht überzogen, sondern der Umgang ist sehr herzlich und verbindlich. Gäste fühlen sich geborgen und spüren die Wertschätzung, die ihnen entgegengebracht wird.

Unternehmen können über die Architektur und deren Nutzung sehr viel Wärme und Sympathie erzeugen. Architektur, richtig eingesetzt, kann Barrieren abbauen und die Dialogfähigkeit des Unternehmens wesentlich steigern. Architektur wird so zu einem wichtigen Glied in der Kette der Elemente, die Identität sichtbar machen. Aber auch hier gilt dasselbe wie auf dem Weg zur Unternehmensidentität: Sei ehrlich und authentisch, denn die Zeit des Protzens und des Zur-Schau-Stellens ist vorbei.

Der Identitätsprozeß ist immer weiter fortgeschritten, die ersten Ergebnisse werden sichtbar und die Veränderungen spürbar.

.... plötzlich eine innere Unruhe. Auf unerklärliche Weise war ihr wieder diese Idee in den Sinn gekommen, die sie gestern abend noch als undurchführbar verworfen hatte. Nervös warf sie sich im Bett hin und her und versuchte, an etwas Beruhigendes zu denken. Doch es gelang ihr nicht. Immer wieder kreisten ihre Gedanken um diese komische Idee.
Aufgeregt sprang sie aus dem Bett und holte die Jogging-

Der vielbeschworene rote Faden entsteht, Ausdruckselemente verknüpfen sich, und das Unternehmen spricht eine eindeutige und durchgängige Sprache.

Es ist viel erreicht, das Unternehmen hat sich verändert, und das Herz des Unternehmens strahlt im Glanz der Einmaligkeit und Identität. Damit aber dieser Glanz so richtig zur Geltung kommt, ist es wichtig, jetzt bei der breiten Umsetzung darauf zu achten, wann, wie und wo die Ergebnisse sichtbar werden, damit genau überlegt und strategisch geplant werden kann.

20. Die Umsetzungswellen

Am Anfang des Weges wurde ein Zeitplan aufgestellt, und die Umsetzungswellen wurden festgelegt. Die Tücke in so einem umfangreichen Programm ist aber, daß die Termine und Umsetzungspläne doch nicht immer eingehalten werden können. Geduld wird jetzt zu einer wichtigen Tugend. Es macht keinen Sinn, den Markt mit Fragmenten zu konfrontieren.

Es ist für den Erfolg entscheidend, daß die Umsetzungswellen in ihrer Gesamtheit strategisch richtig in den Markt einfließen.

Am erfolgreichsten haben sich Umsetzungswellen erwiesen, die Veränderungen des Erscheinungsbilds oder der Kommunikation mit neuen Produkten verknüpfen. So erreicht das Unternehmen den höchsten Grad an Glaubwürdigkeit, und die Veränderungen werden am nachhaltigsten registriert.

Bevor aber mit den Umsetzungswellen nach außen begonnen wird, müssen die Veränderungen erst im eigenen Unternehmen vorgestellt werden. In einer Präsentationsveranstaltung oder ähnlichem

klamotten aus dem Schrank. Sie wollte laufen, sich bewegen, einfach vorankommen ……

werden allen Mitarbeitern der zurückgelegte Weg und die aus dem Leitstern resultierenden Veränderungen in vollem Umfang präsentiert. Daran anschließend können dann die wichtigsten Kunden und Händler auf das veränderte Konzept eingeschworen werden. Eine zusätzliche Pressekonferenz gibt dem Unternehmen die Chance, ausgewählten Presse- und Medienvertretern den Weg und die Veränderungen vorzustellen und so den Dialog intensiv einzuleiten.

21. Fit für die Zukunft

Es ist geschafft – die Faktoren zur starken Unternehmensidentität sind bekannt, die vorgenommenen Etappen und Meilensteine sind gemeistert. Das Unternehmen ist von innen heraus gestärkt, die Identitätsfindung wird zu dem gewünschten „Sesam, öffne dich!" für eine positive Zukunft.

Das Herz in seiner Einmaligkeit ist sichtbar und glänzt, das ganze Unternehmen strahlt die gewünschte Faszination aus.

Aber es gibt in diesem Prozeß keine abschließenden Endpunkte und keine Ruhekissen, sondern höchstens kurze Verschnaufpausen. Der Leitstern, die Leitmaximen, die Qualitätsdefinition, das Verhalten, das Corporate Design, die Corporate Communication, der Kundenservice und auch die Elemente der Architektur wollen immer wieder von innen heraus erneuert, hinterfragt und den gesellschaftlichen Veränderungen entsprechend weiterentwickelt werden. Nur so bleibt das aktive Energiefeld des Leitsterns erhalten, das Herz pulsiert, ist vital und bleibt durch Bewegung jung und dynamisch. Es „erleuchtet" im Unternehmen den Weg der Visionauten.

Wir wünschen Ihnen auf Ihrem persönlichen Weg als Visionaut Kreativität, Mut und Durchhaltevermögen. Gehen Sie den Weg mit viel Leidenschaft und entdecken Sie die Kraft, die in der Identität steckt. Lassen Sie sich auf Ihrem Wege nicht beirren, sondern freuen Sie sich auch schon über kleine Erfolge im Abbau des Egonautentums. Sie werden sehen, wenn Sie die in unserem Buch beschriebenen Empfehlungen – im wahrsten Sinne des Wortes – beherzigen, wird es gelingen.

Mit dieser Perspektive, Ihr Andreas und Thomas Gerlach

Literaturverzeichnis

Antonoff, Roman: CI-Report 1991: Das Jahrbuch vorbildlicher Corporate Identity. Darmstadt 1991

Erikson, Erik H.: Identität und Lebenszyklus: 3 Aufsätze. 12. Aufl., Frankfurt/M. 1991

Gerken, Gerd: Abschied vom Marketing: Interfusion statt Marketing. 4. Aufl., Düsseldorf, Wien, New York 1992

Jonas, Hans: Das Prinzip Verantwortung: Versuch einer Ethik für die technologische Zivilisation. Frankfurt/M. 1984

Keller, Ingrid G.: Das CI-Dilemma: Abschied von falschen Illusionen. 2. Aufl., Wiesbaden 1993

Lay, Rupert: Über die Kultur des Unternehmens. Düsseldorf, Wien, New York, Moskau 1992

Morita, Akio: Made in Japan: Eine Weltkarriere. München 1986

Oerter, Rolf; Monda, Leo: Entwicklungspsychologie: Ein Lehrbuch. 2. Aufl., München, Weinheim 1987

Ogger, Günter: Nieten in Nadelstreifen: Deutschlands Manager im Zwielicht. München 1992

Ollins, Wally: Corporate Identity: Strategie und Gestaltung. 2. Aufl., Frankfurt/M., New York 1992

Popper, Karl: Die offene Gesellschaft und ihre Feinde. München 1980

Rudolph, Franz: Chefsache: 1000 Unternehmer-Statements zu Business-Themen von Arbeitswelt bis Zielsetzung. Wiesbaden 1993

Steinmann, Horst; Löhr, Albert (Hrsg.): Unternehmensethik. 2., überarb. und erw. Aufl., Stuttgart 1991

Syer, John; Connolly, Christopher: Psychotraining für Sportler (aus dem Englischen von Roswitha Enright). Reinbek b. Hamburg 1987

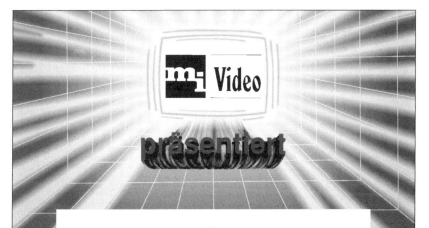

Das komplette Handlungsmuster für den Aufbau einer erfolgreichen CI.

60 Min. Laufzeit, VHS
248,– DM (incl. MwSt.)
– unverb. Preisempfehlung –

Fragen Sie Ihren Fachbuchhändler danach!

 verlag moderne industrie